「魔法が使えない生活って
結構不自由なんじゃないかなって」
「ヘリオスの泡を流してやるのに、
魔法が必要だからな。だが、お前がいる。」

Contents

第2章　美少女錬金術師は希少な飛竜を購入します。

捨てられ令嬢は錬金術師になりました。稼いだお金で元敵国の将を購入します。

2

第二章

美少女錬金術師は希少な飛竜を購入します。

◆王都の西、広い庭付き新店舗

雲一つなく晴れ渡った空を、私は広い草原に立って見上げている。

さわさわと涼しい風が頬を撫で、太陽をたくさん浴びた草花の、どことなく香ばしい匂いが鼻腔《びこう》をくすぐった。

足首程度まである雑草に覆われた大地は、見渡す限り真っ平らだ。

視線を動かすと、王都を囲う城壁が見える。

城壁に隣接していて、鉄柵に囲われた草原である。ただ、鉄柵は草原の端が森林に続いているので、木々や、蔓性の草花に覆われてしまいはっきりと見ることはできない。

「とうとう、地主になってしまったわ」

私は腰に手を当てて胸を反《そ》らした。

風が吹くたびに、青い三角巾がひらひらと揺れた。しっかり首の後ろで結んであるけれど、今にも飛んでいきそうである。

「端とはいえ地価の高い王都の土地だし、シリル様の粋《いき》な計らいで所有権は譲《ゆず》っていただいたけれど、国有地扱いのままだから税金はかからないし、王家から謝礼金もたんまり出て貯蓄も潤っているし、むこう一年は遊んで暮らせちゃうかもしれないわね」

アストリア王国の至るところに異界の門が現れて、国中に魔物が溢《あふ》れたのは数日前の話だ。

美少女錬金術師こと私、クロエ・セイグリットはとても頼りになる相棒とともに魔物と戦い、王都を守った。

　というような出来事があり、アストリア王家からお礼として、王都の西の端にある誰も使っていない広い国有地と、少なくない額の謝礼金をいただいたというわけである。

　私は今、手に入れたばかりの広大な土地を眺めて、大地主としての感慨に耽《ふけ》っている。

「無駄口を叩いていないで、手伝え」

「はいはーい」

　高圧的な口調のわりに、甘さのある声音が私を呼んだ。

　私は草原に仁王立ちするのをやめて、振り向く。それから呼ばれたほうへとぱたぱたと走っていく。

　広い草原に寝そべるように、黒い羽を広げて体を低くし頭を下げている、細身で綺麗《きれい》な飛竜がいる。

　飛竜の前には、鍛《きた》え上げられた上半身を惜しみなく晒《さら》した、背の高い金髪の男前の姿。

　先日お金で買って、いろいろあった末に私の信頼できるパートナーとなったジュリアスさんと、ジュリアスさんの愛息子である、飛竜のヘリオス君である。

　――金髪の男前。

　我ながら秀逸な表現ね。ジュリアスさんを端的に表している。金髪の男前としか言いようのないジュリアスさんは、肩までの長さの艶やかな金色の髪を水に濡らし、引き攣《つ》れた傷跡の残る体から水滴を滴《したた》らせ、〝水も滴るいい男〟という言葉を全身を使って体現していた。

「挿絵付き語彙《ごい》辞典があったら、今のジュリアスさんが挿絵になるに違いないわ」

「なんの話だ？」

　赤い義眼と青い瞳、左右色の違う瞳が、訝《いぶか》しげに私を見下ろす。

「水も滴るいい男、という風情《ふぜい》だなと思いまして」

「俺がお前の好みの顔ということは知っている。くだらないことを言っていないで手を貸せ」

私はジュリアスさんの隣に並んだ。

目の前には、気持ちよさそうに金色の目を細めているヘリオス君の姿がある。

本日も、とびきりキュート。つるりとして光沢のある、鱗《うろこ》に覆われた体を泡塗《あわまみ》れにされて、大人しくしている。ジュリアスさんには基本的に従順なヘリオス君なので、なるべく動かないようにじっとしているようだった。

「もう洗い終わりました？」

「終わった。……魔法が使えないのは、不自由だな」

ジュリアスさんが、自分の首の裏側に手を当てながら眉間に皺《しわ》を寄せる。

片手には、デッキブラシを持っている。ジュリアスさんとデッキブラシ。足元のたらいには、泡がもこもこしている。

微笑ましくも似合わない姿である。

けれど、ジュリアスさんはちょっとどころではない男前なので、水に濡れても水も滴るいい男だし、デッキブラシも新手の武具に見えてしまわなくもない。似合わなさについて笑うことができない程度には様になっている。

顔がいいというのは一般的にという話で、私の好みとかは――まぁ、あるんでしょうけど。

自分でもびっくりしてしまうのだけれど、私はこの不遜で偉そうで、とても頼りになって、時々優しいジュリアスさんが、なんていうか、その、好きだったりするのよね。

人生とはわからないものだ。三年前まで私は、アストリア王国の第一王子シリル様の婚約者の公爵令嬢だったのに、今では美少女天才錬金術師で、元敵国の将だったジュリアスさんが隣にいるのだから。

なんて感慨深く思いながら、ジュリアスさんを眺めている場合ではなかった。

泡塗れのヘリオス君を、なんとかしてあげないといけないんだった。

「魔法が使えない生活って結構不自由なんじゃないかなって、前々から私も思っていたんですけど、やっと不自由さに気づいたんですか？」

「魔法が使えれば多少は戦いが楽になるが、その程度だ。今は戦場にいるわけでもないし、生活に不自由はしていない。お前が魔法を使える。問題はない」

「さっき、不自由だって言いましたよ、ジュリアスさん」

「ヘリオスの泡を流してやるのに、魔法が必要だからな。だが、お前がいる。多少は不自由だが、どうしてもというわけじゃない」

ジュリアスさんの首の後ろ側には、角が二つある動物の頭蓋骨のような模様が刻まれている。

魔力を封じる効果がある、奴隷の刻印である。

ジュリアスさんの首にある魔法錠は対象を隷属させたり拘束したりするときに使用する魔道具の一種で、私の作る錬金物と違い魔力を持った者のみが使用できるものだ。

魔法錠の効力は、使用者の魔力に依存する。隷属させたい相手の魔力量が使用者より多ければ、案外簡単に拒絶できてしまう代物《しろもの》だ。

例えば、錬金術師でありながら、強力な魔導師でもある私の師匠・ナタリアさんに魔法錠を使用したとして、私よりもナタリアさんの魔力のほうが圧倒的に強いので、ナタリアさんは魔法錠を外すことができてしまうのである。

それなので、奴隷を従わせるために、魔法錠の効力が最大限に発揮されるよう、奴隷の刻印を刻み魔力を封じるのである。

元々敵国の将軍だったジュリアスさんは、三年前にアストリア王国に引き渡された。そして無期の刑期を言い渡され、奴隷闘技場で奴隷剣士となった。

そのジュリアスさんを購入したのが、美少女錬金術師クロエちゃんこと私、というわけである。

「相変わらず、ずるい……」

「なにか言ったか？」

小さく呟《つぶや》いた私の言葉が聞こえなかったらしく、ジュリアスさんが聞き返してくる。

私はなんでもないと、首を振った。

魔法は私が使えるから大丈夫――だなんて、ジュリアスさんのことだから言葉以上の意味はないんでしょうけれど、ずっと一緒にいることを当然だと言われたみたいで、照れてしまう。

照れてしまったのを誤魔化《ごまか》すために、私はなるべく明るい声で元気よく言った。

「よし、それじゃあヘリオス君。私の魔法で泡を落としてあげますよ、目をつぶっていてくださいね！」

私は腰のベルトに引っかけていた杖を手にした。

先日、武器防具店の店主であるロバートさんからいただいた、千年樹《せんねんじゅ》を素材としたとても高級な杖である。

この間、お買い物がてらロバートさんに杖をいただいたお礼をしに行ったら「お礼はいいからたくさん買ってね、クロエちゃん」と言われた。

なので、ジュリアスさんのお気に入りのフリーサイズの黒いローブを何着か購入した。ロバートさんが「ジュリアス君は見栄えはいいし、なにせ元貴族なんだから、もう少しいい服を着たほうがいい」と言って、一着十万ゴールドする服を勧めてきたので、丁重にお断りさせていただいた。

もちろんジュリアスさんが高級な服がいいと言うのなら買おうかな、と思わないこともなかったのよ。ジュリアスさんにはお世話になっているし。でも、ジュリアスさんが「これがいい」と、安価なローブを欲しがるので、仕方ない。

ロバートさんには悪いけれど、責めるなら、オシャレに興味のないジュリアスさんを責めて欲しい。

「キュウ」

私の声にびっくりしたのか、今まで目を伏せて大人しくしていたヘリオス君が、ぱっと目を開けて長い首をもたげて私を見た。

知性のある賢そうな金の瞳が、嬉しそうに輝いている。

どこか悪戯《いたずら》っぽく、一度ぱちりと瞬きをした後、デッキブラシでジュリアスさんに擦られて泡塗れになっている翼を、ばさり、と羽ばたかせた。

「わわ……っ」

風圧とともに、翼に纏《まと》わりついていた泡がべしゃべしゃと飛んでくる。

あれよあれよという間にヘリオス君は両脚で立ち上がって、細身で美しいけれど、小さな家ぐらいはある黒い巨体をぶるりと震わせた。

大量の水しぶきと、泡が、私に降りかかる。

私はいつものエプロンドレスをちゃんと着ていて、ジュリアスさんはヘリオス君を洗うので濡れることを見越して、上半身は服を着ていない。

当然、被害は私のほうが大きくなる。

「無事か、クロエ」

泡と水を滴らせながら、ジュリアスさんは邪魔そうに髪をかき上げた。

あんまり心配していなさそうな声音で、一応聞いてくれる。その口元には小馬鹿にしたような笑みが浮かんでいる。びしょ濡れの私の姿が、面白くて仕方がないという表情である。

水も滴るいい男という風情を増大させているジュリアスさんの横で、濡れ鼠《ねずみ》のようになった私は、恨みがましくヘリオス君を見る。

ヘリオス君は全く悪意のない無邪気な瞳で私を見返してきた。ぱちぱちと瞬きをするのが可愛らしい。

「あまり、はしゃぐな。クロエをからかって遊びたい気持ちは、わからなくもないが」

ジュリアスさんが、ヘリオス君に優しく注意をした。飛竜愛好家のジュリアスさんは、ヘリオス君には甘い。

「ヘリオス君に、からかって遊びたいと思われてるんですか、私は」

「お前がお人好しの阿呆《あほう》、ということぐらい、ヘリオスもわかっている」

「もっといい言い方はないんですか。例えば、可愛いとか、可憐《かれん》とか、天使みたいなクロエちゃん、とか」

私は拗《す》ねたように言った。別に本気で可愛いとか言って欲しいわけじゃない。冗談のつもりだった。

ジュリアスさんは少し考えるように目を伏せた後、口を開いた。

「……天使に、見えなくもない」

「ヘリオス君、泡を流しますから大人しくしていてくださいな！」

ジュリアスさんがそれ以上なにかを言う前に、私はヘリオス君に再び魔力増幅の杖を翳《かざ》し、水魔法でヘリオス君の上からシャワーのように水を降らせた。

ヘリオス君は気持ちよさそうに、晴れ渡った空から落ちてくる水を浴びた後、突然思い立ったように空へと飛び立って、王都の上空をぐるりと旋回《せんかい》すると降りてきた。

それだけで、体の水分はだいぶ乾いたらしい。

空から舞い戻ってきたヘリオス君は、私たちから少し離れた乾いた草むらの上に体を伏せた。それから午睡でもするように、目を閉じた。

「寝ちゃったんですか？」

「久しぶりに洗ってやることができたからな。……俺のもとに来たせいで、あれもかなりの苦労をしている。ああして、穏やかな顔で眠る姿を見たのは、クラフト公爵家にいたとき以来だ」

「それじゃあ、寝かせておいてあげたほうがいいですね。ジュリアスさん、ヘリオス君にはお布団とかは、必要じゃないんですか？」

「……あの巨体を包み込めるような布団を、お前の錬金術で作れるのか？」

呆《あき》れたように、ジュリアスさんが言った。

私に不可能はないと言いたいところだけれど、さすがにそれはできない。

ヘリオス君を包めるお布団の作製が万が一可能だとしても、運ぶことができない。ヘリオス君の疲れた体をふかふかのベッドに寝かせてあげたい気はするのだけれど、そうすると、ヘリオス君のほうに縮んでもらうしかない。

――そうだわ。いいことを思いついた。

ヘリオス君に縮んでもらえばいいのよね。子犬ぐらいの大きさに。できなくもないわね。

けれどふかふかの草原でも十分気持ちよさそうだったので、余計なことはしないほうがいいかと、私は首を振ってその考えを打ち消した。

大きな体のヘリオス君を自由にさせてあげるために、広い土地を手に入れたのだし。ヘリオス君に小さくなってもらうというのは、なんだか違う気がする。

悠々と翼を伸ばして、体を乾かしているヘリオス君を外に残して、私とジュリアスさんは草原の真ん中にぽつんと建っている教会の中に入った。

それは見た目は教会だけれど、元々は孤児院だったので、生活に必要なものは全て揃《そろ》っている。白い外壁はところどころ剝《は》がれかけている。入り口の木製の扉は少し重たい。屋根は青色で、暖炉《だんろ》から繋がる煙突が四角く突き出ている。

入り口を抜けると小さな礼拝堂があり、ステンドグラスの下にはこぢんまりした聖像が鎮座《ちんざ》している。金色の塗装が半分以上落ちて、鈍色《にびいろ》に変わっていた。

礼拝堂の奥に扉があり、生活空間はその扉の向こうに広がっている。

大きな食堂と調理場があり、部屋数は多い。

使わない部屋も多いのだけれど、なにかとものが溢れる錬金術師にとって、倉庫が広いというのは結構ありがたい。

王都の中央広場にある、クロエ錬金術店の二階の居住空間は、私が一人で快適に暮らせるように時間をかけて少しずつ模様替えをしてきた。

けれど新しい家には引っ越してきたばかりなので、まだあまり手をかけることができていない。そのうち時間があるときに、徹底的に部屋を作り変えようとは思っている。

濡れてしまった体を綺麗にしようと、石壁に木製の扉が並んでいる、色味の少ないせいかやや寒々しい印象を受ける廊下を歩き、私はお風呂場へ向かった。

同じく水が滴るジュリアスさんもついてきた。お風呂に入りたいのだろう。私も同じである。

いつもなら先を譲ってあげるところだけれど、今日は私のほうが被害が甚大《じんだい》だ。強い心でもって、お風呂に先に入らせてもらおうと思う。

元々孤児院にあった広い浴槽を掃除して、お湯の湧き出す錬金物である温泉石を仕込み、いつでもあたたかいお風呂に入れる仕様にした自慢の浴室の前で、私は足を止めた。

「ジュリアスさん、お風呂に入りたいです」

「見ればわかる」

ジュリアスさんは、なにを言っているんだ？　みたいな顔をした。

私がなにか間違っているかのような反応だった。

「残念ながら、お風呂は一つきりなんです。私が先に入ります、可憐でか弱い美少女なので」

「俺も濡れた。同時に入ったほうが、効率がいい」

「こ、効率はいいかもしれませんが……！」

「なにか問題があるのか？　お前の体など、お前に買われてから何度も見た。見慣れている」

しれっと、なんでもないようにジュリアスさんは言って、さっさとお風呂に入っていってしまった。

取り残された私は、濡れて重たい服を着たまましばらく立ちすくむ。

「なんだかわからないけど、負けた気がする……」

どういうわけか、ちょっと悔しい。

確かに私はジュリアスさんと暮らすようになってから、ジュリアスさんに女だと侮《あなど》られて小馬鹿にされたくなくて、着替えなどはできるだけ堂々と行ってきた。

でもだからといって、慎みもそれなりにあるので、目の前で着替えたことなんてそこまでない。そんなにない。多分。

「うぅ、服が冷たい……」

床にぼたぼたと水滴が落ちる。

魔法を使えば乾かせなくもないけれど、泡だらけのべたつきまでは綺麗にできない。

私は負けられない戦いに向かう戦士のような心持ちで、自分を奮《ふる》い立たせた。

脱衣所で服を脱ぎ、一応タオルを体に巻く。これでも恥じらいはある。美少女錬金術師クロエちゃんの裸体は貴重なので、おいそれと晒すわけにはいかないのよ。

とかなんとか心の中で言い訳をしながら、私は浴室に入った。

かつては子供たちを何人も同時に入れていたのだろう、浴室はかなり大きめな造りになっている。

ブラシでこすりやすく水捌《みずは》けのいい、深い青色の石でできた洗い場と、大きな石を重ねて色とりどりのタイルを張り、モザイク柄になったなかなか可愛らしい浴槽がある。

浴槽には既にジュリアスさんが浸かっていて、私を一瞥《いちべつ》したけれど特に何も言わなかった。

私はなぜかこそこそと小さくなりながら、浴槽の端へと体を沈めた。

温泉石から新しい温泉が湧き出し続けるため、お湯はいつでも新しい。源泉ではないけれど、源泉かけ流しというやつだ。冷えた体に、あたたかい温泉のお湯が染み込むようで、とても心地いい。

「……なんで無言なんですか、ジュリアスさん。可愛いクロエちゃんと混浴なんですよ、感想とかないんですか？」

沈黙と羞恥心に耐えかねて、私は口を開いた。

ジュリアスさんは、そんなに不機嫌そうでもないけれど、特に嬉しそうというわけでもない表情で、私をじろじろ見た。

ジュリアスさんはもっと遠慮したほうがいい。

「貧相だな、クロエ。豆のスープばかり食べているからか？」

「もっと他に、言い方！」

私は腹を立てた。

腹を立てたついでに、思い切りジュリアスさんにお湯をかけてあげた。

ばしゃりとお湯がかかったジュリアスさんは、水も滴る以下略、となり、前髪をかき上げて楽しそうに喉の奥で笑った。

「ジュリアスさんが、笑った……」

ジュリアスさんの笑い声というのを、私は今まで聞いたことがあったかしら。

私はびっくりして、ジュリアスさんの顔をしげしげと眺める。ジュリアスさんは眉をひそめると、嘆息した。

「お前の顔を見ていると、気が抜ける」

「褒めてるんですか、それ」

「褒め言葉だ」

「……ならいいですけど」

よくわからないけれど、なんだか誤魔化された気がする。

「ところでクロエ、店はどうするんだ。元の店から、完全に移店するのか？」

「気になっちゃいます？　ジュリアスさんも商売人になりましたね。この調子で、目指せ大金持ちです」

「金は必要だ。飛竜は、……手に入ることは稀《まれ》だが、比較的安価な雌でも一頭五千万ゴールドはするらしい。底値でな」

「ジュリアスさん五人分じゃないですか」

王家からいただいた報奨金と、貯蓄を全額かき集めても足りない値段だ。

ジュリアスさんは五百万ゴールド、装備品に五百万ゴールドなので、飛竜まで含めると、もしかしたら一億ゴールドぐらいの出費になるかもしれない。

王家からいただいた報奨金で一年間は遊んで暮らせると思っていたのに。儚《はかな》い夢だった。

「飛竜を飼えそうな土地がただで手に入ったのは僥倖《ぎょうこう》でした。でも、五千万ゴールド……」

「早急に、店を開くべきだな」

「飛竜のことしか考えてないじゃないですか」

「お前のことも考えている。お前の店だからな、俺のものでもある。協力はするつもりだ」

「……わかりましたよ。えっと、一応お店は開いてるんですよ？　先日の異界の門の災禍《さいか》で、王都も国も被害がすごいですから、錬金ランプとか、錬金暖炉石みたいな生活に必要な錬金物の需要も高まっていますし。ただ、お店の扉に細工をしていて……」

私が話し終わるより前に、お風呂場にまでよく通る『クロエちゃん、お客さんよ！』という可憐な声が響いた。


王都の中央広場にあるクロエ錬金術店の入り口には、鳥かごが吊り下げられている。

鳥かごの中には、子供の頭ぐらいの大きさの、まん丸い『目』が浮かんでいる。防犯用錬金物である〝混沌《こんとん》の眼差《まなざ》し〟――『瞳《ひとみ》ちゃん』は、多少の知能を持っている。

知能といっても自分の考えを話すようなことはできないのだけれど、お店に誰かが来ると挨拶《あいさつ》をしてくれたり、明らかな悪意を持った者を判別して瞳ちゃんビームで撃退してくれたり、主人である私が出す攻撃命令を遂行することは可能だ。

美少女を彷彿《ほうふつ》とさせる愛らしい声で、脳内に直接話しかけてくれる仕様になっている。

お客さんの来訪を告げる瞳ちゃんの声がしたので、私は慌ててべたべたの頭や体を洗うと、急いでお風呂場を出た。お客さんを待たせるわけにはいかない。お客さんは大切だ。

もうジュリアスさんに見られているとか一緒にお風呂に入っているとか、気にしている場合じゃない。

羞恥心を放り投げてわたわたとお風呂を済ませ、お風呂場から出ていく私を、ジュリアスさんはゆったりお湯に浸かりながら無言で見ていた。

ジュリアスさんの首には魔法錠が巻かれている。それは黒い紐の先に小さな南京錠がついた首飾りの形をしている。

かつて魔法錠によって『私の側《そば》を離れないこと』『私の嫌がることはしないこと』の二つの制約でジュリアスさんを縛っていたけれど、今は『私の嫌がることはしないこと』のみが為《な》されている。

以前と違って別行動は可能なので、私はジュリアスさんをお風呂場に残して、温風魔法を使ってぶわっと体と髪を乾かし、黒いエプロンドレスへと着替えた。

赤と青と黒のエプロンドレスしか着ない私である。特に色にこだわりがあるわけじゃない。手にしたものが今日はたまたま黒だったので、黒にした。

黒いエプロンドレスは、以前は街の人々から不評だったのだけれど、最近はそうでもなくなってきている。

というのも、王都を災禍から守ってくれたジュリアスさんの通り名が『黒太子《こくたいし》』だからだ。

奴隷闘技場からジュリアスさんを購入したすぐ後ぐらいから、ジュリアスさんは私の恋人だと思われていたのだけれど、ジュリアスさんが『黒太子ジュリアス』だと知っている人は少なかった。

元々、敵国のディスティアナ皇国の将だったジュリアスさんである。黒太子ジュリアスといえば、アストリアの王国民にとっては恐怖の対象だった。

けれど、先日の異界の門の災禍からアストリア王国を守った英雄として、私とジュリアスさんは、アストリア王家から大々的に表彰をされた。

私のお父様――三年前に処刑されたセイグリット公爵は無罪であること。

そして、戦争によって数多《あまた》の王国民を殺《あや》めたジュリアス・クラフトは、その罪を許すという恩赦が与えられること。

私たちが中央広場の噴水の前で、国王シリル様と王弟ジーク様からお言葉をいただいているのを、大勢の街の人々が見ていた。

それなのでジュリアスさんは、『黒太子ジュリアス』として、街の人々に認識されるようになったのである。

つまり、黒太子ジュリアスの恋人である美少女錬金術師クロエちゃんが、黒いエプロンドレスを着ているのは、まるでお揃いみたいで、仲良しでとてもいい、ということになりました。なってしまったのです。

以前は黒いエプロンドレスを着て歩いていると、皆に黒は駄目だとがっかりしたように言われたものだけれど、今は「今日もお揃いだね」と言われる。いいのだか悪いのだかである。

正直、逆に恥ずかしい。

まぁ、それは置いておくとして、今日は黒だ。大人っぽいので黒もそれなりに気に入っている。私はもう二十歳なので、真っ赤なエプロンドレスというのは多少の恥ずかしさを感じる年齢になりつつあるのだ。

着替えを済ませると、私はぱたぱたと足音を立てて礼拝堂に向かう。

礼拝堂の扉は入り口に一つと、奥に二つ。左右にあるうちの左側の扉が、今私が出てきたお風呂や調理場などがある居住空間。ステンドグラスと聖像を挟んで右側にある扉の奥は、孤児院を運営していた方々が使っていただろう事務室となっている。

事務室からは裏庭に続く扉がある。同じく、居住空間の奥にある扉からも裏庭に出ることができるので、事務室側の扉とクロエ錬金術店の扉に、二ヶ所の行き来ができるよう、錬金術でもって細工を施したのである。

端的に言えば、クロエ錬金術店の扉を開いて中に入ると、孤児院の事務室に来ることができるという仕組みになっている。

事務室はかなり広いので、商品と錬金窯《れんきんがま》、両方置くことができる。

新店舗として事務室を改装することに決めたので、中の精製水を抜いて乾かした錬金窯は、ジュリアスさんに頼んで運んでもらった。

かなり重いものだけれど、他の荷物とともにヘリオス君の背中に乗せて、王都の道をヘリオス君と三人で歩いて引っ越しをしたので、それほど大変ではなかった。

当然、かなり目立った。

クロエちゃんは街の人気者なので、手伝いに来てくれる人や、見物する子供たちで、ちょっとした騒ぎになったのはつい最近の話だ。

事務室の――というか、新店舗の扉を開ける。

錬金窯と無限収納トランク、それから錬金ランプが少しだけ飾られていて、空っぽの本棚が壁に並び、立派な机と椅子がある部屋である。

ここも、そんなに手をかける時間が取れていないので、まだ閑散としている。

奥にある裏庭に続く木製の扉を開くと向こう側に見えるのは、噴水がある中央広場の景色だ。

瞳ちゃんも、入り口にかかっている。瞳ちゃんが私を見て『クロエちゃん、お客さんよ』と、頭の中にもう一度声を響かせた。

扉の前に立っていたのは、王都にある傭兵団《ようへいだん》の団長であるロジュさんと、国王であり、かつて私の婚約者で――婚約破棄の後私の妹であるアリザと結婚したばかりで、先日の出来事でアリザを失ってしまった、シリル様だった。

「クロエちゃん、久しぶりー!」

傭兵団の団服、鷹《たか》の紋様が入った軍服を着たロジュさんが、満面の笑みを浮かべて私に抱きついてくる。

筋肉の鎧《よろい》に覆われた大柄なロジュさんに抱きつかれて、私の体は暴れ牛にひかれたぐらいの衝撃を受けた。

ロジュ・グレゴリオさん。銀色の逆立った髪に褐色の肌、金色の目、右目の目尻に傷のある強面《こわもて》の男性だけれど、口を開くと明るくて快活な人だ。

久々に親戚の子供に会ったような気安さでぐりぐりと私の頭に顔を擦りつけてくるロジュさんを、シリル様が唖然《あぜん》とした表情で見ていた。

シリル様は、癖のある長かった金髪をばっさり切って短髪になっている。涼し気な灰色の目をした、品のいい美丈夫といった姿である。

どういうわけか、シリル様も傭兵団の団服を着ている。手首から先を失ってしまった右手を、首から布で吊っていた。布に覆われているため見えなかったけれど、腕の先はないはずだ。

先日の出来事のとき、私を助けようとして失ってしまった手である。あれから少し時間が経《た》って落ち着いて考えることができるようになった今、改めてその姿を見るとずきりと胸が痛んだ。

「ロジュさん、シリル様、いらっしゃいませ」

「クロエちゃん、いい香りがする。髪の毛から」

私を抱きしめたままのロジュさんが、私の髪に顔を近づけて言う。

「今、いろいろあってお風呂に入っていたので。待たせちゃいましたよね、ごめんなさい」

「お風呂に……！」

どういうわけか、ロジュさんが色めきだった。

背後で唖然としていたシリル様の眉間に皺が寄った。

「ロジュ。若い女性にそのように触れるのは、失礼だろう」

「俺とクロエちゃんは仲良しだからいいんだよ。ね、クロエちゃん。それにクロエちゃんは俺の天使だ。むさくるしい傭兵団で、むさくるしい傭兵たちの相手ばかりしている俺の、唯一の癒し。今日も可愛い。あぁ、癒される」

癒されてくれるのはありがたいのだけれど、そろそろ離して欲しい。

ロジュさんのことは嫌いではないけれど、抱きしめられると力が強すぎて痛いし苦しいし、ともすれば若干《じゃっかん》の嫌悪感でぞわぞわしてしまう。明らかに態度に出したりはしないけれど、男性は、あまり得意ではないのよね。

「離せ。それは俺のものだ。無断で触れるな」

私の背後から、ジュリアスさんのいつもよりも低い声が聞こえた。

——俺のもの、とか言わなかったかしら。

空耳よね。そうに違いないわ。そういうことを言う人ではないわよ。

でも、確かにそう聞こえたわよね。

ジュリアスさんの声音は苛立《いらだ》っているけれど、なんだか言葉がとてつもなく甘い。

私は両手で顔を覆った。恥ずかしい。

ロジュさんが仕方なさそうに、私からぱっと手を離した。

顔を覆った手の指の隙間から、ちらりと後ろを見ると、お気に入りの安価な黒いローブをゆったりと着たジュリアスさんが、タオルで濡れそぼった髪を拭いていた。

ジュリアスさんは魔法が使えない。いつもは温風魔法で私が乾かしてあげているのだけれど、今日は急いでいたのでお風呂場にジュリアスさんを置いてきてしまった。なので、金色の髪はまだしっとりと濡れている。

ロジュさんは私とジュリアスさんの姿を交互に見た後、顔を赤くした。

「風呂って、そういう……！　わ、悪い。邪魔した」

上擦《うわず》った声でロジュさんが言う。

「すまない、出直そう」

シリル様も、やや焦《あせ》ったような声音で続けた。

ロジュさんとシリル様が急いで私たちから視線を背けるので、私はなにか大変な勘違いをされていることに気づいて、慌てた。

「ち、違いますよ、なにが違うのかはよくわかりませんがともかく違います！　さっきまでヘリオス君を洗っていたんです、もう終わったので、大丈夫なので……！」

おろおろしながら弁解する私を後目に、表情も変えず、新店舗に置いてある椅子に優雅に座って脚を組むジュリアスさんが恨めしい。

ジュリアスさんのせいでなにか大変な勘違いをされているのだから、助けてくれてもいいと思う。

私の話を聞いて、ロジュさんはほっとしたように溜息をついた。

「……そ、そうか、飛竜を洗って……。そ、それならいいんだけど、……俺はてっきり」

「ロジュ、それ以上は口に出すな」

シリル様がロジュさんを制した。

二人はとても気安い友人のように見えた。

私は二人を新しい店舗の中へと案内した。一つきりしかない木製の頑丈そうな椅子には、ジュリアスさんがいつも通りの偉そうな態度で座っている。長い脚を組んで、シリル様とロジュさんに挨拶をするでもなく黙り込み、不愉快そうにしている。

特に理由なく人を威嚇《いかく》しては駄目だと思うの。接客業なのだから、もう少し愛想をよくしてくれるとありがたいのだけれど、シリル様たちに向かって朗《ほが》らかに挨拶をするジュリアスさんとかはあんまり想像したくないので、仕方ない。そっとしておこう。

奥の部屋に椅子を取りに行こうとした私を、ロジュさんが「すぐ帰るから大丈夫」と言って止めてくれた。

シリル様は国王様なので失礼じゃないかなと思ったけれど、シリル様もロジュさんに同意するように頷《うなず》いたので、私は大人しくジュリアスさんの隣へと立った。立派な机を挟んで二人と向き合う形になる。

「ええと、それで、どうしました？　お買い物ですか？」

私はクロエ錬金術店の店主、錬金術師クロエちゃんとして居住まいを正し、ややかしこまった声で聞いた。

「そうなんだよ、クロエちゃん。話すと長いんだが」

「手短に話せ」

ロジュさんの言葉をジュリアスさんが遮《さえぎ》る。ロジュさんは怒るでもなく「相変わらずだなぁ」と苦笑した。

「ジュリアスが不機嫌なのは、あれだろ。シリルが、クロエちゃんの元婚約者だからだろ？　まぁ確かに、ジュリアスと競えるぐらいにシリルは顔がいいし、性格もそれなりにいい。ジュリアスが心配になる気持ちもわかる」

「……ロジュ、やめろ。私は罪を犯した。クロエには相応《ふさわ》しくない。今更そんなことを言われたら、クロエが困るだろう」

「ほら、真面目《まじめ》だし。過去のことはもういいから、湿っぽくするのはなしにしたいんだけど、シリルが暗いから傭兵団は連日雰囲気が葬式みたいだ。シリルのせいで」

「すまない……」

ロジュさんに指摘されて、シリル様は肩を落とす。

私の隣で一人だけ椅子に座っているジュリアスさんは、眉間に皺を寄せて苛々《いらいら》と腕を組んだ。

「お前たちの事情などどうでもいい。話が長い。用件を話せ」

「せっかちだなぁ。雑談は心のゆとりだぞ、ジュリアス。雑談の中から思わぬ情報を得られることもあるんだから。……でも確かに、余計なことを言った。謝るよ。クロエちゃんとジュリアスの仲を邪魔しに来たわけじゃないんだ、今日は」

ロジュさんは素直に謝った後、考えるように一度口を閉じた。それから、「どこから話せばいいのか」とぽつりと言った。

「……クロエちゃんはあんまり思い出したくないだろうけれど、三年前に俺は騎士団を辞めた。セイグリット公爵が処刑されて、クロエちゃんが王都に放逐《ほうちく》されたときのことだ」

私は、頷いた。そのときのことはあまり思い出したくないのは確かだ。

私のお父様は罪を犯していて、私も同罪。そうシリル様に言われて、私は王都の路地裏に捨てられた。

路地裏に捨てられた私は、兵士や街の男性たちに囲まれて、それで——私の錬金術の師匠である、凄腕の魔導師にして錬金術師のナタリア・バートリーさんに助けてもらったのである。今はクロエ錬金術店になっている家の、元々の持ち主だった。

今の私があるのは、ナタリアさんのおかげだ。錬金術を私に教えてくれたナタリアさんは、ある日突然、急にふらりとどこかへ行ってしまった。ナタリアさんは自分のことをあまり話さない人だったから、今はどこでどうしているのか、皆目《かいもく》見当がつかない。

「実を言えば、自分で言うとなんだか押しつけがましくなるような気がして、それが嫌だから黙っていたんだけど……。三年前、俺は、シリルの行動は間違っていると、何度か言いに行ったんだ」

「ロジュさんが？」

「あぁ。騎士の身分で、王太子殿下と話せるわけがないと思うだろ？　嘘くさいし、言うつもりはなかったんだけど……」

「ロジュは、私の一つ年上で、私が学園に入った頃には騎士科の生徒の中で一番武勇に秀でていると評判だった。ロジュのグレゴリオ家は貴族というわけでもなく、有名な騎士の家系というわけでもない庶民だったから、余計に目立っていた」

シリル様が寂しそうに言った。いろいろ思うところがあるのだろう。

私の隣に座っているジュリアスさんにちらりと視線を送ると、案の定興味がなさそうに腕を組んで目を閉じていた。お昼寝でもするつもりかしら。

ジュリアスさんという人は、どんなに態度が悪くても話をきちんと聞いているので、多分聞いているんでしょうけど。

「私は剣術や馬術を好んでいたから、ロジュに幾度か模擬試合を挑み……全敗していた」

シリル様はやや言いにくそうに、全敗、と言った。

正直者である。勝ち負けとかは聞いていないので、言わなくてもいいのに。

それにしても、ロジュさんはそんなに強かったのね。同じ学園に通っていたのに、そのときの私はロジュさんの存在すら知らなかった。

学園に通っていた頃の私は必死だったから、周囲に目を向ける余裕なんてなかったのだけれど。

「そういうこともあって、身分は違えど私とロジュは親しい友人のような間柄だった。ロジュが卒業し騎士団に入ると、騎士団長になるだろうと皆は噂していたな。だが、古い者が権力を持つ場所でもあるから、なかなか上手《うま》くはいかなかった。私が即位したらいずれはと、思っていたが……」

シリル様はどこか苦しそうに俯《うつむ》いた。

シリル様が即位する前に、ロジュさんは騎士団をやめてしまった。それは私が王都に捨てられたときと、ほぼ同時期のことのようだ。

「……俺にはなにが起こっているのかよくわからなかったんだが、セイグリット公爵の処刑についてはともかく、クロエちゃんが優しい子だってことぐらいは知っている」

「ロジュさん、学園の頃の私を知っていたんですか？」

「あぁ。それはもう。身分が違うから話しかけたりはしなかったが、遠くから見るクロエちゃんは、いつも寂しそうで、不安そうで……。まぁ、なんていうか、守ってあげたくなるような子だった。だから、投獄なんてあり得ないと、シリルに抗議に行った」

「そうなんですね、ロジュさん。ありがとうございます」

私がお礼を言うと、ロジュさんは照れたように、逆立っている短い銀色の髪を大きな手で撫でた。

「まぁ、いいんだ、それは。俺が勝手にしたことで、しかも、なんの役にも立たなかったわけだし」

「そのときの私はロジュの言葉を聞きもしなかった。……あのとき、耳を傾けていればと、今は思う。後悔してももう遅いが」

シリル様は悔いるように、言葉を噛みしめるようにして言った。

「結局、クロエちゃんを助けることは俺にはできなかった。それで、俺はなにもかもが嫌になって、騎士団を辞めて傭兵団に入った。元気にお店を開いているクロエちゃんの姿を見たときは安心したなぁ」

ロジュさんが騎士団を辞めたのが、そんな理由からだったなんて知らなかった。ロジュさんは私がお店を開いたとき、初めてのお客さんだった。きっとずっと、遠くから見ていてくれたのだろう。

「ロジュは、まともだった。私が血迷っていたせいで、皆に数多の迷惑をかけてしまった」

昔を懐かしむように話をするロジュさんの隣で、確かにシリル様はロジュさんの言う通り、どんよりと薄暗い表情を浮かべている。せっかく綺麗な顔をしているのに、台無しである。

「シリル様、ロジュさんも言った通りもう終わったことですから。だから、なんていうか……。元気、出してください」

私はシリル様に、なんて声をかけていいのかわからなくて、当たり障《さわ》りのないことしか言えなかった。

目を伏せていたジュリアスさんが薄目で私をちらりと見る。無言だったけれど、「余計なことを言うな、阿呆」と言われている気がして、私は口を閉じた。

「ほら、湿っぽいだろ。別に反省会がしたいわけじゃないんだ、俺は。シリルがどうして傭兵団の軍服を着ているかの説明をしたかっただけなのに、長話になってごめん」

「大丈夫ですよ。ロジュさんが、私の心配をしてくれていたこと、わかりましたし。ありがとうございました」

「いや、その、なんだ……ごめん、余計な話をして」

「余計なことなんかじゃないです。……ええと、それで、ロジュさんとシリル様がお友達だから、一緒にいるってことですよね？」

「そうなんだ。クロエちゃんやシリルになにが起こっていたかは、シリルから大体聞いた。シリルは全ての事実を王国民に公表するつもりだったみたいだが、ジーク様と話し合って、ある程度は伏せることにしたらしい」

「それでいいと思います。……アリザちゃんはもう亡くなってしまいました。アリザちゃんは……私の妹ですし、悪いなにかに操られていただけ、ですから」

「すまない、クロエ」

どう答えていいのか、いよいよわからなくなってきてしまった。シリル様が悪いわけじゃない。でも、お父様は——無実だったのに、処刑されてしまった。終わったことだけれど、胸の痛みとどうしようもないやるせなさは残っている。

ロジュさんが深く嘆息した後に、シリル様の背中を思い切り叩いた。ばん、という軽快な、痛そうな音がした。

シリル様は驚いた表情を浮かべたけれど、そんなに痛がっていなかった。

「毎日これだ。うんざりするだろ。後悔するのは勝手だが、雰囲気が暗くて仕方ない。これなら、偉そうで嫌味なジュリアスと喋《しゃべ》ってたほうがまだ気が楽だ」

「俺にはお前と話すようなことはなに一つない」

話題にあげられたジュリアスさんが、迷惑そうに言った。

「冷たい……」

あんまり悲しくなさそうな声音でロジュさんが言うのが面白くて、少し場が和《なご》んだ気がした。

ロジュさんの気遣いがありがたい。私はふぅ、と息を吐くと、できるだけ明るい声音で言う。

「ロジュさんたちの関係はわかりました。王家の方針もわかりましたけど、それでどうして、私のお店に?」

「あぁ、それが、シリルは国王の座をジークに託し、騎士団に入り異界の門を閉じるために戦う人生を送りたかったらしい。早い話が、贖罪《しょくざい》だな。だが、騎士団ってのは王家の直属部隊だからな。当然、皆がシリルに気を遣う。シリル様にそんなことをさせるわけにはいきません、危険ですから下がっていてください、みたいな感じで」

「それはそうでしょうね……」

騎士団の方々の気持ちはわかる。相手は元、とはいえ国王陛下だ。気安く同僚として振る舞えるわけがない。

「それで、シリルは結局俺を頼ってきた。傭兵団は、身分についてはそんなに気にしない馬鹿ばかりだからな。シリルも対等に扱うことができる。騎士団に比べたら扱いは悪いが」

「私はそれでいい」

シリル様が深く頷いた。

「というわけで、シリルは国王でもなく、シリル・アストリアでもなく、ただのシリルとして傭兵団の団員になったわけだ。だがな、聞いてくれクロエちゃん。ついでにジュリアス」

「なんでしょう」

私は名前を呼ばれたので返事をした。ジュリアスさんは当然のように無視をした。

「こいつ、片手がないまま暮らすとか言うんだよ。異界の門の魔物を舐めてるとしか思えない。利き腕の右手をなくして、戦えるかっていう話だ。傭兵団もわりと多忙だからな、お荷物はいらない。王子様の自己満足に付き合ってられるほど、甘い世界じゃない」

「それはそうだろうな。肉体の欠損というのは、それだけで不利になるものだ。特に足や手を失えば、戦場ではそれは死と同義だ。殺してやったほうが親切だな」

ジュリアスさんが初めて会話に参加した。お昼寝しているようにしか見えなかったのに、やっぱりちゃんと話を聞いていたみたいだ。

口を開いたと思ったら物騒なことを言うジュリアスさんに、ロジュさんは大きく頷いた。

「そうだろう！　そうなんだよ。わかってるじゃないか、ジュリアス。だから、俺は頭にきて、クロエちゃんの店にシリルを引きずって連れてきたんだ」

「あ、義手、ですか！」

やっと二人の来訪の理由を理解して、私はぽん、と両手を打った。

ジュリアスさんの右目に嵌《は》められている赤い錬金義眼は、私が造ったものだ。

クロエちゃんは天才錬金術師なので、錬金義眼は普通の義眼とは違い、視神経に繋がり目としての機能をきちんと果たすことができる。それに、神聖魔法でしか倒せない怨霊系魔物を、物理攻撃で倒すことができるようになる〝真実のアナグラム〟の効果というおまけ付き。

大変素晴らしい出来である。

シリル様が片腕を失ったのは私を守ってくれたためなので、義手を造ることで恩返しとお詫びができるような気がして嬉しかった。

「……ジュリアスのように、体の一部が欠損しても戦えるような男になりたいと言ったばかりなのに……自分が情けない。なかなか踏ん切りがつかず、話が長くなってしまい、すまない」

シリル様は俯きながら言った。義手で生活することは恥ずかしいことではないし、私としてはさっさと義手を造ることに踏み切ってくれてよかったと思う。

魔法による治療では、欠損した体の一部を修復することはできない。切り離されたばかりの手があれば別だっただろうけれど、多分シリル様の手首から先は、崩れたお城とともに瓦礫《がれき》の中へと埋まってしまっただろう。

「その程度の用か。無駄話が多い」

「ジュリアスには、シリルと俺の気持ちはわからないんだよ。お前と違って俺たちはたまにしかクロエちゃんと会えないんだから、雑談ぐらい許してくれたっていいだろ」

拗ねたようにロジュさんに話しかけられたジュリアスさんは、黙り込んで完全無視をした。返事をしないことに定評のあるジュリアスさんなので、いつものことである。

ロジュさんも無視されても特に気にしてはいないようだった。

「ジュリアスさん、商談と錬金、長くかかりますので、別の部屋で休んでいてもいいですよ？」

私の真心のこもった声かけにも返事がなかった。けれど立ち上がる様子はないので、ここにいるということだろう。

再び関心がなさそうに目を伏せてお昼寝をし出すジュリアスさんから視線を上げると、にやにやしているロジュさんと目が合った。

「クロエちゃんと一緒にいたいんだよ。男心は察してやらなきゃ」

ロジュさん、うるさいわね。

どんな返事をしてもからかわれるような予感がしたので、私はさっさと本題に入ることにした。

「……義手の話ですよ、義手の話をしましょう。どんな義手がいいですか？　人の手に限りなく似せて造るのもいいですけれど、義眼と違って義手ですから、型に囚われない遊び心を加えることも可能ですよ」

「遊び心？」

シリル様が不思議そうに首を傾げる。

「遊び心です。例えば、義手が変形して武器になるとか、義手自体に魔力増幅効果を仕込んで、最強の魔導師になるとか、そういうやつですね。肉体そのものを改造することはできませんけど、錬金義手なので、いくらでも、どうにでもなります。もちろん普段はちゃんと、普通の手、として使えますよ。動物も抱っこできますし、ナイフとフォークを持ったり、着替えたりもできます。生活ができてこその、義手なので」

「それは、すごいな。私はあまり錬金術について造詣《ぞうけい》が深くないのだが、錬金術というのは万能なんだな」

「万能、というわけでもないんですけど。一応縛りはありますし、あんまり危険な物を作ると、錬金協会に怒られますし、二度と作ったら駄目だっていう禁止錬金物に指定されたりもするんですよ。そういうものを作り続けると、錬金協会から錬金術師としての資格を剝奪《はくだつ》されたりしますね。野良錬金術師になります」

「……そうか、いろいろあるのだな。国王という立場だったはずなのに、なにも知らなくてすまない」

「いえいえ、錬金術師は特殊ですからね。元々は……ええと、なんだったかな。ラシード神聖国から伝わった技術だとか、なんとか。私も実を言えばあんまり詳しくないんです。私の師匠は座学よりも実践、という人だったので。それで、シリル様。どんな義手がいいですか？」

「できるだけ、強くなれそうなものがいい」

「その注文の仕方はちょっとどうかと思うぞ」

ごく真面目に言うシリル様の横で、ロジュさんが苦笑した。

言いたいことはわかるのだけれど、確かに漠然《ばくぜん》としている。私はどうしたものかと思案しながら、唇に指を当てた。

「そうですね、できる限り強い義手……。お任せってことでいいですか？」

「あぁ、頼む」

「時間、少しかかりますけど、待っていますか？　それとも一度帰りますか？」

「待っていても構わないか？」

シリル様の言葉にロジュさんも頷いた。

私は頭をお仕事に切り替えて、素材がたくさん入っている無限収納トランクを漁《あさ》った。

このところ忙しかったので、まともに錬金できていなかった。そのため、材料だけは豊富にある。

それにこの間の異界の門の災禍で、門の魔物を多く討伐《とうばつ》した。討伐時に魔物が落とす素材を、親切な人たちが拾って私のもとへと届けてくれたのである。

だから普段は滅多に手に入らないような高級素材が、選《よ》り取《ど》り見取り各種取り揃えられている。

シリル様はいいときに来てくれた。最強の錬金義手ができちゃうかもしれない。

「そうね、……異界の門の魔物から手に入れた、深淵《しんえん》なる鎖《くさり》と、九死《きゅうし》の毒薬《どくやく》を使っちゃおうかしら。それで、たくさん手に入ったから異界《いかい》の指《ゆび》。それから、アスモデウスの右手首と、ニュラニウスの神《しん》経塊《けいかい》。うん、豪華絢爛《けんらん》、最高級品づくし」

私は取り出した材料を両手に抱えると、錬金窯へと一つずつ投げ入れた。

魔力を注ぐと、錬金窯の中の透明だった精製水が、魔力と素材に反応して金色に輝き出す。

今回の素材は高級品ばかり。より異界に近い存在の魔物から手に入れたものが多い。そのせいだろうか、錬金窯の中の反応がいつもよりも強い。

ややあって、精製水の輝きが落ち着きはじめると、錬金窯の中にぷかりと手が浮かんだ。

私は両手で出来上がった錬金義手を拾い上げる。

肌の質感は人の肌に近づけようとするほど違和感が強くなってしまうので、あえての銀色。鎧のように金属質の見た目でありながら、触り心地は適度に柔らかい。関節の繋ぎ目は球体になっていて、より金属感を演出している。

普通の手の形にしてもよかったのだけれど、このほうが格好いいんじゃないかしら、という私のクリエイティブさが発揮されてしまった。

「最高に素晴らしい出来だわ、クロエちゃん天才！　クロエちゃん美少女！」

私は錬金義手を両手で天に掲げながら、自分を褒めた。

やはり褒めるというのは大切である。頑張った自分を自分で褒めてあげてこそ、次も頑張ろうと思えるのだ。

「おぉ、もうできたのか？　クロエちゃんはすごいな、さすが美少女天才錬金術師だ」

ロジュさんが私の言葉にうんうんと頷きながら、全肯定してきた。

その隣でシリル様も、近所の幼い子供を見守っているかのような優しい眼差しを、私に向けている。

ちょっと恥ずかしくなってしまった。

よくよく考えたら、今までは店舗と錬金部屋が別々だったので、錬金している最中の姿というのは一緒に暮らしているジュリアスさんにしか見せたことがなかった。

つまり、大きなひとりごとを口にしながら、自分で自分を美少女とか言って褒めている姿を見せたことも、ジュリアスさんにしかなかった。

どうしよう、恥ずかしい。

私は自分のことをよく美少女と評価しているけれど、それは自分で自分を励ますためであって、本当にそう思っているわけではないのよね。

けれどそれをここでおろおろと弁解するのもどうかと思ったので、うろたえながら天に掲げていた錬金義手をそっと下ろした。

お昼寝中だったジュリアスさんが私をじっと見た後、ものすごく小馬鹿にしたような笑みを口元に浮かべた。

「……ええと、その、素晴らしいものが完成してしまったので、つい、嬉しくなってしまってですね。できました。シリル様、錬金義手です」

私は極力生真面目な表情と口ぶりで説明をしながら、シリル様に義手を差し出した。

ロジュさんが興味深そうに義手を覗《のぞ》き込み、シリル様は戸惑ったように眉根を寄せた。

ジュリアスさんも興味があるらしく、椅子から立ち上がると私の隣に来て義手を見ている。

ジュリアスさんの義眼よりもシリル様の義手のほうが使用した素材が希少なため、性能もいいのは確かなので、後で文句を言われるかもしれない。怖い。

「シリル様、手、出してください。嵌めますよ」

「あぁ、わかった」

シリル様は、首で結んである布の結び目を片手で解くと、手を見せてくれた。

軍服からは手首が覗いている。手首から先はなく、丸みを帯びた肉が盛り上がっているだけだった。

「少し痛いかもしれません。体と繋げるために、体の中に義手が入り込んで一体化するので」

「問題ない」

私は錬金義手の手首側の側面を、シリル様の腕へと押し当てた。私よりも手が大きいので、両手を使い「よいしょ」と押さえつけるようにする。

錬金義手の側面から銀色の蔦《つた》が伸びてきて、それがシリル様の腕へと絡みつき、皮膚の中へと突き刺さるようにして入り込んでいく。シリル様は眉間に皺を寄せて、衝撃に耐えているようだった。

やがて皮膚の境目が蔦のような銀色のもので覆われて、それが皮膚に吸収されるかのように滑らかなものへと変わった。

手首から先は金属でできているように見えるシリル様の手は、思った通りとても格好いい。

「無事に定着しましたね。この錬金義手はなんと、神経と繋がって普通の手、みたいに使えちゃうんです。手を動かしてみてくださいな」

手首の太さに合わせて大きさが変化した錬金義手を、シリル様はしげしげと眺めた。

顔の前に持っていって、指を開いたり閉じたりする。見た目は金属っぽいけれど、普通の手と変わらない動きをするし、生活にも支障はないようにできている。

「問題なく動く。違和感も、痛みもない」

「それはよかったです。その錬金義手はですね、深淵なる鎖による物質変化を得意としていまして、鎖の形状に変化させることができます。便利ですよね、鎖。捕縛《ほばく》から、攻撃から、足止めから、様々

な場面で役に立ちます」

「手が、鎖に変わるのか」

「ええ。それと、九死の毒薬の効果で、鎖による攻撃で傷つけた相手を、一定時間動けなくすることができます。本当は一撃必殺の毒攻撃、とかにしようと思ったんですけど、もし間違ってロジュさんと喧嘩したときとかに鎖で傷つけちゃったら、ロジュさん死んじゃうのでやめました」

できるだけ強い武器ということで、即死毒というのは選択肢の一つだけれど、安全性も大切である。危険すぎない程度の安全性と機能性、そして強さを兼ね備えた錬金義手。我ながら素晴らしい。

「そのようなことはしないが、使い慣れていないと万が一、ということはあるからな。助かる」

シリル様が戸惑ったように言った。

「もし自分を傷つけちゃった場合でも、一時間ぐらい動けなくなるだけなので安心してください。他にもなにか効果をのせようかなと思ったんですけど、素材の希少性が高すぎて、飽和状態になりそうだったんでやめました」

「十分だ、クロエ。ありがとう。……こうして、自由に両手が使えるだけで、ありがたい」

シリル様は、ここに来てから初めて明るい笑みを浮かべた。

私は少しだけ元気を取り戻したシリル様の姿を見て、ほっと胸を撫で下ろした。

◆刻印師

私はシリル様に、義手の使い方について説明した。

私の錬金物は基本的に単純な造りになっている。魔力がなくても使える便利な道具が錬金物なので、複雑な仕様などは必要ないと思っているからだ。

だからシリル様の錬金義手も、鎖に変化させて攻撃に使いたいときの発動条件は、声に出して命じるだけである。

深淵なる鎖を使ったので、名づけるとしたら深淵なる錬金義手かしらね。

深淵なる錬金義手はシリル様のご希望通り『とても強い義手』である。つまりは『結構危険』なので、発動条件の言葉も罷《まか》り間違って動物を抱っこしているときなどに鎖に変化してしまわないように、そこそこに長く、それなりに格好いい言葉にしてある。

『門と繋がりし深淵なる鎖、大いなる力を示すことを承諾する』

普段使いは絶対しないし、間違って呟くこともないだろうし、童心をくすぐられる格好よさがあると思うの。

シリル様は真面目なので、すんなり発動用の言葉を受け入れてくれた。

ロジュさんは「ううん」となんともいえない声を出して、ジュリアスさんは嫌そうに眉をひそめていた。二人とも私のクリエイティブさを理解できない愚か者である。

「いいですか、シリル様。部屋の中じゃ絶対使わないでくださいよ。慣れてきたらいいですけど、危ないので広い草原などで練習してください。あ、我が家のお庭も広いので、もしよければ練習に来ていいですよ」

私の注意にシリル様は神妙な表情で頷いた。

「一時間、五万ゴールドだな」

ジュリアスさんが私の言葉に付け足した。

その表情はいつも通りで、特に冗談を言っているように見えないのだけど、ジュリアスさんなりの小粋なジョークなのかしら。

「ぼったくりだろ、それ」

ロジュさんが真っ当な反応をした。

「シリルは元王子で元国王だから金銭感覚がなってないからって、足元を見るんじゃない。ぼったくりだからな」

「そうか。自分でものを買ったことなど今まで一度もなかったからな、金については正直よくわからないが、クロエの造ってくれた義手の価値はわかる。言い値で買おう」

ロジュさんの言葉を肯定した後、シリル様が腕と一体化した義手を様々な角度から眺めながら言った。

気に入ってくれたようで、なによりだ。

「五千万ゴールド」

「そんなにしませんよ……！」

静かな声で、さも当然のようにジュリアスさんが言うので、私は慌てて訂正した。

確かに超高級素材をふんだんに使った超高級な錬金義手だけれど、さすがにそれは吹っ掛けすぎだ。シリル様は元国王陛下だけれど、お金持ちだからと言ってあり得ない額を提示するのはよくない。

「すみません、ジュリアスさんは今飛竜が欲しくて、お金に関して見境がないんです。シリル様が手を失くしたのは私のせいでもありますし、慰謝料を加味して、二百万ゴールドといったところでどうでしょうか」

「了解した。後日届ける。それで構わないだろうか」

「いいですよ。シリル様のことは信用していますから、義手を持ち逃げしたりはしないでしょうし、構いませんよ」

お金と商品を交換するのが普通なのだけれど、手を不自由な状態に戻すのは忍びないので、私は頷いた。

シリル様は「ありがとう」と言って微笑んだ。それから思い出したように、ジュリアスさんに視線を向ける。

「ジュリアスは飛竜が欲しいのか？」

「お前に名を呼ばれる筋合いはない。用が済んだならさっさと帰れ」

「ジュリアスさん、お客さんですよ、ジュリアスさん。シリル様は二百万ゴールドで義手を買ってくれるんですから、そう不機嫌にならないでくださいよ」

ジュリアスさんの服を引っ張りながら注意すると、いつも通りの舌打ちをされた。

きっとシリル様のことが嫌いなのだろう。ジュリアスさんが嫌いじゃない人が存在するかどうかは、微妙なところではあるけれど。

「許可があれば殺している。……お人好しのお前がこいつを許したとしても、俺は違う」

「物騒ですね、全く。気にしないでくださいね、ジュリアスさんはいつもこんな感じなので」

私が困り顔で言うと、シリル様は頷いた。

「あぁ、わかった。……アストリア王家が飛竜を保有していたらよかったのだが、あいにく未改良の飛竜というのは王家といえども簡単には手に入らない。野生の飛竜を手懐けることは不可能に近いしな」

「一般に出回っているのは改良され家畜化された飛竜だ。野生の飛竜を手懐け竜騎士の一個隊を作り上げているのは、ラシード神聖国ぐらいだ」

飛竜愛好家のジュリアスさんは飛竜の話になると饒舌《じょうぜつ》である。

シリル様にも普通に返事をしてくれるのも、飛竜への愛情からに違いない。

「かの国でも未改良の飛竜を売ってくれることはなかなかない気がするが、手に入るといいな」

「なんで飛竜が欲しいんだ？　一頭立派なのがいるのに」

ロジュさんが言った。

「ジュリアスさんの飛竜のヘリオス君に、お嫁さんが欲しいそうですよ。ヘリオス君、ずっとひとりきりじゃ寂しいと思うので、私もそれには賛成なのですが、なんせ高いらしいです。それに、そんなに手に入りにくいものだって知りませんでした」

お金さえ払えば購入できると思っていたのだけど。私は溜息をついた。

「ラシード神聖国は秘密が多い国だからな。飛竜の捕獲方法や、増やし方も秘密にしているし、野生の飛竜をどのように改良しているのかも一切情報が伝わってこない。改良されて、購入が可能になっている飛竜は繁殖能力が高いが、やはり……未改良の飛竜は美しいな。ジュリアスの飛竜はヘリオスという名なのか。神々《こうごう》しくさえある」

シリル様がヘリオス君を称賛してくれる。

私もヘリオス君は可愛いと思うけれど、シリル様の声音には熱意がこもっているように聞こえた。飛竜愛好家の素質がありそう。

「……あぁ、あれは未改良の飛竜の中でも特別美しい」

ジュリアスさんはヘリオス君を褒められて満足気だわ。

不機嫌ではないジュリアスさんを見ているのが、私は結構好きだ。感情の変化がわかりにくい人ではあるけれど、ジュリアスさんが楽しそうにしていると私も嬉しい。

これは、惚れた弱みというやつなのかもしれない。

「ラシード神聖国は飛竜もだが、異界研究も盛んだ。我が国が知らないことを知っているだろうが、教えてくれと言って教えてくれるような国ではない。かつては同盟国の関係ではあったが、三年前に我が国がディスティアナ皇国と和睦を結んでからは、快く思われていないだろうしな」

眉を寄せながら、シリル様が言う。

そのあたりの事情については、私はあまり詳しくないのよね。なんせ、私が王都に捨てられた後のことなので。

「じゃあ、飛竜を買いに行くことはできませんか？」

「国交が断絶しているというわけではない。だから、行くことはできるが、ただの旅行になってしまうかもしれない」

難しい表情を浮かべるシリル様を見ていた私は、聞きたいことがあったことを思い出した。

「そういえばシリル様、奴隷の刻印というのは消せませんか？」

「奴隷の刻印を、か」

「はい。奴隷闘技場では、それはできない、と言われてしまって」

一応、聞きに行ったのよね。

そうしたら、受付の方に「刻印を刻むことはできても、消すことなどしたことがないから無理だろう」と言われ、すげなく追い返されてしまった。

私は腹を立てていたけれど、ジュリアスさんはあまり気にしていないようだった。

「そもそも、そんな刻印があるのは闘技場にいる罪人ぐらいだろう。普通、生きて外には出られない。ジュリアスみたいに生き延びて、その力を惜しまれて売りに出された……なんてことは今まで一度もなかった気がするなぁ」

ロジュさんが言う。

「そうなんですか？　私はあまりよく知りませんが、皆さんよく買うものなのかと思っていましたよ」

「最低で恐ろしい罪人しか、あんなところには送られないし、買えるとしても買わないだろうな、誰も。あ、今のは悪口じゃないからな、一般的に、という話で」

ロジュさんは慌てたように付け加えた。

私はジュリアスさんをちらりと見上げる。特に怒ってはいないようだった。

「じゃあ、刻印を消したい、って希望をいう人はいないんですか？」

「そもそも、刻印は刻印師が刻む。刻印師を雇っているのは闘技場の主だろう」

シリル様が義手で自分の顎《あご》を触った。それから、感触に驚いたようにまじまじと自分の手を見る。見た目は金属だけど、感触は人間のそれに近い仕様なので、戸惑ったようだ。

「刻印師?」

聞き慣れない言葉だった。鸚鵡《おうむ》返しにする私に、シリル様は頷いた。

刻印師という職業を、私はよく知らない。

魔力が強く、魔法の扱いに長けている者のことを、一般的に魔導師と呼ぶ。

治癒魔法のみに優れていて、治癒魔法と薬草などを使用する医学の両方の知識を持ち、病気や怪我の治療のために療養所などで働く者のことは、治癒師と呼んだりもする。

道具に魔力を込めて、魔道具を作る者のことは、魔道具師。

魔力を帯びた物体を組み合わせ、錬成を行い、誰でも使える錬金物を作る者は錬金術師。つまり私。

では、刻印師とは……?

「……セイグリット公爵については特例だったが、アストリア王国には、本来処刑制度はない。重罰を与える必要のある者を閉じ込める牢獄の役割を持っているのが、奴隷闘技場だ。奴隷闘技場というのはいわば仮称だな」

「奴隷闘技場は、牢獄のことだったのですね」

「ああ。本来あの場所は、懲罰房《ちょうばつ》だった。昔は王家の管轄《かんかつ》だったんだ。……だが、何代前かの国王の妃が、残酷だと言って懲罰房の管理を嫌い、王家の管轄から外した。それ以来あの場所の管理は、懲罰官の家系であるグランド家に一任されている」

シリル様が言った。

私がクロエ・セイグリット公爵令嬢だった頃、シリル様とこういった話をしたことはなかった。貴族女性が奴隷闘技場に興味を持つだなんて褒められたことじゃないのは確かだし、当時の私の生きていた世界に、そんな場所はなかったのだ。あったのだけれど、目に入らなかった。

「私にジュリアスさんを売ってくれたムジーク・グランドさんは、ジュリアスさんの処遇は王家から一任されたと言っていましたよ。ジュリアスさんがあまりにも強いから、奴隷闘技場で一生を終わらせるのが惜しくなったとか、なんとか。そういうわけで、私がお買い上げさせていただいたわけですが」

「まさかムジークも、可愛くてか弱そうなクロエちゃんがジュリアスを買いに来るとは思わなかっただろうなぁ」

楽し気にロジュさんが言う。

確かに私が「ジュリアスさんをくださいな！」と言いに行ったとき、ムジークさんは驚いたらしく、きつねにつままれたような顔をしていた。

きつねにつままれた顔というのは見たことがないのだけれど、まさにそうとしか表現できないような表情だった。

「ムジーク・グランドもアストリア王家と敵対したいわけではないだろうから、売る相手は選んだのだろうが、……クロエなら、大丈夫だと思ったのだろうな」

「これは、お人好しの善人だ。お前よりも、闘技場の主のほうがよほど見る目があるな」

ジュリアスさんが私の頭をぐりぐり撫でながら言った。

私はずれそうになる三角巾を押さえて、「痛いです、痛い、痛い」と文句を言った。力が強すぎる自覚をジュリアスさんは持ったほうがいいと思う。

ジュリアスさんに責められたシリル様は、「そうだな」と溜息をついた。あまり責めると、せっかく少し元気になったシリル様がまた落ち込んじゃうのでやめて欲しいわね。

「……本当にそうだ。返す言葉もないな。ともかく、我が国は奴隷の存在を認可しているわけではない。奴隷の刻印は、グランド家が罪人を扱いやすくするため、そして金儲け目的で罪人を闘技場で戦い合わせるために、刻みはじめたものだ。どの道外に出すことのできない罪人たちだ、金儲けの道具に使うことと、お互いに殺し合わせて罪人の人数を減らすこと。その両方のために牢獄を闘技場へと変えたのが、今の奴隷闘技場と呼ばれるものだな」

シリル様が落ち込みながらも、淡々と説明をしてくれる。

「なんだか、あんまりいい話じゃないですね」

私の頭をぐしゃぐしゃにするジュリアスさんの手を、両手で摑んで押さえつけながら、私は言った。ものすごくじゃれ合っているように見えるだろうけれど、私は必死だ。痛いし、せっかく整えた髪がぐちゃぐちゃになってしまうので。

「あの場所にいたのは、獣と同様の屑《くず》か、馬鹿ばかりだ。外に出してもろくな結果にならないような者だな。同情する必要はない」

ジュリアスさんが私を気遣ってか、私の感傷を否定した。

奴隷闘技場で三年間生き延びてきたジュリアスさんが言うのなら、実際にその通りなのだろう。

それでも、残酷な気はするのだけれど。

でも、罪人に苦しめられた人たちもたくさんいて、だとしたら同情するのは違うような気もする。

──難しいわね。

「必要悪というものだと、私は次期国王として教えられて育った。罪人の管理をムジーク家に一任している以上、ムジーク家の行いに、王家は口を出せない」

「王家が先にムジーク家に罪人の管理を丸投げしたんじゃ、口も出せないよな」

ロジュさんが肩をすくめる。シリル様は頷いた。

「あぁ。だから、刻印師についても私はさほど詳しいというわけではない。あれは元々我が国にはいない存在だ。魔法錠の効力を高めるために、闘技場では刻印を刻んでいるのだろう？」

「そうみたいですね。魔法錠は、魔法錠をつける者の魔力に効果が依存しますから。つけられた者は魔力を封じられたら、それを自力で外すことはまず不可能になるので。というようなことを、ジュリアスさんを買いに行ったときに、ムジークさんが教えてくれましたね」

奴隷闘技場の主であるムジークさんは、大きくて筋肉質な、強面の男性である。話した感じでは、そんなに悪い人には見えなかった。いつだったか案外普通の人だと評価したら、ジュリアスさんにものすごく呆れられた。

「ジュリアスに刻まれている刻印は、奴隷闘技場で使われているものだから、奴隷の刻印と呼ばれているが、本当の呼び名は魔封じの刻印という。奴隷のために作られた魔法ではないと聞いたことがある」

シリル様が、記憶をたどるようにしながら言った。

「魔封じの刻印ですか。まぁ、確かに魔力を封じる効果しかないものなので、そのほうが的確な気がしますけど……」

奴隷の刻印自体には、相手を隷属させる効果はない。

それは魔法錠の役割である。それなのに、刻印のほうの呼び名に『奴隷』とついているのには、確かに違和感があった。

なるほど、と私が納得する横で、ジュリアスさんが「本来の名称などどうでもいい」と嘆息した。

「そうだな。余談だった。異界研究もそうだが、魔導の研究もラシード神聖国はかなり先に進んでいるようだ。錬金術や、魔道具、刻印師。これらは全て、あの国にまつわるもの。大本をたどれば、異界研究者にたどり着くようだ。異界研究から派生した技術だからだろう」

「またラシード神聖国ですか」

今日はその名前をよく聞く日だ。

飛竜も、錬金術も、刻印も。全部、行ったことのない国に関係している。

アリザを支配していた悪魔――メフィストという名前の、黒い四枚の羽を持つ怖いものについても、ラシード神聖国に行けばわかるのかしら。

「刻印については別にこのままでも構わないが、飛竜を手に入れるために行く必要はある。支度ができ次第、出かけるぞ、クロエ」

「気が早い、気が早いですよ！　まだ新しい家に引っ越してきたばかりですし、そもそも五千万ゴールドなんて持っていないですし、行ったところで飛竜買えるかどうかもわからないじゃないですか」

もう会話に飽きたのだろう。

ジュリアスさんが私のエプロンドレスの紐を摑んで私を持ち上げると、部屋から出ていこうとしたので、私は慌てた。

じたばたしたけれど、ジュリアスさんのほうが力が強いので、持ち上げられた後小脇に抱えられては抜け出せないし、離してもらえそうになかった。

「野生の獣が、子供の首を噛んで運んでるみたいだなぁ」

ロジュさんが私たちを微笑ましそうに見ながら、ほのぼのした表現をした。

私はこれっぽっちもほのぼのしていない。ロジュさんは五千万ゴールドを払って飛竜を買えと言われる気持ちを味わったほうがいいと思う。

「少し、待ってくれないか。異界研究者も、刻印師も、飛竜繁殖者や飛竜に詳しい竜騎士なども、あちらの国では普通に訪れただけでは会うことができないだろう。私が親書を書く。それを持って、アストリア王家と繋がりのある異界研究者のもとを訪ねてみてはどうだろうか。上手くいけば、刻印師にも会えるかもしれない」

シリル様はそう言うと、軽く眉根を寄せた。

「……ただ、無謀《むぼう》なことはしないで欲しい。アリザに巣食っていたという魔性の者を倒すのは、私の責務だ。今はまだ、先の出来事で王国内に溢れた魔物が多く残っているし、義手を作ってもらったばかりでは足手まといになるだろう。ともに行く、ということはできないが、……なにか情報を得られたとしても、先走らないで欲しい。ジュリアスは強いとはいえ、クロエは、——三年前は、公爵家の令嬢だったのだから」

心配そうに言うシリル様に、私はジュリアスさんに抱えられながら胸を張って答える。

「今は天才美少女錬金術師なので、大丈夫ですよ！」

「お前に気遣われる必要はない。クロエには俺がいる。さっさと帰って、二百万ゴールドと親書とやらを届けろ。お前にできることはそれぐらいだ」

ジュリアスさんが私の言葉に続けて言った。

なんてことを言うのかしら、と私は目を見開いた。うちのジュリアスさんがごめんなさいという気持ちでいっぱいだ。それでも、「クロエには俺がいる」とか言われたことについては、そう悪い気はしないのだけれど。

私もごめんなさいという気持ちだ。

シリル様の気遣いを無下《むげ》にしてしまったような気がしてならない。

「そうだな、長居して悪かったな。じゃあな、クロエちゃん、ジュリアス。ラシード神聖国については悪い噂は聞かないが、なにせ俺も行ったことがない国だからなぁ。行くとしたら、気をつけてな。困ったことがあったら、いつでも頼っていいから」

「城に戻り、親書を書いて義手の代金とともに届けさせよう。……気をつけて」

ロジュさんとシリル様は、そう言うと扉を開いて帰っていった。

扉の向こうには噴水のある広場が広がっていて、瞳ちゃんの『さようなら』という可憐な声が頭に響いた。


シリル様からの親書と錬金義手の代金が届いたのは、翌日のことだった。

王家からの使者が届けてくれた手紙は二通。一通は、ラシード神聖国の異界研究機関『プエルタ研究院』の異界研究者である『ジャハラ・ガレナ』さん宛てである。

それから私宛て。

シリル様から手紙をもらうのは随分《ずいぶん》久しぶりだ。婚約者だった頃は、季節ごとや私の誕生日などに、よく手紙をくださったものである。

流麗な文字で綴《つづ》られた手紙を、懐かしさを感じながら私は眺めた。

新居の寝室のベッドの端に私は座っている。ジュリアスさんは私の背後で横になって、目を閉じている。まともにベッドで眠ることのできない日々を送ってきたジュリアスさんは、今までの睡眠不足を取り戻すようによく眠る。いいことだと思う。良質な睡眠は心の健康のために大切だと、私に錬金術を教えてくれた師匠のナタリアさんもよく言っていた。

なんせナタリアさんは、新しい錬金術や魔法などの研究に没頭しはじめると、眠ることもご飯を食べることも忘れてしまうらしい。自分に言い聞かせるように「ちゃんと寝て、食べる。どんなに忙しくてもね。人間が生きるためにはそれが一番大事なのよ。わかった？」と言っていた。

元気だろうか、ナタリアさん。一体どこに行ってしまったのかしら。ナタリアさんのことだから、元気だとは思うのだけれど。

私たちが寝室に選んだ部屋は、壁も床も灰色の石で作られている。赤と橙色《だいだい》に染色された羊毛でできた大きな織物を敷くと、寒々しさは若干和らいだ。

扉を開いて右側の壁には暖炉があり、左側の壁際にはダブルサイズのベッドが置いてある。

重厚感のある木製の枠組みだけ残っていたので、マットとシーツは新しく購入した。

私が元々使っていたベッドには小花柄の可愛らしいシーツが敷かれ、同じく小花柄のクッションが並んでいて、どちらかというと少女趣味だった。

そのベッドで眠るジュリアスさんというのは、なかなかにファンシーで微笑ましかったのだけれど、今回はもう少し落ち着いた柄にした。シーツは白く、掛物は深い藍色《あいいろ》である。枕とクッションは持参してきたので、相変わらずの小花柄で、そこだけは可愛らしい。

インテリアにこだわりのないジュリアスさんは、「寝られるんならなんでもいい」と言っていた。

サイドテーブルには星型の錬金ランプが置いてある。天井からは、球体を三つほど繋げた形の、丸形錬金ランプが吊り下げられている。

奥の壁には窓が一つと、大きめのクローゼットが二つ。以前の寝室と、あまり変わらないといえば変わらない。暖炉があるかないかぐらいの違いしかない。

ジュリアスさんに「せっかく部屋がたくさんあるんだから、別々に寝ることにしましょうか」と提案したら「別に今まで通りでいい」と言われてしまったので、こんな感じにおさまっている。

なんとなく照れてしまった私が「ジュリアスさん、さては私がいないと寂しいんですね」と冗談半分で聞いたら、「そうだな」と肯定されてしまったので、もうその話題には触れないでおこうと思う。

「なにが書いてあるんだ？」

衣擦《きぬず》れの音とともに、姿勢を横向きにして私のほうを見たジュリアスさんが口を開いた。

昨日はヘリオス君を洗ったし、錬金義手も作ったので、今日は休業である。

ラシード神聖国に行くことが決まったので、私は準備のため、無限収納鞄《かばん》を朝から錬成していた。もうすぐお昼ご飯の時間だ。ジュリアスさんはヘリオス君に食事をとらせるために、午前中は北の平原で小型の魔物を狩っていたようだ。

ヘリオス君が魔物を食べた場合、魔物は素材を落とさないらしい。残念だけれど、仕方ない。素材よりもヘリオス君のご飯のほうが大事だ。

　私が午前中いっぱいかけて錬成した無限収納鞄は、無限収納トランクと繋がっているとても便利な錬金物である。無限収納トランクに入れているものをいつでもどこでも取り出せるので、旅行にも最適。ちなみに製品化はしていない。悪用されたら怖いので。

　以前使っていたものは、城に連行されたときに兵士に奪われてしまい、それから行方知れずになってしまった。

　恐らく城の瓦礫の中ですり潰されてしまったと思う。外側の造りはただの布鞄なので、ものすごく丈夫、というわけでもない。

「起きました？　読みます？」

　私は手にしていた手紙をジュリアスさんに渡そうとした。

　ジュリアスさんは手紙を受け取らずに、軽く首を振った。

「聞いているから、口に出して読め」

「あ。さては甘えていますね」

「声が聞きたい」

　最近のジュリアスさんは、結構直球だ。

　うん、でも今に始まったことじゃないわね。一緒に暮らすようになった最初の頃から、同じようなことは言っていた気がする。言葉や表現が、わかりにくかっただけで。

　私は頬が熱を持つのを感じながら、胸を押さえた。どうにも慣れない。妙に緊張してしまう。

　嫌な緊張では、ないのだけれど。

ジュリアスさんが好き——そう思うだけで、些細な日常の一つ一つのことが、特別なものになったような気がする。

「……いいですよ、じゃあ聞いていてください」

「あぁ」

私は手紙に目を落とす。それから口を開いた。

『クロエ、昨日は義手をありがとう。試しに鎖の練習をしてみたが、なかなかに大変そうだ。付き合ってくれたロジュに、実践ではまだ絶対に使うなと何度も言われた。ところで、親書と義手の代金を、王家の使者に届けさせる。あまりクロエに会いに行くと、ジュリアスの機嫌が悪くなるだろうから、今回は手紙だけにした』

「それは正しい判断だな」

「ジュリアスさん、シリル様が嫌いですもんね」

「そうだな。あれがお前と話しているのを見るのは、不愉快だ」

「……ええっと」

私は手紙の続きを読むことにした。不愉快な理由はもう知っている。恥ずかしいやつなので、そっとしておこう。それがいいわね。

『ところで、謝らなければいけないことがある。先の件でクロエとジュリアスに無実の罪を着せようとした、コールドマン商会のエライザ・コールドマンと、マイケル・コールドマンを、事情聴取のために捕縛し貴人用の牢に投獄していたのだが、数日前にいなくなっていた、と連絡があった』

「……アストリア王国の兵士は、使えない者ばかりだな」

「まぁまぁ。お城も壊れちゃったし、王都もあちらこちらぼろぼろで、人手が足りなかったんですよ、多分」

嘆息するジュリアスさんを、私は宥《なだ》めた。

コールドマン商会はアストリア王国の中では一番大きな商家なので、私兵もいる。なにかしら、逃亡する手段はあったのだろう。

『コールドマン家を探るつもりではいるが、恐らく遠くに逃げているだろう。金は有り余っている家だからな。宝石商として、他国とも取引を行っている。もしかしたら、他国に逃げている可能性もある。エライザはジュリアスを自分に売らなかったクロエが全て悪い、というようなことを言っていた。もしなにか身辺に異変あったら、すぐに知らせて欲しい』

エライザさんは、ジュリアスさんのことがそんなに好きだったのだろうか。

数回会っただけなのに。私のことを恨むぐらいに、ジュリアスさんが欲しかったのかしら。恋心というものは、わからないものね。確かに、一目惚れというものは、あるのだろうけれど。

「面倒なことだな。たかが商家の人間に、なにかできるとは思えないが、一人でうろうろするな、クロエ」

ジュリアスさんが溜息交じりに言った。

私は手紙をサイドテーブルに置くと、振り向いてジュリアスさんの綺麗な顔を覗き込んだ。

「心配してくれているんですか？」

「お前を守ることが、俺の生きる意味だと今は思っている」

真摯《しんし》な瞳と目が合って、私はうろたえた。

手を引かれて、抱き込まれる。規則正しい心音が耳に響いた。

「……明日、朝にはラシード神聖国に向かいましょう。飛竜が購入できるかどうかはわかりませんが、異界研究者の方に会って、それで、できれば刻印師の方を紹介してもらって、ジュリアスさんの刻印を消したいですね」

「俺はこのままでも構わないが」

「私が嫌なんですよ。ジュリアスさんに奴隷の刻印がずっと刻まれてるとか、嫌です。それに、魔法が使えるジュリアスさんは今よりももっと強いでしょうから、魔物討伐がはかどっちゃいますし、……もしかしたら、悪魔と戦わなきゃならない日が来るかもしれませんし」

「そうだな。あの不快な悪魔とやらの羽を全てむしり取れば、さぞいい値で売れるだろう」

「商魂逞《たくま》しいですね、ジュリアスさん。売る気ですか」

「金はいくらあってもいい。飛竜を買うためだ」

ジュリアスさんらしい返答に、私はくすくす笑った。

知らない場所に行くことも、不穏な知らせも、怖くない。

ジュリアスさんがいてくれると思うと、私は自分を鼓舞するだけではなくて、本当に——王国最強天才美少女錬金術師のクロエちゃんに、なれるような気がした。

◆プエルタ研究院とフォレース探究所

王家の親書を受け取った翌日の朝、ジュリアスさんと私はヘリオス君の背中に乗って、王都の街をあとにした。

数日で戻る予定だけれど、中央広場のお店の入り口にはお休みの看板を掛けておいた。瞳ちゃんに、「来訪したお客さんには、ラシード神聖国に出かけたと伝えて欲しい」とお願いすると、『任せておいて、クロエちゃん』と言っていた。

ヘリオス君は久々に皆でお出かけするのが楽しいのか、雲間を縫うように、時々体を左右に傾けて高度を変えながら、のびのびと飛んだ。

首を伸ばし大きく翼を広げて流線形の姿勢になって、あまり羽ばたかないヘリオス君の飛び方は相変わらず洗練されている。風を切る音だけが聞こえる。王都の街はどんどん小さくなり、やがて眼下には緑の大地が広がった。

私はジュリアスさんの後ろで、アリアドネの外套に身を包んだその背中にくっつくようにして腰に摑まっていた。私は相変わらずのエプロンドレスと三角巾である。

隣国への旅なので服装を変えてもよかったのだけれど、なんだかんだエプロンドレスが一番落ち着く。

ラシード神聖国は砂漠に囲まれた暑い国なので、気持ちだけでも涼し気にしたいと思い、青いエプロンドレスを選んだ。

ちなみにジュリアスさんのアリアドネの外套は、温度調節機能が生地に施されているので、暑さ寒さは関係ない。いつか大金持ちになったら、私もアリアドネの糸でエプロンドレスを造ろうと思う。そんな贅沢、恐ろしくてできないかも、だけど。

国境付近に広がる森の上空を抜けると、景色ががらりと変わった。

一面黄金色の砂が広がっている。それは砂の海に見えた。

どこまでも果てのない砂漠。

学園時代に地学や歴史の授業で、ラシード神聖国は国土のほとんどが砂漠だと習ったけれど、実際目にするとなかなか衝撃的だった。

どこまで行っても砂ばかりだ。ヘリオス君に乗って空を駆けているから、不安なく砂漠を越えることができるけれど、歩いて移動することを思うと怖気がした。

「ジュリアスさん、砂漠ですよ。砂漠」

初めて砂漠を見た感動をジュリアスさんに伝えようと、私は口を開いた。

「見ればわかる」

ジュリアスさんは私をちらりと振り返り、短く返した。感動が薄い。

「ジュリアスさんは戦争中に、ラシード神聖国に来てるんでしたっけ？　砂漠越えるの、初めてじゃないですか？」

アストリア王国に来る前のジュリアスさんは、ディスティアナ皇国で将をしていた。

戦っていた相手はアストリア王国だけじゃなかったらしい。

ディスティアナ皇国が隣接する小国全てに、ディスティアナの皇帝が侵略の手を伸ばしていたせいで、各地を転戦していたと言っていた。

「ディスティアナ皇国から、国境を少し越えた程度だな。ラシード神聖国の首都である聖都アルシュタットは砂漠を越えた先にある。ディスティアナ皇国に竜騎士は俺一人だった。砂漠では騎兵は使えない。馬は砂漠の上を歩くことができない」

「確かに、砂に脚を取られてしまいそうですよね」

「あぁ。歩兵は……砂漠を越えることができたとしても、聖都アルシュタットにたどり着く前に死ぬ者のほうが多い。ラシード神聖国にはよほどの暗愚《あんぐ》でなければ、手を出さないのが普通だ」

特になんの感情も含まれていない冷静な声音で、ジュリアスさんは言った。昔を懐かしんでいるわけでも、悲しんでいるわけでもなさそうだった。時々ジュリアスさんはそういう話し方をする。

「ディスティアナ皇国は普通ではなかったんですか？」

「皇帝オズワルド・ディスティアナを暗愚だと、あの国で口にすることはできない。どこからともなくそれが伝わり、異端審問官によって首が飛ぶ」

「異端審問官？」

「皇帝に叛意《はんい》のある者を、処罰する連中のことだ」

「怖いですね、皇国。絶対に住みたくないです」

なんとなく怖い国だと思っていたのだけれど、思った以上に恐ろしい国なのかもしれない。

ディスティアナ皇国とアストリア王国は、三年前に和睦を結んでいる。その後のことはよく知らない。王都の人が皇国に行ってきたとか、ディスティアナ皇国からの旅行者と会ったとか、そういう話を聞いたことがない。

ジュリアスさんも時々ぽつぽつと過去について話してくれる程度なので、未だに知らないことは多い。もちろんジュリアスさんが話をしてくれるのは嬉しい。だからといって無理に聞き出すほどに、知りたいとは思わない。

どちらにしろ、きっと行くことはないだろう。

ジュリアスさんにとっても、皇国はなにもない場所、らしい。残してきた人も、やり残してきたこともないのだと言っていた。

「ラシードの国境付近の、国境を守る砦《とりで》を落とすだけで限界だった。砂漠が自然の砦のようなものだからな、ラシードにとっては国境の砦などどうでもよかったんだろう。監視台、程度の役割の場所を落としたところで、なににもならない。それから……俺ではない将が、皇帝の命《めい》に従い兵を砂漠に向かわせて、ほとんどが死んだ。愚かだな」

「……砂漠で、亡くなったんですか？」

「あぁ。だからこの砂漠には、たくさんの人骨が埋まっている。そう、言われている」

「……うう」

嫌なことを聞いた。

黄金色の砂はさらさらと滑らかで、風の残した複雑な模様が陰影を描いて、とても美しく見える。

それなのに、恐ろしい。

砂に埋まってしまったら、きっと誰にも見つけてもらえないだろう。

「絶対に、絶対に、落とさないでくださいね」

「……俺がお前を落とすことはないが、お前が自分から落ちることはありそうだな」

「そこまで私は間抜《まぬ》けじゃありませんよ。こんな恐ろしい場所に自分から落ちたり絶対にしませんから」

「お前はそういう愚かなことをする阿呆だと、前回の件で身に染みている。落ちたとしても必ず拾いに行くから、心配しなくていい。ヘリオスはお前の匂いがわかるからな。果てのない砂漠でも見つけることができる」

私は反論できなくて口を噤《つぐ》んだ。

それにしても、私の匂い、とは。毎日お風呂に入っているし洗濯もきちんとしているので、多分大丈夫だと思うのだけれど、なんとなく気になるわね。一体どんな匂いがするのかしら。ヘリオス君がお話できるのなら、ぜひ聞いてみたいわね。できればいい香りだといいのだけれど。

豆のスープの香りが身に染みついているとか言われたら、立ち直れない。うら若き二十歳の乙女にとって、それはちょっと残酷だ。

薔薇《ばら》とかそういう素敵な感じの花の香りがいい。今度香水でも買ってみようかしら。

「その節は大変ご迷惑をおかけしました。なんだかだんだん、本当に落下して砂漠で迷子になる気がしてきました」

「別に構わない。落ちたら拾う、それだけの話だ」

「ありがとうございます、頼りにしてます！」

私は多少照れながらも、元気よく言葉を返した。

砂漠から内陸に進むほどに、日差しが強くなってくる。

照りつける太陽の光は、アストリア王国よりもずっと強い。それでも季節が冬に向かっているせいか、耐えられないほどの暑さは感じない。体にあたる陽光は熱いけれど、吹き抜ける風は少し涼しかった。

ラシード神聖国の中心地である聖都アルシュタットは、砂漠の真ん中に突然現れた大きな街だった。ぐるりと外壁に囲まれている街は、そこだけ砂漠から守られているように見える。

聖都アルシュタットにも行ってみたいけれど、今日の目的地は別にある。

アストリアの王都よりも一回り大きく見える街を、遠く空から見下ろしながら更に進んでいく。

砂漠ばかりだった景色が、少しずつ変わっていく。砂が途切れたと思ったら、そこは乾いた大地だった。それでも生えている木々の緑がちらほらと見える。切り立った山脈や丘があり、乾燥しひび割れた大地に街道が敷かれている。街道には小さな集落が点在しているようだ。街や街道を少し外れると、そこにはやはり砂漠が広がっている。

木々が密集して生えているのを中心に、唐突に現れたような湖が広がっている場所もあり、その側には聖都アルシュタットほどではないけれど、大きな街があるようだ。

アストリア王国の上空から見るのとはまるで違う景色だった。

国境を越えるだけでこうも違うのかと感心しながら、私は眼下に広がる景色を見ていた。

プエルタ研究院があるのは、聖都アルシュタットよりも更に東にある、『星見の丘』と呼ばれている小高い丘の上だ。シリル様のお手紙に、場所を示した地図が同封されていた。

示されている方角に向かうと、歩いて登るのはかなり困難に見える、切り立った山にも似た丘の上の平たい土地に、白い寺院が見えた。

建物の造りも、アストリア王国とは違うようだ。

寺院は白い土壁でできていて、屋根が丸くて低い。上空からだと、いくつかの円が連なってできているように見えた。

ヘリオス君の手綱《たづな》を、ジュリアスさんが軽く引いた。高度がゆっくりと下がっていく。

知らない国の知らない場所に向かっているのだと思うと、少し緊張した。

（ラシード神聖国の人々は穏やかな方が多いと学園では習ったし、親書もあるし、きっと大丈夫よね）

地面が近づき、ヘリオス君は静かに丘の上に降り立った。

小高い丘の上からは、真っ青な空と黄金色の砂漠の境目の地平線が見える。

目の前に、白い寺院がそびえ立っている。建物のわりに小さな入り口の扉が中央にあり、塔がいくつか連なっているような造りだった。

塔の上には、上空から見下ろした丸い屋根がある。中央の建物はひときわ大きく、丸い屋根がなんとなく美味しそうだった。多分、マカロンに似ているからだろう。

ジュリアスさんは、ヘリオス君を指輪の中へと戻した。知らない土地で、一人で待たせるのが心配だったのだろう。私も心配なので、指輪の中にいてくれたほうが安心である。

私は肩から下げた無限収納鞄の中から親書を取り出すと、きゅっと握りしめた。

それから、さっさと中央の扉に向かって歩きはじめたジュリアスさんの背中を追いかけた。

私たちは、プエルタ研究院の深みのある金色に塗装された扉の前に立った。

私の持っている親書が、魔力の光を帯びる。まるで身分を照合するようにして、飾り気のない金色の扉に、アストリア王家の二つの角がある獣の形をした紋様が赤く輝きながら浮かび上がる。二、三回明るく輝いた後、ランプの光を消すようにして紋様は消え、扉は勝手に開いた。

入れ、と言われているようだった。

ためらう私をよそに、ジュリアスさんは表情を変えることもなく建物に足を踏み入れる。

私は置いていかれないように、小走りで後を追った。身長差のせいでジュリアスさんは歩くのが速い。

プエルタ研究院の内部は、白い神殿のような造りになっていた。

広いホールに何本も巨大な柱が立っており、天上には白い羽を持つ美しい姿かたちをした人たちと、青い空と白い雲、それからヘリオス君に似た黒い飛竜の姿が描かれている。

その大きさと美しさに圧倒されて、私は感嘆の溜息をついた。

ホールの奥には首のない、羽を持つ女性の白い石像がある。明かり取りの天窓から、石像に向かって光が差し込んでいた。

円形のホールをぐるりと囲むようにして、いくつもの扉がある。

どの扉も特徴がない。この美しい場所はただの飾りで、研究院は扉の奥に広がっているのだろう。迷ってしまいそうだなぁと思う。

「――ようこそ。プエルタ研究院へ」

ホールの奥の並んでいる扉の一枚が、音もなく開く。

静かな森を連想させる、厳《おごそ》かでよく通る男性の声がホールに響いた。そんなに低い声ではないけれど、どことなく深みを帯びた声音だった。

首のない女性の石像の前に立つ私たちのほうへと、扉から男性がやってくる。

足元までを隠すローブは深い紫色で夜空を連想させた。中に着ている服は首元が開いた涼しげな白い長袖。ローブの首元から裾までまっすぐに金色のラインが入っており、まるでワンピースのように長い上着の腰には茶色いベルトが巻かれている。白いズボンは体型を隠してしまうぐらいに布が多く、遠目からだとロングスカートに見えなくもない。

褐色の肌に、紫色の瞳。黒い髪の男性――というよりは、少年だろうか。耳には大きな金色のピアスが吊り下がっている。目の下に、赤い流線形の紋様がある。どことなく神秘的な風貌の少年だ。

少年は私たちの前で足を止めて、丁寧な礼をしてくれた。身長は私と同じか少し低いぐらい。まだ成長期の途中なのだろう、華奢《きゃしゃ》な体つきをしている。

私も頭を下げる。昔行っていた貴族の礼ではなくて、いつもの、錬金術師クロエになってから覚えた商売用の挨拶にした。

「初めまして。クロエ・セイグリットと申します。こちらは、ジュリアス。アストリア王国から来ました」

「僕は、ジャハラ・ガレナ。プエルタ研究院で、異界研究をしている研究員です。今は、研究長をしています」

丁寧な言葉遣いで、にこやかにジャハラさんは言った。

ラシード神聖国の人々は穏やかな方が多いと聞いていたけれど、本当だった。邪険にされる可能性も考えていたので、ほっとした。

「まだ、お若く見えるのにすごいですね」

「あぁ──それは。いろいろありまして。立ち話もなんですから、奥に行きましょうか。セイグリット公爵の娘、クロエさん。それから、ディスティアナ皇国のクラフト公爵、ジュリアスさん。不思議な巡り合わせですね。……とても、興味深い」

「……よく、知っているな」

ジュリアスさんが厳しい声音で言う。

声に含まれた殺気に気づいているのだろうけれど、ジャハラさんは特に気にした様子もなく、穏やかに微笑んだ。

「アストリア国王シリル様より、魔力鳩によって届けられた親書に書いてありましたからね、いろいろと。隠しごとというのは、信用を失います。最初に正直に全てを話してしまうことが肝要です。さぁ、こちらに」

「あの、私も親書を持ってきていまして……」

「あぁ、そうでしたね。こちらに届いたものと同じものでしょうけれど、一応いただいておきますね。あなた方の身分を証明するためのものですから」

遠慮がちに私が言うと、ジャハラさんは私から親書を受け取った。

それからホールの奥の扉に向かう。私は不機嫌そうな表情を浮かべて動こうとしないジュリアスさんの服を引っ張って、ジャハラさんの後を追いかけた。

扉を抜けると、長い回廊が続いている。

等間隔の柱に支えられた回廊の右側には、こちらの国に来てからあまり目にすることのなかった植物が、鬱蒼《うっそう》と繁っている。

蔓性《つるせい》の枝に大きな緑の葉が特徴的なものや、尖った葉が上に伸びているものなど様々で、アストリア王国ではあまり見かけない種類の植物だった。

植物の生い茂る脇には、川が流れている。透明度の高い綺麗な水だった。川がどこから来て、どこに流れていくのかはよくわからない。砂漠と乾いた大地ばかりだったラシード神聖国にも水はあるのだなと思った。

水がなければ暮らしていけないので、当たり前だろうけど。

左側の壁には扉が並んでいる。扉が多い建物である。天井はかなり高い。天井までの壁にはいくつもの窓があり、風が吹き抜けている。

建物の中にいるのに、屋外を歩いているような印象を受ける場所だった。

「プエルタ研究院には、多くの研究員がいました。今は、僕を含めて両手で数えられる程度しかいません。諸事情がありましてね」

ジャハラさんは、含みのある言い方をした。

川からは水の流れる音がする。ジュリアスさんは無口だし、私もなにを聞いていいのかよくわからなくて、口を閉じた。かつん、かつんと、三人分の足音がしばらく回廊に響いた。

「こちらが、僕の研究室です。今では使っていない部屋のほうが多くて。奥まで行くと、迷子になって戻ってこられなくなってしまうんですよね。奥に行けば行くほど迷路みたいな造りになっていますから。クロエさんたちも、気をつけて」

「気をつけます……」

既に今、迷子になりそうである。

同じような景色が続いているせいで、どの扉から入ってきたのか判別がつかなくなっている。

ジャハラさんは白い石造りの壁に並んでいる扉の一枚を開いた。

中は広い空間だった。壁一面に書棚が並んでいて、中央に大きな机と、数脚の椅子がある。

木製の机の上には、ラシード神聖国を含めた周辺諸国の地図がいっぱいに広がっている。

大きな窓のある壁側に、光沢のある焦げ茶色の木製の立派な机がある。

なんだか物が多い部屋だった。

書棚には、本と一緒に魔物が落とす素材も無造作に置かれていた。見たことがあるものからないものまで様々だ。国が違えば、魔物の種類も変わるのだろうか。

「長旅、お疲れでしょう。まずは、座ってください」

「ありがとうございます」

私は素直に、中央の机を囲むように並んでいる椅子に座ったけれど、ジュリアスさんは私の背後に腕を組んで立っていた。そんなに警戒しなくても。ジャハラさん、いい人そうなのに。

部屋の更に奥にある扉から、紫色のローブを目深《まぶか》に被《かぶ》った女性が姿を現す。鼻先と口元だけが見える。

女性は銀色のカートを押して部屋に入ってくると、私たちの前にお茶をそっと出してくれた。

花柄の陶器のカップに入っているお茶は、薄いベージュのような色をしていた。紅茶には見えないし、珈琲《コーヒー》の香りもしない。甘くて香ばしい香りがする。

「それはシナモンとミルクを煮込んで、砂糖を入れたものです。シナモンティーですね。ラシードで

は一般的な飲み物ですが、甘いものは嫌いですか？」

ジャハラさんが穏やかな声音で尋《たず》ねてきた。シナモンティーというものを見たのは初めてだけれど、説明を聞いただけで確実に美味しい飲みものだとわかる。

「甘いものは好きですよ。遠慮なくいただきますね」

お茶を入れてくれた小柄な女性は、私の正面の椅子に座ったジャハラさんの背後に控えた。

私はお茶の入ったカップに口をつける。ミルクのまろやかさの中に控えめな甘さがある。シナモンのいい香りが口に広がった。

「初めて飲みましたけど、美味しいです」

ジュリアスさんも飲めばいいのに。甘いもの嫌いだったかしら。

「お口に合うようでよかったです。異国の方を招待するのは久しぶりで、少々緊張していました」

「ラシード神聖国は、異界についての研究成果を他国に教えてくださっていると聞いたことがあります。交流が多いのかと思っていたんですけれど」

「諸事情がありまして。……クロエさん。正直に、話しますね。クロエさんには、協力していただきたいことがあるんです」

「協力、ですか？　ええと、あの……私もお願いがあって、ここに来ていて」

「あなたたちの事情は知っていますよ。ジュリアスさんの首にある魔封じの刻印を、消したいんですよね？　そのために刻印師に会いたいから、ここに来た、と。……確かに、プエルタ研究院には刻印師がいます。刻印を消すことは困難ではあるでしょうが、試してみることはできるでしょう」

「本当ですか？　ありがとうございます！」

「けれど、……そのためにも協力していただきたいのです。我が国は今、非常に切迫した状況にあります。クロエさんの力が、必要なのです。僕の予想が正しければ、あなたは——魔性の者の気配が、わかりますね？」

——魔性の者の気配がわかる？

私は首を傾げた。言われた意味がよくわからない。

「……その話は、聞く必要があるものなのか」

私の背後に立っていたジュリアスさんが一歩踏み出し、椅子に座る私の横に立った。テーブルに手をついて、ジャハラさんを威圧するように身を乗り出す。

ジャハラさんは臆《おく》した様子もなく、ジュリアスさんを見上げて一度頷いた。

「刻印師もそうですが、アストリア王国で起こった異変について、それから、セイグリット公爵が封じようとしていたものについても、クロエさんの持つ力についても、僕は語ることができるでしょう。お互いに、益になる取引だと思っています。そしてこれはきっと、運命、なのですよ」

「運命、ですか」

私は呟いた。

未来は——決まっていない。

亡くなったお母様がいつか言ってた言葉が、脳裏をよぎる。

「ええ。ジュリアスさんとクロエさんが出会い、そして僕のもとを訪れた。これは、定められた運命。そしてあなたたちが僕に協力することも、定められた運命なんです」

「馬鹿馬鹿しい。異界研究者とはもう少し理論的に話をする者だと思っていたが、運命論者だったとはな」

「異界研究の最終的な目標とは、未来視です。僕のもとにあなたたちが来ること、星の導きがあることは、わかっていました。そして、あなたたちが僕に協力してくれることも」

「……くだらない。帰るぞ、クロエ」

ジュリアスさんは私の手を摑んで立ち上がらせようとした。

私はもう片方の手でジュリアスさんの手を摑み返して、首を振る。

「ジュリアスさん。私は、……お父様のこと、知りたいです」

ジャハラさんは、お父様について知っているみたいだ。アリザの中に巣食っていた悪魔を封じようとして、悪魔の計略によって処刑され、異界に落ちたお父様のことを。

私はお父様をただ怖いばかりの人だとずっと思っていた。だから、よく知らない。

今更かもしれないけれど、知りたいと思う。

悪魔についても、知っておきたい。私は逃げてはいけないような気がする。

救えなかったお父様や、そして、私を憎みながらも「助けて」と手を伸ばし叫び続けていた――アリザのためにも。

「厄介ごとに巻き込まれるのは目に見えている。帰るぞ、阿呆。俺の刻印はこのままでいい。不自由はしていない。お前たちの国の問題に首を突っ込む気はない。情報料としては高すぎる」

ジュリアスさんは冷静に言った。

確かにジュリアスさんの言う通りなのかもしれない。ジャハラさんの話を聞いたら、後戻りはできなくなってしまうような気がする。

――けれど、私は。

「ジュリアスさんは、飛竜が欲しいのでしょう？　今のラシード神聖国で、飛竜を手に入れるのは困難です。僕に協力することは、飛竜を救うことにもなるのですよ」

ジャハラさんが、落ち着いた声で言った。

「どういう意味だ？」

ジュリアスさんの表情が変化した。

わずかばかり、興味を引かれたように、ジャハラさんを見る。

飛竜愛好家のジュリアスさんがなにを言われたら弱いのか、ジャハラさんは心得ているようだった。

まだ若く見えるのに、すごいわね。伊達《だて》にプエルタ研究院の長をしているわけではないのね。

ジュリアスさんの、私を摑む手の力が緩むのを感じる。話を聞こうとしてくれているようだ。

「……僕を警戒する、ジュリアスさんの気持ちはわかります。クロエさんの身を危険に晒したくないのでしょう。僕としても、他国の人間であるあなたたちを、自国の問題で危険に晒すようなことをしたいわけではありません。クロエさんに頼みたいのは、とても簡単なことです」

ジャハラさんは、テーブルの上に両肘をついて、顔の前で手を組んだ。

まっすぐに私を見つめる瞳の奥に、懇願するような必死さがあるような気がした。

泰然《たいぜん》とした態度を崩さないジャハラさんだけれど、――本当は、違うのかもしれない。

私はジュリアスさんの顔を見上げた。私を見下ろしたジュリアスさんは、なにも言わなかった。自分で決めろ、と言われている気がした。

「それは、私にできることなんですか？」

「クロエさんにしかできないことです」

「……私は、なにをすればいいんでしょうか」

ジャハラさんはほっとしたように、一度深く息をついた。

それからちらりと、背後に控えている全身をローブで隠した女性に視線を送る。女性はこくりと頷いた。

「どうか……ラシード神聖国のために、聖王宮に巣食う悪魔が誰なのか、見破ってください」

ジャハラさんは、秘密を打ち明けるように密やかな声音で言った。静かな部屋にジャハラさんの小さな声が、はっきりと響いた。

「それって、……私にできることなんですか？」

私は困惑して眉根を寄せる。

ジャハラさんはなにかを確信しているように深く頷いた。

ジュリアスさんは話を聞く決心がついたように、嘆息しながら私の隣に座った。ついでのように頭を軽く小突かれた。

ジュリアスさんの大好きなクロエちゃんの頭を小突くとか、どうかと思う。「お人好しの阿呆」という感情が、その行動に全て含まれている。以心伝心である。私は心の中で謝った。

でも飛竜という単語が出てから、ジュリアスさんの心も揺らいでいることを私は知っている。飛竜愛好家のジュリアスさんは、飛竜のためならなんでもするはずだ。多分。

「どこから、話しましょうか。……ラシード神聖国の現状について少しだけお話ししましょう。我が国は、異界研究が盛んな国だということは知っていますか？」

「はい。有名ですから」

ジャハラさんの話が始まると、ジュリアスさんはあまり興味がなさそうに、置きっぱなしですっかり冷めてしまったジュリアスさんの分のシナモンティーに口をつけた。

甘さがお気に召さなかったらしく、一口飲むと眉間に皺を寄せて、カップをテーブルの上に戻してしまった。

それから腕を組んで、目を閉じる。

相変わらずの態度の悪さ。これでも私よりよほどきちんと話を聞いているのだから、不思議だわ。

「異界研究者というのは、大きく二つに分かれています。天上界を研究し未来視を目標とした我がプエルタ研究院。それから、異界の下層――いわゆる、冥府《めいふ》を研究し不死を目標とした、フォレース探究所」

「……冥府、ですか」

異界には上層と下層があると言われていると、学園で習った。

生前に罪を犯した人々の魂《たましい》が落ち、その怨念や未練が魔物に姿を変えると言われている場所が、下層。――冥府。

善良な魂が昇ることができる楽園が、上層。――天上界。

いつか命が終わる日に、魂が楽園に行けるように、良い行いをしましょう、罪を犯さず生きましょうと、アストリアでは教えられている。

「そもそも、刻印師というのは、フォレース探究所から生まれました。それは、封魔の力に特化した魔導師のことです。フォレース探究所の研究員は、冥府に降りることを繰り返しています。そこで出会った悪魔を従え連れて帰るために、刻印師という存在を造り上げました」

「悪魔を連れ帰る……？」

私はメフィストの姿を思い出す。

黒い四枚羽を持った悪魔は、とても人の力で御《ぎょ》することなどできそうにない、禍々《まがまが》しく強い力を持った存在だった。そしてとても、歪《ゆが》んでいる。他者の苦しみを糧《かて》にして、それを喜ぶような、最低なもの。

それを、冥府から連れてくるなど、危険でしかない気がするのだけれど。

「異界とは、魔力の満ちる場所です。悪魔は、魔力の塊《かたまり》のようなもの。魔力を封じてしまえば、——ただの、人と変わらない。そうフォレース探究所では言われています。プエルタ研究院は反発しました。そんな研究は危険であると。……そしてそれは、案の定国を脅《おびや》かすものになってしまいました」

「悪魔とやらが、逃げたか？」

ジュリアスさんが薄く目を開いて、ぽつりと言った。やっぱり話をちゃんと聞いている。

「恐らくはそうなのでしょう。僕には探究所の詳しい内情まではわかりませんが。フォレース探究所は聖王の信頼を勝ち取り、プエルタ研究院を中央から排斥《はいせき》しました。今から数年前のことです」

「危険な研究なのに、聖王の信頼が得られたのですか？」

「ええ。聖王シェシフ様は、フォレース探究所の研究が、国力の増強に役立つと考えたようです。聖王を後ろ盾に得て、その研究は更に苛烈《かれつ》になっていった。危険視した僕たちは、探究所の行いを止めようと幾度《いくど》か争いましたが、勝つことはできなかった。……そうしたことを繰り返し、プエルタ研究院には今、研究員がほとんど残っていません」

「殺されたか」

「はい。フォレース探究所の危険を訴えた者たちは、皆、暗殺されました。元研究長であった僕の父も、母も」

「そんな……」

私は俯いた。

ジャハラさんは一度黙った後「僕の事情は、いいんです」と気を取り直したように言った。

「在《あ》りし日の父の話では、フォレース探究所とプエルタ研究院は、かつては同朋のような関係であったそうです。前聖王ミシャル・ラシード様は穏健《おんけん》な方で、暗殺などという非道を許したりはしなかったそうです。僕が生まれる前には、既に亡くなられていたようですが」

「聖王を継いだ、シェシフ・ラシードが愚物だったということか」

ジュリアスさんの言葉に、ジャハラさんは軽く首を振った。

「いえ……現聖王シェシフ様も、かつては父王であるミシャル様に似た人格者だったそうです」

「それなのに、どうして？」

突然、人が変わってしまったということかしら。

――どくんと、心臓が跳ねる。

それはまるで、メフィストがアリザを操ってたくさんの人を傷つけた、アストリア王国みたいだ。

「父の話では、――フォレース探究所も聖王宮も、悪魔に操られているのではないか、と」

ジャハラさんの静かな声が、部屋に響く。

やっぱり、そうなのかしら。

ある程度予想していたので、思ったよりも衝撃は受けなかった。

「……私の妹に、悪魔が巣食っていたように、ですか？」

私が尋ねると、ジャハラさんは頷いた。

「恐らくは。僕の両親が殺されたのは、悪魔の存在に気づいてしまったからではないかと、考えています」

「それで、お前は復讐でもしたいのか？」

「復讐は、無益です」

ジュリアスさんの不躾《ぶしつけ》な質問に、ジャハラさんは不機嫌な表情さえ浮かべずに言葉を返した。

「僕は、ラシード神聖国を、人々を悪魔の手から守りたい。それが、異界研究者としての責務ですから」

「本当にそれだけか。両親を殺され、恨みもしていないと？」

「ジュリアスさん、言いすぎですよ」

私はジュリアスさんの服を引っ張る。ジュリアスさんはジャハラさんをまだ信用できないのだろうけれど、ご両親を失った方にかける言葉ではないわよね。

ジャハラさんは「大丈夫ですよ」と、微笑んだ。

「ジャハラさんの事情は、わかりました。私、協力したいなって、思ってます」

私もお父様を失っている。

それに悪魔が関わっているとあっては、放っておけないわよね。

ジュリアスさんが深々と溜息をついた。でも席を立とうとはしなかった。

ジュリアスさん、本当に嫌なときは私を強引に抱えて立ち去ろうとするので、もしかしたら私の気持ちを汲《く》んでくれているのかもしれない。私は心の中でジュリアスさんにお礼を言った。

ジャハラさんは、「ありがとうございます、お二人とも」と言って、深々と頭を下げた。

その声音には、初めてジャハラさんの感情がこもっているような気がした。

それから下げていた頭を上げると、机に置かれた地図の一ヶ所を、指で示した。その場所は、ラシード神聖国の砂漠に囲まれた首都。『聖都アルシュタット』だった。

「聖都アルシュタットにある聖王宮では近日中に、聖王シェシフ様の花嫁選定の舞踏会が行われることになっています」

「花嫁選定、ですか」

私は首を傾げる。今までの緊迫した話とは全く違うわね。舞踏会。ちょっと楽しそう。

「プエルタ研究院の関係者は顔を知られていて、聖王宮に近づくことはできません。それに近づいたところで、……誰が悪魔なのか、誰が聖王を操っているのか、わからないのです」

「花嫁選定の舞踏会だったら大勢の人が集まるでしょうし、入り込みやすくはありますよね。でも、悪魔を探す方法なんて……」

「……クロエさんは、悪魔の気配がわかるはずです。故セイグリット公爵の話では、あなたは――聖なる加護を受けている、と」

「お父様……？」

お父様の話が、ここで出てくるとは思わなかった。

びっくりしてそれ以上なにも言えない私に、ジャハラさんは頷いた。

「はい。……僕にはそれが、どういう意味かまではわかりません。公爵と直接話をしていたのは、僕の父でした。クロエが真実に気づいてしまう前に、あれを封じる方法を見つけなければと、公爵は言っていたそうです」

まともに言葉を交わした記憶はほとんどないけれど――お父様は私のことを、ずっと想っていてくれた。

もう、感謝の言葉を伝えることができないのが、苦しい。

「僕は、あなたには悪魔の気配がわかるのだと、推測しました。……悪魔に近づくと、なにか感じるのではないですか？　僕の父は、言っていました。彼らは完璧に、人に擬態《ぎたい》している。もしくは、協力者の側で姿を隠している。誰もそれに、気づくことはできないと」

私は混乱しながらも、アリザについて思い出してみる。

――私は、最初からずっと、アリザが怖かった。

理由はわからない。本能的な怖さを、ずっと感じていた。異様に魔力が強い魔物に出会ったときと、それは似ている。

怖いものを見てはいけないと、お母様は言っていた。怖いものからは逃げなさいと、教えてくれた。

つまり、それは――。

「……恐ろしい魔力の気配を感じると、気持ち悪くなったり、怖かったり、寒気がしたり、します。けれどそれは皆、感じるのではないですか？」

ずっとそう思っていたのだけれど、違うのかしら。

「皆、ではありません。知性のない魔物と違って、悪魔は巧妙に自分の気配を隠すそうです。……シリル・アストリア様も、僕の記憶が確かなら、かなりの魔力量を持った方です。それでも、悪魔が巣食っていた少女と契りを結んだのでしょう？」

「確かに、そうですけれど……」

「クロエさんのように感じていたのなら、そんなことはしません。実際、王国では誰も、悪魔の存在に気づいていなかったのですよね」

私は小さく頷いた。なんだか、奇妙だった。まるで実感が湧かない。そんなふうに、自分について考えたことは一度もなかった。

私は膝の上に置いた手に力をこめる。自分のことさえ、よくわからない。お父様は——私が悪魔に気づいてしまうことを、心配していたのだろうか。

悪魔の存在に気づいてしまえばきっと、私は悪魔に殺される。そう、思っていたのかしら。

もうお父様に、それを尋ねることはできない。お父様と交流があったらしいジャハラさんのお父様も、お亡くなりになっている。想像することしかできない。

今まで静かにジャハラさんの後ろに控えていた女性が、おもむろにフードを外した。

褐色の肌に金の瞳。たおやかな黒い髪を持つ、若い女性だった。

女性の首からは、親指ぐらいの太さの筒状の管が突き出ている。その管は、女性の首を貫いて、首の中へと入っているように見えた。首から突き出た管の先端には、円柱状の金属製の器具が嵌められている。

「……あ、……あ、……ぅ」

女性は私をじっと見つめて、なにか言葉を発した。

音は喉から漏れているように聞こえた。彼女は困ったように眉をひそめると、自分の喉へと手を当てた。

『どうか、我が兄を助けてください。……兄は、優しい人でした』

今度は可憐な声が、喉から発せられた。円柱状の器具を通して、声が出ているようだった。

「あなたは？」

私は女性を見つめる。私と同い年くらいか、少し年上だろうか。

女性は喉から手を離すと、ゆっくりと首を振った。もう、話すことはできないという意思表示に見えた。

「この女性は、刻印師の、ルト・イヴァンといいます。……フォレース探究所の所長である、サリム・イヴァンの妹君です。あちらの施設からこちらに逃げてきて、保護しています」

「あの……どうされたのですか、声が……」

これは、聞いてもいいのかしら。でも、見なかったふりをするのもなんだかわざとらしい。

ルトさんは大丈夫だとでもいうように、優しく微笑んだ。

「……刻印師は、対象の体に刻印を刻み、その魔力を封じることができます。ジュリアスさんの首にあるそれと、同じように。それを行うには、人体に強大な影響を及ぼすほどの魔力が必要です。つまり……体が犠牲に。身を削り、刻印を施すのです」

「身を削って、魔法を……」

なんとも言えない居心地の悪さに、私はエプロンドレスのエプロンを、きゅっと握った。

ジャハラさんはなんでもないように話をしているけれど、それはとても残酷なことではないのかしら。

ラシード神聖国ではそれは当たり前なのだろうか。ラシード神聖国の文化をあまり知らない私が口を出せることではないので、黙っておくことにした。

ジャハラさんの声だけが、部屋に響く。

「手や足を失う者もいますが、それは大抵の場合、喉に。喉が潰れ、呼吸ができなくなる。だからこうして、喉を開いて、呼吸のための空気孔を作っています」

「ん」

ジャハラさんの説明の後、ルトさんは自分の首にある円柱状の器具を指さした。そこには穴が空いているのだろう。

「刻印師は声帯に魔法をかけて、短い間話すことはできますが、体力を消耗《しょうもう》するので長くは話せません」

ルトさんがこくこくと頷いている。私はなにも言うことができなかった。ルトさんのことを可哀想《かわいそう》だと思うのは多分違うのだろう。けれど——体を傷つけてまで、魔法を使わなければいけないのだろうか。よくわからない。

「そうまでして、悪魔を連れて帰ってどうするつもりなんだ？」

呆れたようにジュリアスさんが言う。

ジュリアスさんには、ルトさんの状態に同情するような様子が一切ない。

「そうですね。目的は、多岐に渡ると思います。不死の研究、異界の秘密を探るための尋問、軍事力の増強。それぐらいは、想像できます。……あとは、飛竜の改良、でしょうか」

「異界と、飛竜の改良に、なんの繋がりがあるんだ？」

「ジュリアスさんはご存知かもしれませんが、未改良の飛竜というのは極めて珍しいんです。ラシード神聖国では、昔は――飛竜をとても大事に扱っていました。それこそ神の御使いだと、敬《うやま》っていました。それがいつの日からか、軍事力の増強のため、その体を作り変えて道具のように扱いはじめました」

「俺もそこまで、詳しいというわけじゃない。本で読んだ知識がほとんどで、ラシード神聖国に来たのは初めてだ。この国では、未改良の飛竜を育てていると記憶していたが」

「もちろん、そうして大切に命を繋いでいる飛竜飼育者もいます。けれど聖王家の方針で、より強く、育てやすく、飛竜は作り変えられています。……飛竜の体を作り変えるのに、悪魔の知識が使われているのだと、ルトが教えてくれました。そういった研究も、フォレース探究所で行われているのだと。今では、未改良の飛竜のほうが少ない。未改良の飛竜を守る飛竜飼育者も、心ある竜騎士も、中央から排斥《はいせき》されています」

「……忌々《いまいま》しい話だな」

ジュリアスさんは口元に手を当てて、不愉快そうに言った。

飛竜を作り変えるとは、どういうことだろう。

例えば、アストリアの王都にある飛竜トラベルの飛竜は、改良されたものだ。ヘリオス君とは形が違う。もっと大きくて、なんというか、ずんぐりむっくりしている。

「危険を冒していただくわけですから、その対価が情報と、ルトによる刻印除去だけでは物足りないでしょう。……プエルタ研究院の奥では、未改良の飛竜も数頭保護しています。竜騎士の方や、飛竜飼育者の方々も匿《かくま》っているのです」

「革命軍のつもりか？」

「プエルタ研究院は、聖王家に反旗を翻《ひるがえ》すつもりはありません。僕たちは聖王家に忠実です。ですから、どうにかして中央に巣食う悪魔を見つけ出したいのです。ルトの兄も聖王家も、悪魔の手中にある。悪魔さえどうにかすればきっと、元のラシード神聖国に戻るはずです」

「短絡的だな」

ジュリアスさんは小馬鹿にしたように言った。

私はジュリアスさんの服を再び引っ張る。国の現状を憂《うれ》えている方々に対して、さすがに失礼だと思う。

「なんとでも言ってください。……クロエさんが悪魔を特定してくれさえしたら、あとは僕たちでなんとかします。報酬は、未改良の飛竜でいかがでしょうか。まだ若い飛竜も、何頭かいるのですよ」

ジュリアスさんの眉がぴくりと動いた。

明らかに心を揺さぶられている。なんて短絡的なの。人のこと言えないわ、ジュリアスさん。

「あの、ジャハラさん。あのですね」

私は口を挟んだ。

これはとても重要なことなので、きちんと確認しなければいけない。

「ジュリアスさんは、ヘリオス君っていうそれはそれは可愛い飛竜を息子のように育てているのですけれど、……実を言うと、お嫁さんが欲しくて、ですね。独身の雌の子は、いますか？」

「確か、いると思いますよ。こんな状況ですからね。飛竜の子供を育てることは困難です。まだ雄と番《つが》わせていない雌の飛竜も、何頭かいたはずです」

ジャハラさんが言うと、ルトさんもこくりと頷いた。

「私がジャハラさんたちに協力したら、可愛い雌の独身飛竜を譲ってくれたりしますか？ ただで」

「はい。協力していただいた報酬なのですから、もちろん、お金はいただきません。国のために協力してくださった方々からお金をとろうとは思いませんよ」

「……やった」

私は小さく手を握りしめた。

超高級品で、更に言えばものすごく希少な飛竜の女の子が、無料で手に入ってしまう。

なんてことなの。こんなチャンスは滅多にない。滅多にないというか、もう二度とないだろう。

なんだかいろいろと大変な話を聞いた気がするし、協力の必要性も、義務感も使命感も感じた気がするけれど——最終的に私は完全に飛竜の雌に目がくらんだ。

隣に座っているジュリアスさんが「おい、阿呆」とはっきり口にするほど、完全に浮かれていた。

「なにを喜んでいる。……わざわざ危ない橋を渡ろうとしているのを、理解しているのか、お前は」

ジュリアスさんが私の耳を引っ張った。

言っている意味はわかるけれど、暴力反対である。ジュリアスさん的にはちょっとじゃれているだけ、なのかもしれないけれど、結構痛い。自分の大きさを理解していない、加減を知らない大型犬みたいだ。

「理解してます。大丈夫ですよ、私は天才美少女錬金術師ですし、ジュリアスさんもいますし。飛竜を購入するお金がないなぁと思っていたのに、あの人が悪魔ですよってジャハラさんに教えるだけで、飛竜の女の子がいただけるんですよ、ただで。こんなにいい話はありません。これはきっと、運命に違いありません。飛竜運がいいですよ。今日の運勢絶好調です」

「……お前。……この胡散《うさん》臭い子供の話を、まともに聞いていたのか？」

ジュリアスさんは深い溜息をついた。

耳を引っ張るのをやめて腕を組み直すジュリアスさんは、けれど私を無理やり連れて帰ろうとはしなかったので、やっぱり多少は心を動かされているはずだ。ジュリアスさんも人のこと言えない。

「この通り、ジュリアスさんも、飛竜のためなら頑張ってくれると言っていますので、協力しますよ、ジャハラさん。その代わり、飛竜をくださいな。約束ですよ」

「ええ。もちろん。クロエさんの協力で、国を救うことができるかもしれません。どうか、よろしくお願いします」

ジャハラさんは胡散臭いと言われたことを別に怒っていないようだった。

胡散臭い自覚があるのかもしれない。

ルトさんが深々と頭を下げてくれた。ルトさんの事情は詳しく知らないけれど、ジュリアスさんの刻印を消してくれるというのならきっといい人だろう。悪い人には見えない。

「それで、聖王宮にはどうやって入り込めば？　まさか、誰でも入れます、なんてことはありませんよね」

「……先ほど少し話をしましたが、聖王宮では今、聖王シェシフ様が妃を探しています。数日後に行われる舞踏会で、各地の貴族から適齢の女性が集められる予定になっています。クロエさんには、そこに参加していただきます」

「……まさか、それは私が近年稀にみる美少女だからですか？」

生真面目なジャハラさんに、私も生真面目に返した。

ジュリアスさんが無言で私の手の甲をつねった。結構痛かった。

◆アルシュタット聖王宮での妃選び

数日間、プエルタ研究院にお世話になった。外を出歩いて、万が一にでも顔を見られたらよくないということで、軟禁状態だった。不自由はなかったけれど、多少窮屈《きゅうくつ》ではあった。

とはいえ、プエルタ研究院には見たこともない錬金術や素材などについて書かれた文献が多くあったので、退屈するということはなかったのだけれど。

私が書庫で錬金術についての本を読んでいる間、ジュリアスさんも飛竜についての文献を漁っているようだった。窮屈な数日間だったけれど、案外充実していたように思う。

私たちが見ることができる場所は限られていたけれど、それでも数日ではとても読み切れないほどの知識が書庫にはおさめられていた。

そして、プエルタ研究院を訪れてから数日後。

私はプエルタ研究院から、ジャハラさんに指示された通りに、ジュリアスさんとともにプエルタ研究院が所持するずんぐりむっくりした飛竜に乗って、聖都アルシュタットに移動した。

ヘリオス君に乗っての移動では目立ちすぎるから、ということだった。出立前に外に出したヘリオス君に謝ったら、ヘリオス君は「ギュル」と、珍しく不機嫌そうな声を上げていた。

申し訳ないけれど、これはヘリオス君に可愛いお嫁さんをもらうため。我慢してもらうしかない。

聖都では、プエルタ研究院から派遣された侍女たちが待っていた。彼女たちに言われるがままに、ジュリアスさんと私は、聖都の宿の一室で手早く身なりを整えてもらった。

そして、舞踏会が開かれるアルシュタット聖王宮へと向かったのである。

久々にコルセットで締め上げられた腹部が、ぎゅうぎゅうに圧迫されてそれはもう苦しい。肉付きがよくなったというわけではないと思う。

セイグリット公爵家のご令嬢だった私は、いろいろあって食が細くて貧弱な体型をしていた。今はそこそこにご飯を食べて適度に運動もしているので、引きしまっているはずだ。

体重が増えたわけじゃなくて、以前よりもつくべきところにお肉がついてきゅっと引きしまったに違いない。そう思いたい。

私はコルセットで締め上げられた体に、これまた久々に、豪奢《ごうしゃ》で質のいいドレスを身に纏っている。足元まで隠す薄桃色のスカートの中には白いレースが幾重にも重ねられている。まるでデコレーションケーキを着ているみたいだ。華奢なヒールの赤い靴に、むき出しの首元には繊細な金の首飾り。髪は短いので軽く結って、聖王家の紋である黒い薔薇の髪飾りをつけている。

聖王家に忠誠を示す証《あかし》でもある黒い薔薇。

私以外の女性たちもドレスの花飾りや髪飾り、アクセサリーなど、どこかに身につけているようだった。

ジャハラさんからの依頼を受けることにした私は、プエルタ研究院を秘密裏に支援しているコスタリオ伯爵家の養女という扱いになった。子供のいない伯爵家に迎えられ、大切に育てられていたので滅多に外に出ることがなかった養女である。

――という設定なので、ラシード神聖国の貴族事情にも詳しくないし、既知《きち》の方もいない。

ラシード神聖国の方々と肌の色が違うけれど、出自は孤児なのでわからない。養女だけれど伯爵姓なので妃選びに参加する資格はある。聖王家のお達しでは、十七歳から二十歳程度の女性の参加が求められているので、ぎりぎり大丈夫だった。

年よりも若く見えるんじゃないかなと自分では思っているので、ぎりぎりどころか完璧に大丈夫。

なんせ私は美少女なので。

アルシュタット聖王宮は、外観からは巨大な白亜《はくあ》の神殿に見えた。

広大な街の中心にある白亜の神殿の屋根は、金色に塗られていた。煌《きら》びやかな外観と同じように、妃選びの会場である聖王宮の大広間も派手な造りになっている。

壁も柱も天井も金色で、金色の塗装の上から黒い薔薇の模様が描かれている。美しいには美しいのだけれど、少々華美《かび》な印象を受ける。

私は華々しく着飾ったラシードの貴族令嬢の方々の邪魔にならないように、ぶつからないように気をつけながら、大広間の壁際へと移動した。

私はここに妃に選ばれに来たわけじゃなくて、悪魔を探しに来たのである。ぐいぐい前に出てやる気を見せる必要はない。罷り間違って、万が一にでも選ばれたら、困るし。なんせ美少女だから。

「……ジュリアスさん、違和感がすごい」

私の手を取ってエスコートをしてくれているジュリアスさんを見上げて、私は言った。

貴族のご令嬢のように着飾った今日の私の違和感もすごいけれど、ジュリアスさんの違和感ときたら、ちらりと見ただけで笑い転げそうになってしまう。

アストリア王国の公爵家長女だったけれど、あまり目立たなかったうえに三年前に王都に捨てられただけの私とは違い、ジュリアスさんはディスティアナ皇国の将だった。

皇国はラシード神聖国の中枢まで攻め込むことはなかった。他の国に比べると戦う回数というのはかなり少なかったそうなのだけれど、ジュリアスさんの存在を知られている可能性は十分ある。

戦闘中は、遠目に顔を見られた程度だったようだけれど。

だから聖王宮には一緒に来なくていいと断った。けれど、ジュリアスさんは了承してくれなかった。魔法錠の制約に『私の側を離れないこと』を再び付け足せとまで言うので、仕方なくついてきてもらったのである。

私を一人にするとろくなことをしないと、ジュリアスさんは思っているようだ。

信用されてないわね。私のせいなのだけれど。

ジャハラさんの提案で「ジュリアスさんは、それでは、クロエ・コスタリオ伯爵令嬢の従者、ということにしましょう」となった。とはいえ、私の容姿がラシード神聖国の人々とは毛色が違うことに加えて、ジュリアスさんまで、というのは目立ちすぎる。

そんなわけで、ジュリアスさんの髪は今、ルトさんの魔法によって黒く染められている。

ラシードの方々は黒髪が多い。肌の色は、褐色に他国の血が混じって白い方もいるそうなので、「黒髪にしておけば大丈夫だと思います」とジャハラさんは言っていた。

容姿を変化させる魔法というのは初めて見た。刻印師というのは極めて魔力量の多い方が身を犠牲にして、更に強力な、封魔の刻印魔法を使えるようにしている存在なのだという。

つまりルトさんは刻印師でもあり、強力な魔導師でもある。ラシード神聖国は魔導が発展している国なので、私の知らない魔法もかなりあるのだろう。

金髪ではなく、黒髪さらさらのジュリアスさんは、私の従者なのでかっちりとした執事服を身に纏っている。

黒いベストに、胸元には黒薔薇を模《も》したピン。金糸の縁取りがある黒いジャケットを着て、黒い手袋を嵌めていた。

ジュリアスさんは顔立ちもスタイルもいいので、なにを着ても似合うのだけれど。だらりとした黒いローブばかり着ているジュリアスさんを見慣れている私にとって、今のジュリアスさんは違和感の塊である。黒髪はそんなに気にならないのだけれど、服装が、面白い。

「……お前もな」

私の横にまっすぐに立ち、大広間に視線を送っていたジュリアスさんは、私のほうに視線を向けた。こういった場所では、大きな声を出すのはマナー違反とされている。ジュリアスさんも心得ているのか、いつもよりも密やかな声で言った。

「着飾ったクロエちゃんの溢れ出る美少女の魅力に屈服しましたか、ジュリアスさん」

緊張感を和ませてあげようと思い、私は得意気に胸を反らして言った。

ジュリアスさんは無言だった。無言、よくない。

私が本気で自分の容姿が優れていると言っている、勘違い女みたいな雰囲気になるので、恥ずかしい。

「……服装の話はいいです。それよりジュリアスさん、見たことないお料理がたくさんありますよ。食べます？」

大広間には白いテーブルクロスがかけられた丸テーブルが並び、どうぞお好きなだけお召し上がりくださいとでもいうように、豪華なお料理や飲み物がたくさん置かれている。

聖王シェシフ・ラシード様の妃に選ばれたいと望んでいるご令嬢の方々は、ご飯を食べるどころではないはずだ。

付添人の——恐らく、ご両親だろうか、立派な身なりをした少し高齢の方々が、お酒を飲みながら歓談し、食事をとっている。

ちなみにコスタリオ伯爵は一緒には来なかった。会ってもいない。万が一私がプエルタ研究院に通じていると知られてしまった場合、危険が及ぶのを危惧してのことである。「つまり、クロエに単身聖王宮に乗り込ませるつもりだったのか？」と言うジュリアスさんに、ジャハラさんは「ジュリアスさんは一緒に行くと言うと思っていたので」と、悪びれもせずに言っていた。

「あれ、なんでしょうね。串に刺さってるの。羊かなぁ、羊のお肉かもですよ。食べますか、ジュリアスさん。お肉多いですね。白いソースがかかってるお肉、初めて見ました。何味なんでしょう。砂漠だから、野菜も魚も少ないのかな。でも、トマトと玉ねぎはあるみたいですよ」

「少しは静かにできないのか？」

ジュリアスさんに睨《にら》まれたので、私は渋々口を閉じた。

プエルタ研究院では、私たちに気を遣ってか、アストリアでも見たことのある食事がほとんどだった。

パンとか、豆のスープとか、羊の内臓のトマト煮込みとか。

なので、大広間に用意されているラシード神聖国のお料理はどれも新鮮に目に映る。できれば少しずつ食べて、調理方法や味などを覚えて帰りたい。食堂のロキシーさんに教えてあげたら、喜んでくれるはずだ。

「食べたいけど、コルセット、苦しいんですよね……もう胸がいっぱいで……」

私は溜息をついた。羊のお肉、食べたい。

「ただで高級食材を食べることができる滅多にない機会なのに、こんな格好のせいで」

「苦しいほどに締めるものなのか、コルセット、というのは」

「それはもうぎゅうぎゅうですよ。あ。太ったわけじゃありませんからね」

「知っている」

なんで知っているのかしら。

私はジュリアスさんをじっと見つめた。ジュリアスさんはそれ以上なにも言わず、特に表情も変えずに、注意深く会場に集まった方々を観察しているようだった。

ちらちらと、お集まりの方々が私たちのほうを見ている。着飾った私があまりにも美少女だから見ている――というわけではなさそう。

どちらかといえば、ジュリアスさんを見ている。

ジュリアスさんは目立つから、ディスティアナ皇国のジュリアス・クラフトだと気づかれてしまったのかしらと一瞬思ったけれど、ジュリアスさんに視線を送っているご令嬢の方々の熱い視線はそういったものではなさそうだった。

コールドマン商会のエライザさんに道を踏み外させた、黙っていれば完璧な容姿が、ここでもまた被害者を生もうとしている。

――罪深いわね、ジュリアスさん。

どういうわけか、ちょっと腹が立った。

城での舞踏会というのは、シリル様の婚約者だった時代、私も何度か参加したことがある。今でこそこんな私だけれど、アリザがセイグリット家に来るまでは、セイグリット公爵家の娘としてきちんと育ててもらった。そのため、公爵令嬢だった頃には当たり前だった礼儀作法や立ち振る舞いなどは、思い出そうとすれば案外思い出せるものである。

今の私は美少女錬金術師クロエちゃんではなくて、クロエ・コスタリオ伯爵令嬢。

そう思うと、背筋も伸びるし表情筋もやや硬くなる。

きちんと育てられたご令嬢というのは、口を大きく開けて笑ったりはしないので、表情筋が硬くなるのは仕方ないのよ。今の状況に昔を思い出してしまってなんとなく気が沈んでしまうから、とかではない。

多少の心配はあったけれど、いざ聖王宮に来てみたら驚くほど落ち着いていた。改めて、私はもう大丈夫なんだなと理解することができて、ほっとした。

ざわついていた大広間が、不意に水を打ったように静かになった。

皆の視線が大広間の奥へと向けられる。

胸元で両手を組んで皆が頭を下げるので、私も皆に倣《なら》って慌てて頭を下げた。他人に頭を下げたりなんて絶対しなさそうなジュリアスさんも、きちんと皆と同じように礼をしていた。

この任務に飛竜の女の子がかかっているのだから、ジュリアスさんも文句を言いながらも真面目に取り組んでくれているようだ。

「皆、よく集まってくれた。顔を上げていい」

よく通る声が大広間に響いた。

暗い夜空を連想させる、深みのある低い声だった。

顔を上げると、大広間の奥にある壇上に何人かが立っていた。

中央で話しているのが、聖王シェシフ・ラシード様だろう。筋骨隆々《きんこつりゅうりゅう》の偉丈夫《いじょうふ》を想像していたのだけれど、シェシフ様は長く美しい銀色の髪を持った、どちらかと言えばたおやかで麗《うるわ》しい方だった。

褐色の肌に銀の髪がよく映《は》えている。すらりとした細身の長身で、金糸で縁取られたローブのような丈の長い白い服を身に纏っている。白い服の裾には、黒薔薇の紋様が描かれている。頭にある繊細な金冠には、シェシフ様の瞳の色と同じ、大粒の青い宝石が大小いくつも輝いている。

「私のためにラシード神聖国の各地から来てくれたこと、感謝する。父が早くにこの世を去り、まだ年若かった私が聖王を継いだことに不安を感じる者は多かっただろう。力不足だった私を、皆、よく支えてくれた。そして私には、これからも皆の支えが必要だ」

シェシフ様の声が、会場の隅々まで響き渡る。

集まっている貴族たちは感動したように、感嘆の溜息を漏らしている。

ジャハラさんの話を聞いただけだったので、聖王とはどんなに恐ろしい人なのかと思っていた。けれどゆったりとした口調で話をするシェシフ様は、その容貌と相まって、とても優しそうに見える。

こんな方が本当に悪魔に操られてプエルタ研究院の排斥を認めているのかしらと、不安になってくる。

「皆のおかげでようやく、国内も落ち着いてきた。今、私はともにラシード神聖国を支えてくれる伴侶を求めている。しかし選ばれなかったものもまた、私とともに国を支える大切な家族の一員だと思って欲しい。どうか、今日はゆるりと過ごしていってくれ」

シェシフ様はそう言うと、壇上の奥にある玉座へと優雅に座った。

シェシフ様とともに並んでいた王族と思《おぼ》しき方々も、それぞれの椅子へと座る。

右側にシェシフ様と同じ銀髪の、けれどシェシフ様よりはずっと男性的な印象の、それこそ筋骨隆々――とまではいかないけれど、体格のいい男性。

左側に、こちらもシェシフ様と風貌が似ている、豪奢なドレスに身を包んだ美しい女性が座った。どことなく儚い印象のある若い女性である。

今のところ、気持ち悪さも嫌な気配も感じない。アリザに感じていたような感覚はないので、彼らに悪魔が憑《つ》いている、ということはなさそうだった。

大広間からは、シェシフ様の言葉に拍手が起こっていた。私も拍手をした。ジュリアスさんはしなかった。

会場にはざわめきが戻り、会場の端に並んだ楽隊による演奏が始まる。

私はジュリアスさんの服の裾を引っ張った。ジュリアスさんは小声でも話しやすいように、顔を私に近づけてくれる。

「聖王様、いい人そうでしたね」

私がそっと耳打ちすると、ジュリアスさんは無言で私を睨んだ。「どこがいい人なんだ、お前の目は節穴なのか、阿呆」という顔だった。

「……なにか、感じたか？」

私の話には取り合わずにジュリアスさんが尋ねてくるので、私は首を振った。

「まだ、なにも」

さて、どうしたものかしら。

悪魔が憑いているものが、王宮の奥にいるのなら、こんなところで立っていても見つけることなどできないだろう。なにか理由をつけて、奥に潜入するべきなのかもしれない。

「あの、ちょっとよろしいかしら」

どうしようかと思案していると、凛《りん》とした響きのある声音で話しかけられたので私はそちらに顔を向けた。

私と同年代ぐらいの女性が近づいてきて、私と並ぶようにして壁際に立った。

女性は胸元に黒薔薇をあしらった青いドレスに身を包んでいる。長い黒髪を頭の上で結《ゆ》った白い肌の女性だ。黒い立派な扇《おうぎ》を手にしており、赤く肉感のある唇に香り立つような色香《いろか》がある。つり目がちで勝気そうな顔立ちの、綺麗な人だった。

「初めまして、クロエ・コスタリオと申します。コスタリオ伯爵の養女です。社交の場に出るのは今日が初めてで、貴族の方々のお名前と顔も、よくわからなくて……失礼ですが、お名前を伺ってもよろしいでしょうか」

女性が目上の貴族だと想定して、私は先に名前を名乗った。

先に名乗っておけば失礼はないだろう。あまり目立つことはしたくない。スカートの裾をつまんで軽く礼をすると、女性も会釈《えしゃく》を返してくれた。

ジュリアスさんは一歩後ろに下がる。従者としては正しい態度だ。

「私は、レイラ・ファティマ。ファティマ公爵家の長女よ。初めまして、クロエさん」

女性は口元に弧《こ》を描くような笑みを浮かべて、はっきりとした口調で言った。

「レイラ様……お名前を聞くなんて失礼なことをしてしまって、申し訳ありません」

女性は、レイラさん。ファティマ公爵家のご令嬢。私は頭の中で忘れないように反芻《はんすう》した。公爵家なのだから、聖王家と血縁関係がある可能性が高い。貴族の中では一番高位である。私は恐縮したふりをして、身をすくませた。

「見かけない方だと思ったけれど、コスタリオ伯爵の養女……コスタリオ伯爵には嫡子《ちゃくし》がいないと聞いたことがあるけれど、養女がいたのね。知らなかったわ」

「はい。孤児院から拾っていただいて……私は礼儀作法などもなっていなかったものですから、伯爵が心配をしてくださって。社交の場に出て辛い思いをしないようにと、外に出なくていいように計らってくださっていたのです。今回に限っては、聖王宮からのお達しとのことで足を運びましたが、まず選ばれたりはしないでしょうから、こうして時が過ぎるのを待っているのです」

「あら、そうなのね。ここに集まった方は皆、シェシフ様に選ばれたくて必死な女性ばかりだと思っていたのだけど。あなた、シェシフ様のお顔を見るのも初めて？」

「はい。お名前だけは知っていたのですが……」

「見ての通り、玉座に座っているのがシェシフ様よ。とっくに適齢期を過ぎているのに、ご結婚する様子が今までなくてね。たいそうな女好きだと評判なのだけれど、遊びと結婚は違うのかしら。私には結婚してもいい未来は望めないような気がするのだけど」

「レイラ様、それはあまり言葉にしないほうがいいのではないでしょうか……」

小さな声で私が言うと、レイラさんは「あら」と言いながら口元を黒い扇で隠した。

「どうせ誰も聞いていないわ。皆シェシフ様に夢中だもの。そろそろダンスが始まるわよ。蝶が舞うように、スカートを広げて美しさを競い合うのだわ。あぁ、嫌ね」

「レイラ様は、選ばれたくないのですか？」

「私には婚約者がいるもの。今日ここに来たのは、義務みたいなものよ。別に来なくてもよかったのだけど……話の途中だったわね。シェシフ様の隣に座っていたのが、王弟のファイサル様と、妹君のミンネ様よ。ファイサル様は竜騎士で、私の――」

楽隊の奏でる音が、音量を増したように大広間に満ちる。

華やかでありながらどことなく懐かしさも感じる音色だった。アストリア王国の旋律とは違う。聴いたことのない音楽だ。

バイオリンに似た丸みを帯びた楽器、指ではじく平たい弦楽器と、フルートのような笛、手で叩く太鼓のようなもの。楽器の種類もアストリア王国とは違う。

集まったご令嬢の方々が、男性にエスコートされて大広間の中央にあるダンスホールで舞い踊り始める。

懐かしい光景だった。私もシリル様と、数回踊ったことがある。

レイラさんはなにか言いかけた口を閉じた。それから視線をダンスホールに向けた。

〝竜騎士〟という言葉が気になったけど、今は余計なことは聞かないほうがいいわね。

「聖王様の花嫁選びではあるのだけれど、集まった方々は独身の貴族令嬢ばかりだから。シェシフ様に選ばれなかったときのことを考えて、それぞれ良縁を狙っているの。貴族の子息も集まっているからね。クロエさんはどうなの？　コスタリオ伯爵から、なにか言われていないの？」

レイラさんは溜息交じりに言った後、私に視線を戻した。

私はレイラさんに怪しまれているのだろうか。なるべくおかしなことを言わないように気をつけないと。

「私は、特にはなにも……失礼のないように、壁際で大人しくしているように言われました」

「そう。あなた、私たちとは毛色が違うから、別の国の血がかなり濃く混じっているようだわ。珍しいし可愛らしいから、先ほどから注目されているわよ。声をかけたそうにしている男性がたくさんいるから、私が先回りして声をかけたの。狼の群れの中にいる子羊に見えたからね」

「そんなことは、ないですけど……」

まぁ、美少女なので！

などと、内心鼻高々になる私。聞こえていますか、ジュリアスさん。可愛らしいと褒められましたよ——と、状況が許せば勝ち誇ったように言いたかった。そんなことはできないので、表面上はしおらしく謙遜《けんそん》などしてみる。

レイラさんはにっこりと微笑んだ。

「でも、そちらの方が怖くて、皆、怖気づいているのよ。とても美しいけれど、怖そうだもの」

そちらの方と、レイラさんは扇でジュリアスさんを示した。やや高圧的な仕草だったけれど、身分を考えれば当然だろう。

「ジュリアスさんがですか？」

「ジュリアスさん？」

「あ、ええと……ジュリアスさんは、私の護衛のようなものです。腕が立つのでコスタリオ家に雇われている方で、従者なのですけれど、護衛の役割もできるのですよ」

ジュリアスさんはレイラさんに覗き込まれるようにされたけれど、特に表情も変えずに一瞥《いちべつ》したきりだった。かなり失礼な態度なのだけれど、レイラさんは気にした様子もなく、「ふぅん」と短く言った。

ジュリアスさんの首輪と首後ろの紋様は隠れるような衣服を着ているのだけれど、気づかれてしまわないか無性に気になる。

レイラさんは意味ありげな笑みを口元に浮かべて、私をじっと見つめた。

もしかして、嘘がばれてしまったのかしら。レイラさんは気が強そうで、どこか抜け目のない方に見える。緊張が体を走った。

「……あなた、そちらの方ともしかして、いい関係なのかしら」

どこか確信めいた響きを持つ声音で、レイラさんが言った。

「い、いえ、そ、そういうわけでは……」

私は若干上擦った声で否定した。

予想とは違う詮索《せんさく》をされたので、やたらと動揺してしまった。

レイラさんがもう一度口を開こうとしたところで、私の周囲にざわめきが起こる。

周囲にいた人たちが、二つに分かれるようにして移動して私からダンスホールに向かって一本の道ができた。

その道をまっすぐに、私のほうへと近づいてくる男性がいる。

ラシード神聖国の方々は黒髪が多いとジャハラさんが言っていた通り、この大広間に集まっている方も黒髪の方ばかりだけれど、その男性は艶やかな銀髪だった。

前髪は長く、後頭部に向かって短髪になっている。両耳に大振りの輪のような金色の耳飾りをしていて、体格はいい。黒地に金糸で薔薇の柄の描かれた裾の長い服を着ていて、背丈はジュリアスさんと同じぐらいだろうか。

褐色の肌に、宵闇を連想させる赤紫色の瞳。表情が硬いせいか、どことなく怖そうな印象のある方だ。

この大広間で銀色の髪を持っているのは、三人だけ。

聖王シェシフ様と、先ほどレイラさんから名前を聞いた、王弟ファイサル様。それから、妹姫のミンネ様。

シェシフ様は未だ、大広間の壇上の椅子に座っている。

つまり私たちの目の前で足を止めた男性は、第二王子ファイサル様であることは間違いなさそうだった。

私は慌てて礼をする。

スカートをつまんで行う王国の貴族の礼をしようか、それとも先ほど会場の方々が行っていた両手を胸の前で合わせる礼をしようか悩んだけれど、後者にした。

シェシフ様に対して皆が行っていたのだから、正式な臣下の礼であるはずだ。

こんなことならもう少し、ジャハラさんにこちらの文化について聞いておけばよかった。時既に遅し、というやつである。

ジャハラさんはなんでも聞いて欲しいと言っていたけれど、なにを聞いたらいいのかわからなかったのよね。それに私は元公爵令嬢だし、大丈夫よね、などと思っていた。認識が甘かった。反省だわ。

「こんにちは、可憐なご令嬢。レイラ、こちらの女性を紹介してくれるか？」

ファイサル様は軽く頷いて、私の礼に応《こた》えてくれた。

可憐とか言われたわ。褒められたのは、本日二度目。着飾れば私の容姿もそこまで捨てたものじゃないのかもしれないわね。

ジュリアスさんも一言ぐらい褒めてくれてもいいのに。せめて可愛いとか、ドレスが似合うとか言ってくれてもいいのに。

今のところジュリアスさんからいただくことができた感想は「コルセットはそんなに締めるのか？」ぐらいなものである。感想ですらない。

それにしても、王弟ファイサル様がどうして私に挨拶に来てくれたのかしら。

レイラさんは公爵令嬢と言っていたので、王家と繋がりがあると考えるのが妥当だ。ファイサル様はレイラさんに話しかけに来たのかもしれない。

ジュリアスさんも私から一歩下がった位置で挨拶をしていた。元敵国の王族に頭を下げるとか、内心今の状況にかなり苛立っているかもしれないけれど、きちんとしてくれている。

「こちらは、クロエ・コスタリオ伯爵令嬢ですわ、ファイサル様。コスタリオ伯爵の養女ということですけれど、私も初めてお会いしましたの。こういった場所に来る機会があまりなかったそうなので、怖がらせないでくださいましね」

レイラさんはにこやかにファイサル様に言った。

なにを考えているのかわからない美しい笑顔が、まさしく貴族令嬢という感じだった。

「クロエ・コスタリオと申します」

私は短く挨拶をした。

伯爵家の私が自分から王弟殿下に多く言葉をかけることは失礼にあたるので、妥当な態度だろう。

（多分、大丈夫よね）

まさか王家の方と話をすることになるとは思わなかったけれど、今のところ私たちには不審な点はないはずだ。特に目立つような行動もしていない。

ジュリアスさんの出自に気づかれたわけでもなさそうだ。ファイサル様は私から視線を逸《そ》らさない。ジュリアスさんのことを気にしている様子はない。

「レイラ、人聞きが悪いな。俺は特に理由もなく、可憐な女性を怖がらせたりはしない」

ファイサル様は眉根を寄せた。シェシフ様は女好きだとレイラさんが言っていたけれど、ファイサル様はどちらかといえば生真面目そうな印象の方だ。

「それならいいですけれど。ファイサル様、なにか用事ですの？」

「毛色の珍しい女性が気になってな。ラシードでは、クロエのようなピンクゴールドの髪を持つ者は珍しい。他国の血が強く表れたのか、他国からの移民の子供なのか……どこから来たご令嬢なのかと。レイラが隣にいるから、古くからの知り合いかと思ったんだが」

「まぁ。ファイサル様、本日はシェシフ様の花嫁選びですわよ。ファイサル様の順番はまだなのではないかしら」

「兄上がようやく身を固める気になってくれたから、次は俺の番だろう」

「ファイサル様は、シェシフ様より先には結婚できないと、ずっと言っていましたものね」

レイラさんは困ったように言った。

私は黙って二人の話を聞いていた。口を挟めるような雰囲気でもないし、挟んでいいような身分でもない。

私の身分が知れて納得したなら、ファイサル様は早くどこかに行ってくれないかしらと心の中で念じる。

「クロエ、せっかく来たんだ。一曲どうだろうか。実を言えば兄上が、君が踊っている姿を見たいと言っていてね」

「……私が、ですか？」

私は内心焦りながら、小さな声で返事をした。

こういう場所に不慣れな伯爵令嬢という設定でよかった。今の私、まさしくそんな感じだわ。別にダンスができないというわけではないのだけれど、極力目立たないようにと思っていたのに。

私の髪も、黒くしてもらえばよかった。ジャハラさんはどうして、私の髪についてはそのままでいいと言っていたのかしら。まさかこうなることを見越して、なのかしら。

ちょっとだけ聖王宮にお邪魔して、悪魔を探し当ててさっさと帰ろう、だなんて思っていたのに。つくづく甘いわ、私。ジュリアスさんが、ジャハラさんのお願いを安請け合いした私に呆れ返るのも当然よね。

でも、飛竜の女の子をもらうためだし。頑張ろうと、心の中で気合を入れる。

「シェシフ様は、クロエさんに興味がありますの？　それは、困りましたわね」

レイラさんが心配そうに私を見て言った。

「暗闇の中に光る明星のようだと、言っていた。遠目でも、その髪は目立つ。……ダンスはできるか、クロエ」

「あまり、得手《えて》ではありませんが」

ファイサル様が差し伸べてきた手に、私は自分の手を重ねる。

王弟殿下からの申し出を断ることなんてできない。いつの間にか、周囲の人々が私たちに視線を送っていた。

ファイサル様に手を引かれて一歩踏み出したところで、私のもう片方の腕をジュリアスさんが摑んだ。

「……気持ちはわかりますが、一曲踊るだけですわ。落ち着いて、護衛騎士の方」

レイラさんが、ジュリアスさんを宥《なだ》めるようにしてジュリアスさんの胸に手を置いた。

男性の扱いに慣れた仕草だった。

レイラさんはジュリアスさんの手をそっと摑んで私から離した。

ジュリアスさんはいつもと同じ不機嫌そうな表情で、それでも大人しくレイラさんに従っていた。

もしかして、美人に弱いのかしら。

「その男は？」

ファイサル様がじっとジュリアスさんを見つめる。

私はファイサル様の手をぎゅっと握ると、かつてアリザが行っていた仕草を思い出した。シリル様を虜《とりこ》にしたアリザの手管《てくだ》なのだから、きっとファイサル様にも通用するはずだ。

貴族令嬢らしからぬ、明るく朗らかで、物怖じしない立ち振る舞いで皆を虜にしたアリザを一番近くで見ていたのは私なので、よく覚えている。

「ごめんなさい、ファイサル様！　私の護衛は、心配性で……お父様から、私の身を守るようにときつく言われているんです。こういった場所は不慣れなものですから、私がなにか無作法を働くんじゃないかって。それで、誰かの怒りを買ってしまうことが一番心配みたいで。ファイサル様とダンスだなんて、とんでもないと考えているんですよ。頭が固くて、困っちゃいますよね」

私はファイサル様の手を両手で握りしめて、その顔を見上げる。潤んだ瞳、上目遣い、ついでに私は美少女。誰がなんと言おうと、美少女なのである。自分で言うのもなんだけれど、残念ながら色気はあんまりない。なので、可愛さでなんとか切り抜けるしかない。

ファイサル様は私に視線を戻すと、「そうか」と頷いてくれた。

「それでは、行こうかクロエ。心配しなくても大丈夫だ。俺に全て任せておけばいい」

ファイサル様は目を細めて笑みを浮かべた。微笑むだけで、その印象は随分変わる。怖そうな方だと思っていたけれど、案外優しい人なのかもしれない。

中央のダンスホールに向かいながら、ちらりとジュリアスさんに視線を送る。ジュリアスさんは壁際に並んだレイラさんと、なにやら話をしているようだった。

私は自分の機嫌が若干悪くなるのを感じた。けれど今はご機嫌斜めになっている場合じゃないので、すっと息を吸い込んで気持ちを切り替える。

ダンスを成功させてシェシフ様の目に留まれば、聖王宮の奥へと入り込めるかもしれない。悪魔の気配は大広間にはないけれど、恐らくシェシフ様の側に侍《はべ》っている誰かと考えるのが一番妥当だろう。

その誰かがわかればあとは逃げればいいのだから、シェシフ様に選ばれるというのはいい考えな気がしてきた。

——まぁ、なんせ美少女なので、選ばれちゃったりするのよ、これが。

などと、久々のダンスにものすごく緊張している自分を誤魔化すために、私は自分に言い聞かせた。

◆選ばれし美少女クロエちゃん

大広間の中央にあるダンスホールでは、着飾った女性たちが音楽に合わせて優雅に舞い踊っている。

ファイサル様に手を引かれてホールに足を踏み入れた私に、女性たちの視線が突き刺さった。突き刺さりすぎて肌が痛いぐらいだ。久々に受ける嫉妬《しっと》の眼差しに、逃げ出したい拒否感を覚える。

苦手だわ、こういうの。

かつての私がいた世界はずっとこんな感じだったわね。嫉妬と、嘘と、建前。そればかりだった。私もそうだったし、私の周りもそうだった。本当は違ったのかもしれないけれど——私は嘘と建前で取り繕う以上の信頼関係を、誰かと築くことができなかった。

「不安そうだな。大丈夫だ、落ち着いて」

ファイサル様が私の手を引いた。腰に片手が置かれて、体を引き寄せられる。

背中にぞわりと悪寒が走った。

ジュリアスさんに触られるのとはまるで違う、力強さの中に気遣いと優しさのある触れ方だったのに。

ジュリアスさんに乱暴に抱え上げられることは嫌ではなくて、最近ではロジュさんに暴れ牛にひかれるぐらいの勢いで抱きつかれることにも少し慣れてきたけれど、——やっぱり、駄目だわ。

ファイサル様は、顔立ちはいいし優しいのだろうけれど、早く離れたい。

私は内心の嫌悪感に気づかれないように、笑顔を浮かべた。

商売用の笑顔は得意なのよね。公爵令嬢としての経験も、錬金術店店主としての経験も役に立つことがあるなんて、何事も経験だわ。

音楽に合わせて、ファイサル様の長い脚がステップを踏む。

ファイサル様に身を任せておけば確かに間違いはなさそうだ。的確なリードに、背筋が曲がらないように気をつけながら、私も歩きにくい靴を久々に履いている足を踏み出した。

ドレスの薄桃色のスカートが、ふわりと花のように広がる。

ファイサル様の邪魔にならないようにだろう、ホールにいた方々が広間の端へと移動していく。いつの間にかダンスホールには、私とファイサル様の二人きりになっていた。

「……随分と、慣れているように感じる。コスタリオ伯爵は、しっかりとした教育をされているようだな」

体を密着させているファイサル様が、私の耳元で囁く。

「ありがとうございます」

ラシード神聖国の音楽はアストリア王国の音楽とは雰囲気が違うけれど、基本的なダンスのステップは同じらしい。あまりにも違っていなくてよかった。

私にとってはありがたいことに、ファイサル様の仕草はどことなく事務的だった。シェシフ様に命じられて、私と踊ってくれているというのは本当だろう。

「我が兄の噂は耳にしているだろうから、不安もあるだろう。だが兄はあれでいて、優しいところもある方だ」

「不安はありません。私には、もったいないことです」

大広間の中央には、大きくて豪奢なシャンデリアが吊り下がっている。たくさんの硝子《ガラス》が使われていて、シャンデリアの明かりが硝子に反射して輝いている。明かりの燃料は、蠟燭《ろうそく》でも固形燃料でも、オイルでもなさそうだ。私がよく造るような錬金ランプの亜種だと思われた。

それにしても私の両手を広げても足りなさそうな巨大なシャンデリアを造るなんて、すごいわね。

錬金術では、元々の物質の質量よりも大きなものは造れない。まして、錬金窯よりも大きなものは造れない。

どうやって造ったのかしら。ラシード神聖国には、巨大な錬金窯があるのかしら。

私はくるくると回されたり、体を反らしたりすると視界に入ってくるシャンデリアを眺めながら、そんなことを考えた。

「恐らくあなたは選ばれる。……数々の美しい令嬢がいるというのに、兄はあなたしか見ていない」

音楽がゆったりとした曲調に変わる。

ファイサル様が再び私の耳元で言った。私はファイサル様に抱きしめられるようにしながら、小さく頷いた。

「私の容姿が珍しいから、ですね」

「あぁ。……ラシードの令嬢たちは美しいが、……少々飽いているのだろう。我が兄は、美しい宝石を愛《め》でるように、女性を扱うようなところのある方だからな」

ファイサル様は少し疲れたように言った。

レイラさんが言っていた、シェシフ様が女好きという噂は本当なのだろう。ファイサル様の口調からは気苦労が滲《にじ》んでいた。

ふと、音楽が止まった。

ファイサル様は私からそっと体を離すと、大広間の奥の壇上にある玉座に視線を向ける。

玉座ではシェシフ様が立ち上がっている。ファイサル様はシェシフ様に向かって一度頷いた。それから私の手を引いて、玉座の前に向かった。

私は促されるまま、赤い絨毯《じゅうたん》の敷かれた階段から、ゆっくりと壇上に上がった。

近くで見るシェシフ様は、女性的な作りものめいた美貌を持つ方だった。長い銀の髪に、金冠から額や髪に垂れている大粒の宝石が、その美貌を飾っている。

宝石にも負けないぐらいの美しい顔に涼やかな微笑みを浮かべて、シェシフ様は私に手を伸ばした。

「兄上。クロエ・コスタリオ伯爵令嬢です。コスタリオ家の養女だそうで」

ファイサル様は私の手をシェシフ様に渡すと、一歩後ろに下がった。

シェシフ様の手はその見た目と同じように、女性のようにしなやかだった。ほっそりとした指先が、私の手を握る。体温が低いのか、ひやりとして冷たい。

本当は心底ジュリアスさんのもとへ帰りたかったけれど、逃げ出すわけにもいかないので、私はひたすら我慢をしながら口元に営業用の笑顔を浮かべ続けた。

「初めまして、美しい方。あなたを一目見たときから、あなたを私の伴侶にしようと心に決めていた。ファイサルが身分を確かめるというので我慢をしていたが、ファイサルと踊るあなたを見て、私の心は嫉妬と悲しみで張り裂けそうだった」

シェシフ様が、悲しげに微笑みながら、静まり返った会場によく響く深みのある声音ではっきりと言った。

私は笑い出しそうになるのをなんとか堪《こら》える。

こんな——なんというか、舞台役者の方が言いそうなことを言われたのは初めてだ。

シェシフ様の言葉はどことなく空虚だ。手慣れていて、演技染《じ》みている。

なるほど、女好きというのも納得できる。数々の女性にこのような甘い言葉を囁いてきたのだろう。

レイラさんの言う通りかもしれない。シェシフ様に選ばれて幸せな結婚生活を送るというのは、なんだか難しそうな感じがした。私は恋愛経験が豊富にあるとか、男女の艶事《つやごと》に詳しいわけではないけれど、一応女なのでそれぐらいのことは理解できる。

「あなたを私の伴侶にしたい。クロエ、私の心は、あなたのものだ。だからあなたも、私に心を捧げて欲しい。ともに、ラシード神聖国を——幸福に満ちた国にしよう」

シェシフ様はどこまでも優しく、慈愛に満ちた微笑みを浮かべて言った。

広間から、ぱらぱらと遠慮がちに拍手が上がった後、それは大きなうねりのように広がって、喜びの声と盛大な拍手が聖王宮を揺らすように響き、満ちる。

きっと誰も、私のような誰だかわからない者が選ばれることを歓迎してなどいないだろう。拍手も喜びも、幸福も、欺瞞《ぎまん》に満ちている。

とても懐かしい。この大広間には私の失った全てが詰まっているようだった。

取り戻したいなんて思わない。アストリア王国に帰って、いつもの日常に戻りたい。

でも、ここに来ることを決めたのは私なのだからと、自分を叱咤した。

飛竜の女の子に目がくらんだというのも、嘘ではないのだけれど。

——悪魔を見つけることが私にしかできないのだとしたら、私はジャハラさんを手伝うべきよね。

もしかしたらその悪魔は、取り逃がしてしまった悪魔、メフィストと繋がりがあるのかもしれない。

「さぁ、こちらに。あなたのことが知りたい。ゆっくりと話をしよう、クロエ」

シェシフ様は私の手を引いて、壇上の奥にある扉へと向かう。

広間に残してきてしまったジュリアスさんのほうを見たかったけれど、なんとか堪えた。あまり、不審な動きをするわけにはいかない。身分が知られてしまったときに危険なのは、私よりもジュリアスさんなのだし。

聖王宮の奥に一歩足を進めるごとに、足元から、ぞくりとした不安が這い上がってくるようだった。

シェシフ様は、怖い。

けれどその怖さは、アリザに感じていた怖さとはまた別の恐ろしさのように感じられた。


大広間の壇上の奥にある扉を抜けた先には回廊があった。

白い柱の並ぶ回廊の両脇には、首のない白い羽を持つ女性の像がいくつか並んでいる。

プエルタ研究院にあったものと同じ像である。

アストリア王国の教会にある石像は羊を連れた男性の姿をしている。信仰の対象となる石像でも、随分と造りが違うものだ。

「突然のことで驚いただろう？　コスタリオ伯爵には王家からの使者を送ろう。あなたは心配しなくていい」

靴音が石造りの回廊に響く。

シェシフ様は優美に微笑んで言った。

私には拒否権はないようだ。シェシフ様はラシード神聖国で一番身分の高い方なのだし、それも仕方ないのだろう。

「あなたはいつ、コスタリオ伯爵の養女になったのかな？　私の耳にも入ってこないなんて、随分と大切にされていたようだね」

シェシフ様が柔らかい口調で尋ねた。

「数年前に孤児院からもらい受けていただいたばかりです。だから、私……貴族のことや、挨拶やマナーも、きちんとできなくて……どうしたらいいのかわからなくて」

（私は、アリザちゃん。私は、アリザちゃん）

呪文のように幾度も頭の中で呟く。不安気に瞳を潤ませて、助けを求めるようにシェシフ様の手をぎゅっと握り、上目遣いでシェシフ様を見上げる。

「大丈夫だよ。私の側にいてくれさえすればそれでいい。王妃の役割とは世継ぎを産むことだからね。それ以外のことはなにも、求めるつもりはない。あなたはラシードの黒薔薇のように、可憐に無邪気に、聖王宮で咲き誇ってくれさえしたら、それでいい」

シェシフ様は優しく言った。

甘い毒のような言葉だと感じる。私を尊重しているように聞こえるけれど――どうにも、小馬鹿にされているような気もするわね。

ジュリアスさんの言う「阿呆」という罵倒のほうがずっといい。

回廊を抜けた先の扉が、扉の前に立っている使用人たちによって開かれる。

それはいくつか並んでいる扉の中で、一番大きな扉だった。私は来た道を頭の中で反芻する。

迷うほどの道ではなかったけれど、さっさと逃げる予定なのでなるべく記憶しておいたほうがいいだろう。

扉の先は、広い部屋だった。

絵画や背の高い壺、花が飾られた花瓶など、質はいいけれど少々華美な調度品が並んでいる。石造りの床には、複雑な紋様が描かれた美しく大きな絨毯が敷かれている。

中央には大きなソファセットがある。赤い薔薇の柄が目を引くソファと、猫脚の低いテーブル。テーブルの枠や脚には、金箔が貼られていて、目に眩《まぶ》しい。テーブルだけでも五百万ゴールドは下らないだろう。

この部屋にあるものを全部売ったら、総額五千万ゴールドにはなるかしら。なりそうだわ。お金っていうのはあるところにはあるのよね。聖王宮なのだから、豪華なのは当たり前なんでしょうけど。

シェシフ様に促されて、私はソファに腰を降ろした。

隣に座ったシェシフ様との距離が近い。両手を握りしめて顔を近づけてくるので、私は若干背中を反らしてなるべく離れた。

「初々《ういうい》しいことだね、クロエ。口付けもしたことがない？」

近づいてくる美麗な顔から視線を逸らした私に怒る様子もなく、シェシフ様は楽し気に言った。

「……ありません」

嘘です、あります。

でも馬鹿正直に言うことではないので、私は首を振る。

「愛らしいね。これは、ピンクゴールドというのかな。輝く髪も、潤んだ瞳も優しい色合いだね。まるで、慈愛に満ちた天使のようだ」

「シェシフ様は、天使を見たことがあるんですか？」

私は無邪気なふりをして尋ねた。

「あるよ」

あっさり頷かれたので、びっくりしてシェシフ様を見つめる。

「すごい！　私、天使とはおとぎ話に出てくる存在だとばかり思っていました」

どこで、見たのかしら。

アリザはメフィストのことを天使だと言っていた。美しい姿で四枚の羽を持っていたから、そう思い込んでしまったのだろう。

シェシフ様も、もしかしたら——悪魔を天使と勘違いしているのかもしれない。

「今、見ている。クロエ、あなたは天使だ。異界の門から落ちて、私のもとへ来てくれたんだろう？」

私の首に手が回される。

思いのほか強い力で引き寄せられて、耳元で囁かれた。背筋が粟立《あわだ》つ。もう笑顔を取り繕うことができそうにない。私は口元を引き攣らせる。

「さぁ、私のものになりなさい。あなたが美しく咲いている限り、私はあなたを愛してあげよう。私の言うことを聞いて」

もう片方の手が、私の唇を撫でる。

気持ちが悪い。最低な気分だ。さっさとシェシフ様の腹を蹴り上げて、この部屋から逃げよう。

シェシフ様、弱そうだし。私一人でもなんとかなりそう。

「シェシフ様、……永久に美しくいることなんてできません。そのうち花は枯れて、花弁が落ちます。それは、生きていれば当たり前のこと」

私は近づいてくる唇から逃れるために、会話を長引かせることにした。

いくつになっても美しい人は美しいだろうけれど、その美しさは変化するものだと思う。

永遠に同じ姿で生きることなどできない。それはもはや人ではない別のなにかだ。

「人は老いるからね」

シェシフ様はつまらなそうに言った。

「シェシフ様の言葉は、女性が美しくなくなれば、愛も枯れ果てるという意味に聞こえます」

「私は美しいものにしか興味がないんだよ、クロエ。そのうち、世界は変わる。変革を迎えるだろう。老いや死から解放されて、永久に美しいまま生きることができるようになる。天使のようにね」

「……世界が、変わる？」

「そう。あなたは知っているだろう？　邪魔をしてはいけないよ、クロエ・セイグリット。大人しく私のものになり、聖王宮で心穏やかに過ごすといい。私があなたの安寧《あんねい》を守ろう。外界の雑音から耳を塞いでいれば、幸せでいることができる。やがて世界が変わり、あなたはこの国の――女神となるだろう」

「意味がわかりません。離してください！」

あぁ、知られていたのね。

でも、どうして。

知られている以上、取り繕う必要はない。私はシェシフ様の腕の中から逃れようと暴れた。

シェシフ様は私の両手を強く掴んだ。ソファに叩きつけるようにして押し倒される。弱そうなのに、力は強い。やはり、男性なのだ。

私は奥歯を噛んだ。シェシフ様の背後に――いつか王都の路地裏に捨てられたときに見た、青空が広がっているようだ。

怯えている場合じゃない。過去の記憶に浸っていても、なにも解決しない。

眉をひそめて、思い切り息を吸い込む。

「触らないで。美少女錬金術師クロエちゃんは高いんですよ！　具体的に言うと、一回触ると五千万ゴールドです。シェシフ様はお金持ちだから、きっちり払ってくださいね！」

大丈夫、大きな声が出たわ。

どうでもいい内容の啖呵《たんか》を切ってしまったけれど、声が出ることが確認できればそれでいい。

「面白いね、クロエ。先ほどまでのあなたよりも、今のあなたのほうがよほど魅力的だ」

「抵抗されると興奮しちゃうタイプですか？　全く、偉い人は皆、大抵歪んでますね！　いいからさっさと離してください。シェシフ様は悪魔が誰なのか、理解して従っていますね。ラシード神聖国を危険に晒すつもりですか？」

「老いも死もない幸せな国。――理想の世界だよ。それを与えてくれるというのなら、天使だろうと悪魔だろうとどうでもいいことだ。彼らは、異界に住む不死の存在。彼らは私たちに、叡智《えいち》を与えてくれる。使えるものは、使う。それだけの話だよ」

「アストリア王国に、悪魔によって魔物の軍勢が現れて、人がたくさん死にました。それでも、悪魔は叡智を与えてくれると思うんですか？」

「無力なものは死ぬ。戦争でも人は死ぬし、病気でも死ぬ。死は平等ではないけれど、死の前に人は平等だよ。理由が少し違うだけ。だから、いちいち悲しむ必要はないし、怒る必要もない。どのみち、不死の世界が訪れたら、死という概念自体が消えてなくなるのだから」

「……悪魔が誰なのか教えてください。シェシフ様は操られているんですよ」

「私はいつだって正気だよ。自分ではそう思っているけれど、もしかしたら、そうは見えないのかもしれないね」

シェシフ様は喉の奥で嗤《わら》った。

シェシフ様自身に悪魔が憑いているようには思えない。だとしたら、甘言に惑わされているのだろうか。不死や永遠の若さ。そんなものを理想とするなんて——考えても、よくわからない。

「……どうして、私がクロエ・セイグリットだと知っているんですか？」

「あぁ。私の可憐な花の一人が教えてくれてね。最近、アストリア王国から逃げてきたばかりだから、王国の事情に詳しくて。あなたがラシードの貴族のふりをして紛れ込んでいると、教えてくれた。これは、運命なのかな。あなたが私のもとへ来ること。私のものになることも、全て」

「運命なんて信じません。お母様もよく言っていました、未来はなにも決まっていないんですよ」

両手が使えないのなら、足を使えばいい。幸いなことに私は今、かなり尖ったヒールの靴を履いている。

私は覆い被さっているシェシフ様の腹に向かって膝を折り曲げる。

あんまり体術は得意じゃない私だけれど、これでも結構たくさんの魔物を討伐して素材を集めてきたのだ。

ただの貴族令嬢だと思ったら大間違いなのよ。

人間に暴力をふるったことはないけれど、シェシフ様は別だ。抵抗する女性を無理やり組み敷く男は女の敵なので、思う存分蹴っていい。

私は——路地裏で私を襲った兵士たちや、ごろつきたちに抵抗できなかった恨みを全て込めて、シェシフ様の腹部を蹴り上げた。

「……お前……っ」

女性に暴力的な抵抗などされたことが一度もないのだろう。シェシフ様は苦し気に呻《うめ》いて、腹部を押さえるとソファからずるりと転がり落ちた。

私はさっさと立ち上がり、扉のほうへと向かう。ヒールの靴は走りにくくて仕方がないし、シェシフ様を蹴り飛ばしたときに片方のヒールが折れてしまったので脱ぎ捨てることにした。

私が扉に手をかけて開くと同時に、扉も外側から開かれる。

そこに立っていたのは、それはそれは不機嫌そうな、恐ろしい表情を浮かべたジュリアスさんだった。

あまりの恐ろしさに悲鳴を上げそうになった口を、私は押さえた。

助けに来てくれたのだと思うのに、悲鳴を上げるとか失礼すぎると思ったからだ。

◆ジュリアス・クラフトの苛立ち

――案の定、厄介なことになった。

壁にもたれて、ホールで王弟とやらと踊っているクロエを、俺は腕を組んで見ていた。

お人好しのクロエが、異界研究者の男の頼みを断れないことは予想がついていた。そのときから嫌な予感はしていたが、思った通りだった。

肉付きの悪い華奢な体にドレスを着たクロエは、それなりに見栄えがいい。クロエがいつも言っている美少女だとは思わないが、着飾った姿は普段の凡庸《ぼんよう》さに比べて人の目を引くほどに華やかだった。

特に黒髪の者ばかりが集まっている聖王宮の大広間では、その姿はかなり目立つ。集まった人間たちの視線がクロエに向いているのがわかり、苛立ちを感じた。

その感情は、かつてディスティアナ皇国の皇帝オズワルドにヘリオスを奪われそうになったときに感じた憤《いきどお》りと焦燥《しょうそう》に似ている。

他国の事情になど関わらなければ、こんなことにはならなかった。

今すぐ連れ戻して、帰りたい。肌の露出が多いドレスを脱がせて、いつもの地味なエプロンドレスとやらに着替えさせたい。

ダンスホールに乗り込んで、その体を抱えて逃げたらクロエは怒るのだろうか。

悪魔を探す目的を達成せずに、ラシード神聖国を見捨ててアストリア王国に戻ることを、クロエは恐らくよしとしないだろう。自分一人だけでもここに残ると言い張りそうだなと思い、俺は服の上から自分の首元に触れる。

首飾りの錠前に触れるのが、考え事をするときの癖になっているようだ。

服の上から布を隔てて、小さな錠前の硬い感触を指先に感じる。

他国の事情や、他人の事情、生き死になどに、興味は微塵《みじん》も湧かない。全てどうでもいいことだと感じる。

ラシード神聖国が置かれている状況は理解できるものの、それがどうした、とも思う。関係のないことだ。どのみち、なるようにしかならない。

それでも――クロエが望むのならと、その意思に従った。

お人好しなクロエが望むことは、大抵の場合間違っていない。クロエがそうしたいと言うのならきっと、それは必要なことなのだろう。

「……困ったわね。選ばれるわよ、あの子」

俺の隣にずっと立っていたレイラという名の女が口を開いた。

話しかけられたのだとは思うが、話をする必要性を感じなかったので黙ってその言葉を聞いていた。

「シェシフ様はきっと、ラシードの女たちに飽いているのだわ。毛色の違う美しいクロエさんは目を引くし、……それに、他の貴族女性と違って、見かけたことすらないのだもの。それは、興味を持ってしまうわよね」

俺の返事など期待していなかったように、レイラは囁くように話を続ける。

扇の先端で腕をつつかれて、鬱陶《うっとう》しく思いその顔を一瞥した。

「そんなに怖い顔で睨まなくても。あなた、クロエさんといい関係なのでしょう。だから、ファイサル様とクロエさんがダンスをしているのを見て、嫉妬をしているのね」

レイラは口元に笑みを浮かべて言った。意志の強そうな眼差しが、じっとこちらを見上げている。

俺が返事をしなくても話し続けるあたりが、クロエに少し似ている。そういえばこの女も公爵家の令嬢だったなと思う。

「ファイサル様のことは心配しなくていいわ。ファイサル様は私の婚約者なのよ。だから、クロエさんに下心なんてないと思うわ。あったとしたら思い切り下腹部を蹴るしかないのだけど」

特に尋ねたわけでもないのに、よく喋る。

王弟がこの女の婚約者だったとしても、その手がクロエの体に触れているのは不愉快だ。

嫉妬――と、心の中で女の言葉を反芻した。

どうやら俺は嫉妬深いらしい。

これはロジュやシリルに感じていた苛立ちと同じだ。なるほど、と、今更ながら納得した。

「問題はシェシフ様よ。……大きな声では言えないから、耳を貸してくれないかしら」

「……それは、重要な話か」

俺が尋ねると、レイラは手にしていた扇を広げた。口元を扇で隠して、小さな声で「とても大切な話」と告げる。

――雑談から、情報を得られることもある。

そう言えば、ロジュがそんなことを言っていたなと思い出す。

仕方なく姿勢を低くして、レイラのほうへと顔を寄せた。俺の耳元に唇を寄せて、レイラは顔半分を扇で隠すようにした。

「シェシフ様は女好きだと、さっき言ったでしょう？　けれど、昔はそうではなかったの。ファイサル様の言うように、優しい方だったわ。それこそ、聖王宮に入り込んだ虫も哀《あわ》れに思って逃がしてあげるような方だったの。それが、……いつからだったかしら、変わってしまったわ」

「理由があるのか」

「それを知りたいのはこちらのほうよ。ファイサル様はシェシフ様を信じているから、なにか理由があるはずだと言い張って、支えようとしているけれど、……私には今のシェシフ様が、とてもまともだとは思えないの」

「王が女好きというのは、よくある話だろう」

「そうかもしれないけれど……でも、今のシェシフ様はラシード神聖国に興味がないように見えるの。淫蕩《いんとう》に耽《ふけ》って、現実から目を背けているように見えて仕方ないのよ。昔のあの方を知っているだけに、余計にね。皆、シェシフ様とシェシフ様に従っているファイサル様が怖くてなにも言わないけれど」

「お前は婚約者だと言っていたな。お前の言葉なら聞くんじゃないのか、ファイサルは」

「何度か話し合ったわよ。なにかがおかしいって。でも、ファイサル様は兄上を信じているの一点張りだもの。とても話にならないわ」

「それで、結局なにが言いたいんだ」

シェシフの人格がどうであれ、クロエを渡すという選択肢はない。

レイラの話は理解できたが、結論までが長い。クロエの声ならどれほど聞いても飽きるということはないが、レイラの声音は耳につく。不愉快というほどでもないが、早く会話を終わらせたい。

話をしている間に楽隊の音楽が止み、クロエはファイサルによってシェシフのもとへと連れていかれていた。

「……最近では、異界研究者のサリム・イヴァンという男が、かなり権力を持っているようなの。妹姫のミンネ様の婚約者に選ばれたからだと思っていたのだけれど、どうにも、それだけではないのかもしれないという気がして」

「つまり、聖王はその男に操られていると？」

「それはわからないわ。シェシフ様は昔からとても優秀で、聡明な方よ。だから、惑わされるようなことはないと、思うのだけれど……」

レイラはそこで言葉を区切って、そっと俺から離れる。

俺は低くしていた姿勢を戻して、大広間の壇上に立っているクロエに視線を向けた。

どうやら、花嫁として選ばれたらしい。

こちらを見もせずに、シェシフに促されて聖王宮の奥へと姿を消したクロエに、俺は舌打ちをした。

嫌な予感は大抵当たるものだ。苛立ちが表情に出てしまったらしく、レイラが「怖いわ」と小さく呟いた。

「あの、阿呆が」

無意識のうちに吐き捨てるように、そう口に出していた。

ここに集まっている貴族や兵士たち程度なら、武器がなくてもどうにかなる。クロエを追いかけようと一歩足を踏み出した俺の腕を、レイラが摑んだ。

「……待って。あまり目立つのはいけないわ。あなた、強いんでしょう。それに、クロエさんの恋人なのでしょう？」

「あぁ」

いちいち説明している時間がもったいない。

俺の返事に、レイラは嬉しそうに笑みを浮かべた。

「そうなのね。とても、いいわ。助けに行くのね？」

「聞かれるまでもない」

「窮地《きゅうち》のお姫様を助ける王子様にしては、不愛想で怖いけれど。こちらから話しかけた手前、クロエさんを放っておけないわ。私が声をかけたせいで、余計に目立ってしまったのかもしれないし。……私と一緒なら、聖王宮の奥に入ることができるわ。その先は手伝えないけれど、ここで目立って兵士に追われるよりは、いいと思うの」

レイラの提案に、俺は邪魔だと言ってレイラの手を振り払いかけていた腕を止めた。

それもそうかと、頷く。

一刻も早くクロエのもとへ行かなければ。強がってはいるが、あれは特別強い女ではない。ごく普通の、どちらかといえば大人しい性格をしている。

恐ろしい思いをしているかもしれない。非道なことをされるかもしれないと考えると、シェシフへの殺意が湧き上がる。

「わかった。案内を頼む」

俺の返事に、レイラは「任せておいて」と力強く頷いた。

人の波を器用に縫うようにして進み、大広間の奥にある扉を抜ける。レイラのことを怪しむ者は誰もいないようだった。

人々の熱気に満ちた大広場に比べ、一枚扉を抜けた先に広がる、神殿に似た造りの王宮は静謐《せいひつ》で、見張りの兵士の姿がちらほらある程度だ。

レイラが兵士たちに軽く会釈すると、彼らは膝をついて深々と礼をした。「レイラ様、そちらは？」と尋ねられ、「新しい従者ですわ。いちいち説明する必要がありますの？」と、張りのある声で答えた。

恐縮した様子で引き下がる兵士たちの前を堂々と通り抜け、いくつかの曲がり角を曲がると、白い柱の並ぶ回廊に出た。回廊の両脇には、首がなく羽を持った女の白い石像が並んでいる。

ラシード神聖国では、神は羽を持った女の姿をしていると信じられている。信仰の対象である。首がないのは、神の顔を想像することは不敬にあたるからと言われている。

回廊の手前の廊下に隠れるようにして、レイラは足を止めた。

「……ここをまっすぐ行ったところにある一番大きな扉の先が、王の間よ。昔はよく、シェシフ様やファイサル様とお話をしたりしたものだけれど、――今は入ろうとは思わないわ。あまり見たくない光景を見てしまうからね」

密やかな声でレイラが言う。警戒する猫のように、せわしなくその瞳は周囲を見渡していた。

堂々と振る舞っているが、案外内心はそうでもないのかもしれない。俺を案内するということは、シェシフや聖王家への反逆に値する。平静ではいられないだろう。

「……クロエ」

思わず、名前を呼んでいた。レイラの言葉に、嫌な想像が頭をかすめる。奥へと進もうとした俺の服を、レイラが引っ張った。

「お待ちなさい。あなた、丸腰でしょう。晩餐会には帯剣は許されていないもの。これを、あげるわ」

「……暗器《あんき》か」

レイラが手にしていた扇を渡される。

武器などなくても問題ないと思っていたが、ないよりはあったほうがいい。

鉄の骨組みで作られた扇は、閉じて使えば細身の棍棒程度の威力がある。鉄扇は、貴人の女が好んで使う暗器の一つだ。趣味で持つにしては少々物騒ではある。

「護身のために持っているだけよ。だから、持っていっていいわ」

「あぁ、わかった」

俺はレイラのもとから立ち去ろうとした。

そこで、人からなにかをしてもらったときにはお礼を言うようにと、クロエから散々言われたことを思い出す。小うるさいと思って適当に返事をしていた。

あまりにもうるさかったせいだろうか、その言葉は頭の中にしっかり染みついているようで、「ジュリアスさん、お礼は減りませんよ。むしろ増えます。いいことが返ってきますから、将来への投資と思ってください」などと得意気に言うクロエの言葉が、頭の中に勝手に響いた。

離れていても、うるさい。毎日声を聞いているせいだろうか。

「――助かった。お前は、戻れ」

「あら。不愛想かと思っていたけれど、案外優しいのね」

短く礼を言うと、レイラは唇を吊り上げて笑みを浮かべた。「じゃあ、頑張ってね、王子様」と言い残し、レイラは来た道を戻っていった。

俺はレイラとは反対方向へと足を進める。回廊には見張りの姿は見当たらない。

次第に足が速まり、走り出していた。

——ふと、気配を感じる。

手にしていた扇で向かってきたなにかを叩き落とした。

カキン、と金属音を立てて、それは弾き飛ばされる。借り物の鉄扇は、そう悪くない強度があるようだ。

続けざまにこちらに向かってくるのは、先端にかぎ針のようなものがついている細い糸に見えた。

風を切る音を立てて何本も放たれる糸の先には人の姿がない。

「面倒だな」

俺は急いでいる。誰かは知らないが、相手をしている暇などはない。

叩き落とした糸が石造りの床を引き裂《さ》く。手で触れれば、肉が裂かれる程度の殺傷能力がある糸である。

鉄糸も、暗殺者が好んで使う暗器の一種だ。

折りたたんだ鉄扇で向かってくる糸を受け、ぐるりと巻き取る。糸の先には確かに重さがある。細く光る糸の出どころを目視するのは困難だが、重さがあるということはそこに人がいるということだろう。

ただの人間は、雑魚《ざこ》だ。

「——俺は急いでいる。さっさと死ね」

床を引き裂き再び舞い上がり、こちらに向かってくる糸を、床を蹴って避ける。

世界が一瞬反転する。広い神殿には、やはり人影はない。

跳ね上がりながら鉄扇を引く。着地の自重とともに思い切り腕を引くと、そこには確かに人間一人分ぐらいの体重を感じる。

そこにいるのなら、話は早い。

着地した片脚で、床を蹴る。糸の巻きついた鉄扇を無理やり開くと、ぴしり、とした感触とともに引きちぎられた糸が光の残滓《ざんし》を残してひらりと宙に散った。

扇で糸を弾き飛ばしながら、なにもない、人の気配のするほうへと駆ける。

避けようとしているのか、衣擦れの音が聞こえる。だが、遅い。

手を伸ばし、なにかを思い切り掴む。それは、髪のようだった。

何本かが手のひらの中で引きちぎられる感触がする。駆けていた勢いを全てのせて、思い切り膝をその腹へと打ちつけ、蹴り上げる。

呻き声と、空気を飲む音が聞こえる。

思ったよりも、軽い。女のように小柄な体をしている。女なのかもしれない。

だがどうでもいい。

鉄扇の殺傷能力はわりと高い。的確に使用すれば、刃こぼれがない分下手な剣より容易に人を殺せる。

逃げようともがいている見えない体を、その首を、髪を掴んだまま鉄扇を打ち付けてへし折ろうとして――止めた。

クロエが、嫌がりそうだと思った。

別に人を殺したいとか、殺したくないとか、そういった感情があるわけじゃない。

どうでもいい。だが、邪魔をするのなら、躊躇《ちゅうちょ》はない。

けれどクロエが「ジュリアスさん！　穏便に！」などと頭の中で騒ぐので、俺は鉄扇でそれの首の骨を砕くのをやめた。その代わり、追ってこられるのは面倒なので、恐らく足がありそうな場所を踏みつける。体重をかけて靴底をねじ込むようにすると、鈍い音とともに足の骨の折れる感触がした。

「ぅあ、あ……！」

一応訓練はされているのか、悲鳴はごく小さかった。

髪を摑んでいた手を離すと、どさりと見えないなにかが床に倒れる音がする。

徐々に透き通っていた姿に色が戻ってくる。空間が歪むようにして人の姿を取り戻したそれは、ゆったりとした黒い服を着ていて、黒い布で顔の大半を覆っていたので、女か男かはよくわからない。

ただ、若いということだけはわかった。子供に見えなくもない。

その人間は折れたほうの足を押さえながら、憎しみのこもった暗い瞳で俺を見上げる。口から血が零《こぼ》れていた。

腹を蹴られ、骨を折られたぐらいで死にはしないだろう。

そういえば――かつて、クロエとともにいるときに襲いかかってきた、あれはおそらくコールドマン商会の子飼いの暗殺者たち――だろうが、あれも、妙な魔法を使っていた。

姿を消し、風景と同化する魔法だ。妙な魔法もあるものだと思ったが、暗殺者特有のものなら俺やクロエが知らなくても仕方がない。

暗器もそうだが、暗殺者の技術はそうそう外に出るものではない。だからこそ暗殺者たりえるのだろうが。

「……時間の無駄だ」

転がっている人間が誰なのかなどには、興味がない。

シリル・アストリアからの手紙には、コールドマン商会の父娘が逃げたと書かれていた。

大方、ラシード神聖国に逃げ込んで匿ってもらってでもいるのだろう。

面倒なことだ。アストリア王国の兵が使えないせいで、牢から逃げられたからだ。シリル・アストリアは慰謝料として、俺たちに一億ゴールド程度は払ったほうがいい。

クロエは守銭奴《しゅせんど》のように見えて案外謙虚なので、いざ金をもらうときには遠慮をする傾向がある。

全く、阿呆め。

「待て！　ジュリアス・クラフト……貴様のせいで、エライザ様が……！」

床に倒れている人間が、少年の声で言った。

俺はそれを一瞥して、それから回廊の奥、クロエが連れていかれただろう扉へと向かう。

「エライザ様は、少し気位が高いだけの、愛らしい方だったのに……お前のせいで、全て、お前のせいだ……」

「喚《わめ》くな、うるさい。——大切ならば、自分で守ればいいだけの話だ」

「知ったような口をきくな……！　エライザ様は、聖王シェシフに、……くそ、くそ……っ」

エライザ・コールドマンという一度か二度会っただけの女のことなど、よく覚えていない。うるさかったことと、化粧と香水の匂いがきつかったことぐらいしか記憶にない。

あれは、クロエを恨んでいる。

つまり――あの女がここにいるということは、クロエのことは聖王シェシフに知られている。

だからこそ、花嫁に選ばれ連れていかれた。

それに気づき、再び俺は走り出した。

大切なら、自分で守ればいい。俺の唯一大切だと思える人間は、放っておくとろくでもないことばかりに巻き込まれるお人好しだ。

だから――そんなことは、俺が一番よくわかっている。

◆逆襲のエライザさん

開いた扉の前でそれはもう、それはもう怒っているジュリアスさんに怯えながら、私は悲鳴を上げそうになったことを誤魔化すためにへらへら笑った。

「ジュリアスさん、奇遇ですね。なぜここが……って、ジュリアスさん、どこに行くんですか……っ」

ジュリアスさんは私の姿を無言でじろりと見下ろした後、私を押しのけて部屋の中に入ろうとした。

今シェシフ様から逃げてきたばかりだというのに、部屋に舞い戻ってどうするのかしら。

私はジュリアスさんの腕を慌てて引っ張った。ジュリアスさんのほうが力が強いので、ずるずる引きずられそうになる。

「待ってください、ジュリアスさん。逃げますよ、逃げます。なんだかいろいろとばれてますから……！」

「——その男を殺す」

「穏便に、穏便にお願いします……！」

怖いわ、ジュリアスさん。

気のせいじゃなく怒っているわね。私が迂《う》闊《かつ》だったからだろう。反省しなくちゃいけないわね。

ジュリアスさんの腕を一生懸命引っ張っていると、突然見えない巨大な手に体を持ち上げられるような浮遊感が私を襲った。

ふわりと体が宙に浮き上がる。突風に煽《あお》られた感覚に似ているけれど、もっと明確な意思があるように感じられた。浮き上がりながら私たちは、部屋の奥へと見えないなにかによって押し戻される。天井近くまで浮き上がった私は、体が反転したことでぶわっと広がったドレスのスカートがめくれ上がり、あまりよろしくない姿になっていることに気づいた。

いつものエプロンドレスならドロワーズを穿《は》いているので問題ないのに、今日は残念ながら、そういったものはない。出血大サービスである。美少女錬金術師クロエちゃんのあられもない姿を晒してしまった。恥ずかしがっている場合じゃないけれど、私もうら若き乙女なのでそれなりに恥ずかしい。

眼下に、ソファに手をついて起き上がりながら、私を睨みつけているシェシフ様の姿がある。相当痛かったらしい。未だ下腹部を押さえている。いい気味だった。

浮遊感は一瞬のことで、突然体に重さが戻ってくる。天井近くまで持ち上げられて突然手を離されたようだった。私は「わわ!」と間抜けな声を上げながら床に向かって落ちていく。同じく浮き上がっていたジュリアスさんが、空中で姿勢を変えるようにして私の体を摑み、軽々と床に着地した。

身体能力の差が如実《にょじつ》に出ている。ジュリアスさんがいなければ、私はべしゃっと床に落ちていただろう。

「――サリム」

シェシフ様が名前を呼ぶと、扉からゆっくりと男が中に入ってきた。

先ほどまで、扉の向こう側の回廊には誰の姿もなかったのに、いつの間に現れたのだろう。

ぞわりとした悪寒が、体を支配する。

強い吐き気と、頭がガンガン鳴るような恐ろしさに、指先の体温が失われていくのを感じた。

アリザから感じていた恐ろしさよりもずっと、強いものだ。

まるでメフィストが目の前にいるかのような、いや、それよりももっとずっと、怖いもの。

悪魔が巣食っているだなんて生易しいものではない。

それはまるで、悪魔そのもの、のような――。

思わず、私を着地の衝撃から守るために腰を摑んで引き寄せた状態のままでいるジュリアスさんの服を、ぎゅっと握りしめた。

喉がひりつく。乾いた喉がぴったりと張りついてしまったように声が出ない。

「ご無事ですか、聖王」

サリムと呼ばれた男は言った。

どこかで聞いた名前だと、私は記憶をたどる。確か、刻印師であるルトさんのお兄さんの名前が、サリム・イヴァン。フォレース探究所の、所長だと言っていた。

サリムは、優し気な声音の細身の男だった。

金色の縁取りのある白いローブで全身を包んでいて、目深にフードを被っているため口元しか見えない。

一歩、一歩と室内に入ってくるごとに、威圧感で肌が粟立つ。

気持ちが悪い。怖い。

「あぁ。問題ない。……大人しく私のものになるかなと思ったのだけどね、可愛げのないことだ。エライザ、私の花。あなたのほうがよほど可愛らしい」

「まぁ、シェシフ様、嬉しいですわ」

サリムの腕にくっつくようにして、エライザさんの姿があった。サリムの恐ろしさばかりに気を取られていて、まるで気づかなかった。

エライザ・コールドマン。宝石王とも呼ばれている、コールドマン商会のマイケル・コールドマンさんの娘である。

ミルクティー色の髪に、煌びやかな宝石があしらわれた高価そうな髪飾りを着けている。

可愛らしい橙色《だいだいいろ》のドレスは、エライザさんが動くたびにきらきらと光った。ドレスにも宝石が縫い付けられているようだ。

先日まで牢に入っていたとは思えない、愛らしくも美しい姿だった。

エメラルドグリーンの瞳が私をまっすぐに睨みつけている。ものすごく恨まれている。私のせいで投獄されたと思っているようだから、仕方ないのだろうけれど。

エライザさんは、怖くないのかしら。サリムは——心臓が凍りつきそうなほどに、恐ろしいのに。

「こちらにおいで、エライザ。巻き込まれてしまっては、危険だからね」

シェシフ様に呼ばれて、エライザさんは嬉しそうに瞳を輝かせる。そしてサリムの腕から離れて、シェシフ様のもとへと行った。

シェシフ様は優雅にソファに座り直し、その足元に跪《ひざまず》いて膝の上に甘えるように顔を乗せるエライザさんを撫でた。子猫を撫でているみたいに見えた。

あまり、見たくない光景だわ。顔見知りが人目も憚《はばか》らず、ああしていちゃいちゃする光景というのは、どうにもよくない。

人のふり見て我がふり直せという言葉を思い出し、私はジュリアスさんから離れようとした。

けれど、しっかり腰を掴まれていて、身動きが取れなかった。

「サリム。その二人を、堕《お》とせ。鼠は鼠らしく、地の底で這い回るがいい」

「心得ました」

シェシフ様に命じられ、サリムは短く言った。片手を、私たちに向かって伸ばす。

「シェシフ様、わかっているくせに……！」

私は思わず大声を上げていた。

シェシフ様はサリム・イヴァンが悪魔であることを知っている。

それでいて、彼を側に置いてその力を――シェシフ様の言葉を借りれば、叡智を、利用している。

圧倒的な、禍々しくどす黒い魔力の気配を感じる。抵抗を試みる間《ま》も、なにかを言う間もなかった。

足元に、深淵に繋がっているかのような真っ黒い穴がぽかりと空いた。

それは本当に、穴としか言えないものだった。

「……いい気味だわ、クロエ・セイグリット！　仲良く二人で死になさい、私はジュリアスよりもずっと素敵な方に見初《みそ》められたのよ、いいでしょう、羨《うらや》ましいでしょう？」

エライザさんが嬉しそうに言った。

アリザといい、エライザさんといい、どうして私に羨ましがられたいと思うのかしら。

私はちょっと苛々した。そして、それ以上にエライザさんが心配になってしまった。

どう考えても、シェシフ様は優しく素敵な旦那様、とは思えない。見た目や立場は悪くないかもしれないけれど、私だったら絶対に嫌だ。好きになれない。むしろ嫌いだ。

エライザさんの勝ち誇ったような笑い声が部屋に響く。

足元に感じていた床の感触が唐突に消えた。

そして私は、ジュリアスさんに抱えられながら、足元に空いた穴の中へとあっけなく、すとんと落ちていったのだった。

◆落とされたるは地下迷宮

視界が真っ黒に染まり、一瞬の浮遊感の後に地に足がつく感触がある。

落下したというよりは、転移したという感覚だろうか。

錬金物を使用し空間を繋げることはあるけれど、私の造る錬金物は繊細さと細やかな気遣いに定評があるので、空間を歪めるとしても体への影響は極力減らすようにしている。

けれど、――サリム・イヴァンの使った、恐らく魔法による空間転移は、乗り物酔いしたように頭がぐらついた。強引に別の空間に引きずり込まれたようで、気配りがまるで足りない。

足元に穴を空けて落とすとかも、あんまり印象がよくないわね。私の緊急転移陣のほうがよほど性能がいい。

私ってば、もしかして悪魔よりも賢いかもしれないわ。悪魔の叡智さえ凌駕《りょうが》する、天才錬金術師クロエちゃん。などと考えながら、私は右も左も上も下もわからないぐらい真っ暗な空間に光を灯《とも》すべく、光魔法を使った。

「光よ、照らせ」

光魔法による明かりは魔力消費が無駄に激しいので、ずっと使うわけじゃない。

簡易な呪文で小さな光を灯す。

光魔法によって、ようやく私たちが居る場所を確認することができた。

私が立っているのは、石櫃《せきひつ》のような場所だった。黄土色の岩壁に覆われた、狭い空間である。狭い部屋の側面は、右も左も背後も全て岩壁に覆われていて、行き止まりになっている。前面には鉄格子がある。牢獄のようだ。鉄格子の先には暗いけれど、通路が続いているみたいだ。

鉄格子を両手で握っていたジュリアスさんが振り向いた。

小さな明かりに照らされたジュリアスさんは、未だ不機嫌そうに私を睨んでいる。そんなに怒らなくても。こんな状況になってしまったのは、どう考えても全面的に私が悪いのだけれど。

「ええと、その……ごめんなさい。こんなことになるとは思わなくて、ですね……」

「あの男に、なにかされたか」

「されてませんよ！　とんだ女好きの困った王様ですね、シェシフ様という人は。まぁ、クロエちゃんは美少女なので、つい嫁にもらいたくなっちゃう気持ちもわかりますけど。逃げるために思い切り蹴りましたので、大丈夫です」

怒っているというか、心配してくれていたみたいだ。

私はジュリアスさんを見上げて、口元を緩めた。ドレス姿は褒めないくせに、心配はしてくれるらしい。そんな場合じゃないのだけれど、にやにやしちゃうわね。

「サリム・イヴァンが悪魔か」

ジュリアスさんは私の一連の自画自賛を全部無視して話題を変えた。

ちょっと恥ずかしい。できればなにか言って欲しかったのに。無視はいけないわ、無視は。

「ジュリアスさんもわかりました？　ジュリアスさんにも悪魔の気配がわかるんですか？　私だけじゃないんですね、よかった」

特別なにかがあると言われると、落ち着かないものだ。安堵した心持ちで尋ねると、ジュリアスさんは首を振った。

「お前の顔を見ていればわかる。サリムからなにかを感じたということはない。俺には、ただの魔導師に見えた」

すぐさまジュリアスさんが私の期待を否定したので、私は緊張を解くように小さく息を吐き出した。

やっぱり、悪魔の気配というのは私にだけわかるのかしら。ジャハラさんが言っていた通り。

理由はよくわからないけれど、認めなくてはいけないわね。誰かの役に立つ力なら、認めて、受け入れるべきなのかもしれない。

「……確かに、エライザさんもサリムにぴったりくっついていましたしね。エライザさん、男運がないんじゃないでしょうか。ジュリアスさんに一目惚れした後に、シェシフ様に騙《だま》されるとか……。コールドマン商会は宝石を多く扱っていましたから、ラシード神聖国との取引があったとしてもおかしくはないですが、それにしてもですよ」

「くだらない話をしていないで、ここを抜けるぞ。鉄格子はどうにもならないが、側面はただの岩壁だ。魔法で天井に穴を空けろ、クロエ」

「エライザさんの男運、心配じゃないですかジュリアスさん」

「人のことを言えるのか、お前が」

呆れたように、ジュリアスさんは嘆息した。

それもそうだわ。私の頭にシリル様の顔が浮かぶ。私はジュリアスさんをまじまじ見つめながら、「そうですね」と深く納得した。

窓もなにもない牢獄の中で、私たちの声は反響して大きく響いているようだった。鉄格子の先は通路になっているのだろうが、暗闇が続いているだけである。照らそうと思えば先まで照らせるのだけれど、魔力がもったいないのでやめておいた。

「ともかく、悪魔は見つけました。サリム・イヴァンは――なんというか、悪魔が憑いているというよりは……なんだかすごく、怖くて。もっとなにか別の……」

「別の？」

「……考えても、よくわかりません。でも、とりあえずあとは、ジャハラさんに報告するだけです。飛竜の女の子が手に入りますよ、よかったですね、ジュリアスさん」

「ここがどこなのかはわからないが、外に出る風穴さえできれば、ヘリオスに乗って地上に抜けることは可能だ。天井を崩せ。それぐらいの魔法は使えるだろう、クロエ」

ジュリアスさんは相変わらず、私に頼めば大概のことはなんとかなると思っている。

私は魔導師じゃなくて錬金術師である。最近破邪《はじゃ》魔法が得意だと判明したけれど、他の魔法についてはごく普通ぐらいの実力しかない。

天井を崩壊させるほどの魔法が使えるかどうかは微妙だし、それに、どう考えても生き埋めまっしぐらなのではないかしら。

「安心と信頼と実績のあるクロエちゃんにお任せを！　と、言いたいところですけれど、この狭さで天井に穴を空けるのは危険ですよ。地下牢に見えますけれど、どの程度深い場所かはわかりませんし。場合によっては天井が崩れて生き埋めになります。生き埋めは嫌です、苦しそうなので」

「生き埋めになる前に、お前を抱えて脱出する」

「脱出するために、一か八かの身体能力に賭けないでも大丈夫ですよ！　なんと、クロエちゃんは天才な上に用意周到なので、こんなこともあろうかとしっかり準備をしてきています」

「準備？」

訝し気にジュリアスさんが言った。

「はい。ええとですね、今から見られると困ることが起こりますので、絶対にこっちを振り向かないでくださいね、約束ですよ？」

私はジュリアスさんを見上げて、真剣に言った。

これは大切なことなのだ。主《おも》に私の羞恥心にとって、とても大切である。

「説明しろ」

ジュリアスさんが眉間に皺を寄せる。

「脱ぐので」

そうです、脱ぎます。

別にふざけているとかじゃない。ドレスは邪魔だし、靴も履いていない。これをどうにかするためには、脱がなければいけないのだ、私は。

「……今更お前の着替えを見たところで、どうとも思わない」

「私が思うんですよ！　ジュリアスさんも少しはどうとか思ってください！　ともかく、見ないでくださいね！」

ジュリアスさんはめんどくさそうに舌打ちをした後、私から視線を逸らしてくれた。

私は既に乱れに乱れているドレスに手をかけて、さっさと脱いだ。足元にすとんと、ドレスが落ちる。ドレスはお高いだろうけれど、仕方ない。これはここに置いていこう。邪魔だし。

ドレスの下にはコルセットが締められている。コルセットの紐を引っ張って解くと、これでもかと締めつけられていて内臓が口から出そうになっていたのが、ようやく楽になった。

コルセットの下に、腹部や胸に巻きつけるようにして、無限収納鞄を仕込んでおいてよかった。

無限収納鞄は一見してなにも入っていない布鞄なので、質量に乏しく薄っぺらい。

私にドレスを着せてくれた方に「どうして布鞄を服の下に？」と不思議そうに言われたので、説明が面倒だった私は「胸を大きく見せるためです！」と元気よく答えておいた。

特に不思議がられなかった。胸が必要以上に大きくなくてよかった。

そんなわけで、ドレスを着ていた私の胸は、いつもより多少大きく見えていたのである。どうでもいいことだけれど。

「はー、すっきりした。なにかあるんじゃないかと思って、無限収納鞄を持ってきていてよかったです。目立たないように、コルセットをぎゅうぎゅうにしめてもらっていたんですよね。おかげでご飯が食べられませんでしたけど。さすがはクロエちゃん。天才。美少女」

自分の用意周到さに満足しながら、私は布鞄からいつものエプロンドレスを取り出す。

さっさと着替えてブーツを履くと、とてもしっくりくる。ドレスは煌びやかだけれど動きにくい。エプロンドレスこそ最強である。

「……クロエ。お前は、……例えば俺が、自分のことを美少年だと言って褒めたらどう思う？」

ジュリアスさんが珍しくおかしなことを言った。

ジュリアスさんは美青年ではあるけれど、二十五歳だし、そんなに若く見えないので、美少年ではない。

「ジュリアスさん、美少女とは……心意気のことですよ」

「そうか。ならいい」

ジュリアスさんの言いたいことが大体わかったので、私はちゃんと教えてあげることにした。私だって本気で自分を美少女だと思っているわけじゃない。

ジュリアスさんは納得したのだかしてないのだかわからないけれど、ともかく短く言って、私に視線を戻した。

完璧にいつも通りの姿に戻った私は、ジュリアスさんに久遠《くおん》の金剛石《こんごうせき》の剣を「はい！」と差し出した。

多分きっと、とても得意気な顔をしていたと思う。

ジュリアスさんが無言で私の頭をやや乱暴に撫でてくれたので、褒められたと思った私はもっと得意な気分になった。ちょっと痛かった。

私は無限収納鞄から道標《みちしるべ》の光玉《ひかりだま》を取り出した。

それは両手で抱えることのできる程度の大きさの、白っぽい丸い玉である。大きな卵に見えなくもない。

「暗闇を照らし、地上に案内してくださいな」

私の言葉とともに、道標の光玉が周囲を明るく照らす。

十分な光量を確保できたので、私は光魔法で作り上げた明かりを消して、周囲を確認した。

光魔法によって地下牢の内部は見えていた。そこは鉄格子のある行き止まりの狭い部屋のような場所だった。今は道標の光玉が、鉄格子の向こう側の、更に先までを照らしてくれている。

鉄格子を隔てた先には、暗い通路が奥深くまで続いている。牢から続く通路もまた、つるりとした岩でできている。ところどころ木枠で固定されているけれど、岩壁はよく切れるナイフでパンを切ったように、滑らかな平面に切り拓かれている。

私とジュリアスさんが並んで歩いても十分な広さがあるぐらいの、広い四角い通路である。鉄格子の隙間から抜けた道標の光玉が、ふわふわと通路の先へと進んでいく。暗い通路の更に先は、いくつもの曲がり角があり、複雑な造りになっているように見える。

脱出を急ぐあまり、天井に魔法で穴を空けなくてよかった。どうもここは、人工的に作られた広い地下空間の内部のようだ。だとしたら、地上よりもかなり深い場所だという可能性もある。生き埋めが回避できたわね。

「まるで迷宮ですね。でも、ジュリアスさん。道標の光玉があるからご心配なく。一度行った場所なら正確に案内してくれる光玉ですけれど、初めての場所でも、それなりに案内可能です。特にこういった洞窟のような形状の場所は、入り口から空気が流れ込んでいますから、そういったものを敏感に感じ取って連れていってくれるんですよ。優れものですね。なんと私が造りました」

「それはなによりだ」

ジュリアスさんが褒めてくれたので、私は得意気に胸を反らした。

ドレスは褒めてくれなかったけれど、準備をばっちりしてきたことについて褒めてもらったので許してあげよう。

「ところでジュリアスさん、その扇はどうしました？　レイラさんの物に見えますが」

「借りた。扇というか、鉄扇だな。もう不要なものだ。しまっておけ」

「てっせん？」

私はジュリアスさんから扇を渡された。見た目よりもずっと重い。ずっしりしている。しげしげと眺めた後、鞄の中にしまった。鞄と繋がっている無限収納トランクへと鉄扇がしまわれていく。レイラさんに会ったらきちんと返そう。

「暗器の一種だ。骨組みに鉄が仕込んである。あの女もどうやら、ラシード聖王家について不信感を抱いているようだな。第二王子の婚約者だと言っていたが、協力を申し出てくれた。だが――お前や俺の立場が知られていた以上、手を貸したあの女も危険かもしれないな」

「……レイラさん」

レイラさんは公爵家のご令嬢だ。そして、ファイサル様の婚約者だという。

思わず以前の自分を思い出してしまい、私は俯いた。

レイラさんは大丈夫だろうか。私たちに手を貸したことを裏切りだと指摘されて、罪に問われているかもしれない。

私もかつて、捕縛され投獄された。すごく、怖かったし、なにが起っているのかよくわからなくてひたすら混乱していたことを覚えている。レイラさんは私よりもずっと強い女性に見えた。私と同じだと思ってしまうのは申し訳ないほどに。それでも――怖い、わよね。

レイラさんを巻き込んでしまった。私がジャハラさんの頼みを聞かなければ、レイラさんとも出会うことはなかっただろう。

本当に――余計なことをしているみたいだ。

「こんなところで心配していても時間の無駄だ。ここを出るぞ」

俯いていた私の背を押すように、ジュリアスさんの素っ気ないけれど力強い言葉が心臓の奥へと響く。私はジュリアスさんを見上げて、力強く頷いた。

赤と青の瞳がいつものようにじっと私を見下ろしている。髪はまだ黒いままだった。

黒髪でもジュリアスさんは格好いいわね。少し心の余裕ができたからか、しみじみとそう思う。美形はなにをしても美形なのだろう。とはいえ、同じ美形でもシェシフ様はなんだかねばっとしていて気持ち悪いし、嫌いだけれど。

「ジュリアスさん、久遠の金剛石は鉄よりも硬いので、鉄格子を切れると思いますけれど、刃こぼれしたら嫌なので魔法を乗せます。……あ。ところで、ジュリアスさんも着替えますか？　アリアドネの外套を出せますけど」

「面倒だ。このままでいい」

ジュリアスさんは執事服のベルトの部分に剣の鞘《さや》を差すと、黒い剣をすっと抜いた。

私は少し離れた位置で、ジュリアスさんが構える久遠の金剛石の剣の黒い刀身へと、鞄から取り出した杖を翳《かざ》した。

「鋭利なる水の刃《やいば》、清流刃《せいりゅうは》」

詠唱《えいしょう》とともに、剣に水の膜が張る。目視できないぐらいに細かく振動する水の刃だ。水の攻撃魔法の初級魔法なので、魔法単品では牢獄の鉄格子を切り裂くほどの威力はない。

けれど、それはもう高級な久遠の金剛石の剣とジュリアスさんなので、――――まぁ、問題ないわよね。

ジュリアスさんは水を纏った剣で、私たちを閉じ込めている眼前の鉄格子を一閃《いっせん》した。夕食のスープにするための根菜を切るようにさっくりと、鉄格子の上下が切れてばらばらと床に落ちる。

水魔法の効果は消えて、ジュリアスさんは剣を鞘へと戻した。

道標の光玉が、ふわふわと浮かびながら私たちを先導するようにゆっくりと進みはじめる。

さっさとそれを追いかけていくジュリアスさんを、私も追った。

行き止まりの地下牢から、切り裂いた鉄格子をくぐり抜けると、その先にはひたすら通路が続いている。

地下通路は嫌な気配が充満しているような気がしたけれど、多分雰囲気のせいだろう。

そう、思いたい。

道標の光玉の後を追っていくつかの曲がり角を曲がり、歩いていく。

起伏のない道である。階段もなければ窓もない。ただ、通路の側面に、光源に使用していたようにみえる錬金ランプが等間隔で並んでいた。

私が造るような、きのことか、ぶどうとかの形をした錬金ランプとは違う。そういう遊び心も可愛げもない、長方形のランプである。よく見るとかなり古かったり、ところどころ破損していたり、蜘《く》蛛《も》の巣が張ったりしている。もう力を失っているように見えた。

「シェシフ様は、どうも——サリム・イヴァンが悪魔だと知っているようでしたよ。老いも死もない理想の世界を作るのだとか。悪魔の叡智を利用している、とかなんとか言っていましたね」

「死なないことが理想か。権力者の考えそうなことだな」

誰もいない回廊はあまりにも静かだ。足音はもとより、呼吸音さえ耳に響いている気がする。

気を紛らわすためにジュリアスさんに話しかけると、ジュリアスさんは吐き捨てるように言った。

「偉い人って、死にたくないって思うんでしょうか。それは、私だって死にたいとは思いませんけれど、……なんというか、ずっと若いまま生きていたいなんて思ったことはないです」

「お前の言う美少女という自己評価が心意気だとしたら、お前はずっと美少女なのだろうしな」

「そうやって冷静に分析されると、ものすごく恥ずかしいのでやめてくれませんか。さらっと流していいんですよ、そういうのは」

ジュリアスさんがあまり表情が変わらない顔で面白いことを言っている。笑っていいのかしらと首を傾げながら、私は文句を言った。

「聖王が悪魔と手を組んでいるとしたら、プエルタ研究院の運命論者の望みは叶わないだろう」

「ジャハラさんって言えばいいのに。名前より長くなってますよ、肩書き」

「ジャハラ・ガレナは悪魔さえ殺せばなんとかなると、夢見がちなことを言っていたが、そう上手くいくものでもないだろう」

「そうですね、……どうすればいいんでしょう」

「自らが王として起《た》つ意思があれば問題はない。反乱とは、そういうことだ」

「ジャハラさんは聖王家に逆らいたいわけじゃないって言っていましたよ」

「それなら、余計なことをするべきじゃない。俺も、ディスティアナ皇国に歯向かおうとは、かつては思わなかった。そこまでの感情はなかった。戦場に出てさえいれば、ヘリオスとともにいられたしな。竜騎士としての俺の力を、皇帝は買っていたようだ」

「それはそうでしょうね、ジュリアスさん、強いですし。ディスティアナ皇国の皇帝って、私のお父様ぐらいの年齢でしたっけ、確か」

「あぁ。オズワルド・ディスティアナ。まだ生きていれば、それぐらいだろうな」

「最近はずっと静かですよね、ディスティアナ。戦争、やめちゃったんでしょうか」

「さぁな。だが、たび重なる遠征のせいで、国が疲弊《ひへい》していたのは確かだ。なにを考えているのかは知らない。ディスティアナ皇家の連中も、貴族たちも愚かだ。それだけは確かだな」

ジュリアスさんは心底どうでもよさそうにそう言った。それから、ぴたりと足を止める。

私は訝し気にジュリアスさんを見上げた。それから、視線を通路の先に送る。

細い通路が続いていたけれど、先に見えるのは今までの景色とは違う開けた場所だった。

そこには巨大な硝子でできた筒状のものがいくつか並んでいる。天井まで伸びているようにも見える、背の高い水槽のようである。筒の上には管があり、その管は天井に張りつくようにして更に奥へと続いているようだ。

硝子でできた筒状の巨大な水槽は、錬金窯の中に入れているものと同じ、精製水で満たされているように見えた。

その中心には、見たこともない動物が浮かんでいる。

「……飛竜か」

小さな声で、ジュリアスさんが言った。

私は眉をひそめる。それはヘリオス君とはまるで違う形をしている。飛竜にしては随分と不格好だ。他の動物と組み合わせて、つぎはぎをしたような形をしている。

それに、飛竜はもっと大きい。水槽に入っているのは、ヘリオス君の半分以下ぐらいの大きさしかなかった。

「飛竜には見えませんけれど……」

私が疑問を口にしたのとほぼ同時に、天井からぱらぱらと細かい石が落ちてくる。

そして激しい地響きとともに、唐突に天井が崩れた。大きな石が轟音《ごうおん》を立てながら崩れ落ちてくる。土煙を上げながら、それは床に突き刺さるようにして落ちた。

私はジュリアスさんにエプロンドレスを掴まれて、通路の端へと引きずられるようにしながらそれを避けた。投げ飛ばされなくなったのは、ジュリアスさんの私に対する好感度が上がったからなのかしら。

崩落した天井に押し潰されるのを免《まぬか》れながら、私はジュリアスさんと一緒に過ごすようになったばかりの頃の、戦闘中に邪魔だとばかりに投げ飛ばされてべしゃりと床に転がってばかりいたあの日々を思い出していた。もう投げ飛ばされることはないのね。よかった。でもちょっと寂しい。嘘。寂しくない。

土埃《つちぼこり》が舞い上がり、天井からばらばらと小石や瓦礫が落ちてくる。私は土埃を吸わないように口元を両手で押さえた。

それでも、窓もない閉鎖的な地下に舞い上がる土埃というのは息苦しさを感じるもので、けほけほと咳を何度か繰り返した。

ジュリアスさんは私の体を壁際へと降ろした。私と同じように片腕の袖で口元を覆いながら、利き手の右腕で剣を抜く。

私も魔力増幅の杖を構えた。

土埃の中に禍々しい気配を感じる。

ふわりと浮き上がった道標の光玉が、天井が抜けて更に広くなった空間を照らした。抜けた天井の先に青空は見えない。少なくともこの場所は、地下二階よりは下だということだろう。

「……人食い花？」

土埃の中から現れた、毒々しい色をした赤い花に似たものを、私は見たことがある。

人食い花は、深い森の奥に生息している植物と動物の中間のような存在である。

異界の門から現れる魔物とは違う。分類的には、動物である。形は植物だけれど、小動物を捕食して食べるからだ。

私の体よりも大きい花の花弁は分厚く、中央には捕食器官である口がある。牙はなく、ぽっかりと空いた穴には消化液が溜まっている。その他にも、蔓状の捕食器官がある。

人食い花は動くことができないので、蔓状の捕食器官を動かして近づいてきた小動物を捕食する。基本的には小動物を食べる、近づかなければ無害な存在だ。

人食い花と呼ばれているのは、ついうっかり近づいてしまった人間が、人食い花に食べられたという事故が過去何件かあるからだ。

「でも、人食い花はこんなところにはいないはずで、そもそも自分では動けないい……っぅあ」

光玉の明かりに照らされたそれがすっかり姿を現して――私は、なんとも言えない悲鳴をあげた。

それは見たことがない姿をしていた。

胴体はヘリオス君の半分程度の大きさの、竜の形をしている。けれど首から先は、人食い花の真っ赤な花が咲いていた。

竜の羽はなく、羽の代わりにうねうねと長い緑色の捕食器官が何本も生えている。二本の脚は竜のものだ。尻尾も、そう。元々は――小ぶりだけれど、深い茶色の飛竜だったのだろう。

「なにこれ……なんですか、これ。……飛竜と、人食い花を混ぜたみたいな……」

目も鼻もない、中央に口だけがぽっかりと開いている花の顔を見上げて、私は呟く。声が震えた。

先ほど目の前に現れた光景を思い出す。筒状の硝子ケースに満たされた精製水の中に浮かんでいた、不格好な生き物の姿。

それはまるで――目の前の、異形《いぎょう》と同じだ。

「その通りだろう。……飛竜の雌は、雄よりも体が小さい。半分程度の大きさしかないと、本で読んだ。実際に見たことはなかったが、恐らく大きさからして飛竜の雌に、その人食い花とやらを混ぜ合わせた――化け物だ。……飛竜の改良……いや、改造の実験体か。……最低だな」

ジュリアスさんが静かな声で言う。激昂《げっこう》しているわけではないけれど、その声音からは激しい憤りが感じられた。

「そんな……飛竜の女の子なんですか、この子……？」

認めたくはないけれど、そう言われてしまえばそうとしか見えなかった。

私たちの前で、捕食器官がゆらゆらと揺れている。果物が腐ったような甘ったるい臭気が漂う。花の中央にある消化液の匂いだろう。

人食い花と実際に戦ったことはないけれど、辺境の森林に錬金術のための素材採取に行ったときに出会ったことならある。

ジュリアスさんと出会う前、師匠のナタリアさんがいなくなってしまい、錬金術師として一人で身を立てはじめた頃の話だ。

あのときは、なるべく音を立てないようにしながら、急いで逃げ帰ったことを覚えている。

気持ち悪かったし、戦ったら負けそうな気がしたからだ。そのときの私は人食い花を知らなくて、ロキシーさんの食堂でロキシーさんに「気持ち悪い花を見た」と話していたら、冒険者のおじさんたちが「それは人食い花だよ、クロエちゃん。食べられなくてよかったなぁ」と教えてくれたのである。

人食い花には、捕食し繁殖するという意思しかないらしい。分類的には動物だけれど、その行動は植物に近いのだという。

それでも、体は飛竜の女の子である。ヘリオス君の愛らしい姿が、私の頭の中にちらつく。

私は唇を噛んだ。できれば、戦いたくない。

「クロエ、これは飛竜ではない。原型もなければ、意思もないだろう。死んでいるのと同じだ」

ジュリアスさんが厳しい声で言った。

目の前の『人食い花もどき』は飛竜としての人生を、既に終えている。捕食するという本能しか残っていないのかもしれない。

私たちの目の前に、捕食器官が大きな手のように広がった。大人の男性の太い腕ぐらいある緑色の蔓だ。鞭《むち》のようにしなやかで、長い。

「ジュリアスさんは、大丈夫ですか」

私よりも——ジュリアスさんのほうが、傷ついているのではないのかしら。

ヘリオス君をなによりも大切に思っているジュリアスさんなのだから、こんな姿になってしまった飛竜なんて、見たくなかっただろう。

ジュリアスさんは私をちらりと一瞥すると、軽く頷いた。

「あぁ。……胸糞悪いとは思うがな。殺してやったほうが、幸せだろう」

「……はい」

「お前は手を出さなくていい」

「嫌ですよ、一緒に戦います！」

捕食器官が一斉にこちらに襲いかかってくる。人食い花は植物なので、炎に弱いと言われている。目の前の異形の体は飛竜だけれど、捕食器官は植物の蔓だ。けれど、こんな狭い空間で炎魔法を使ったら大惨事になってしまう。

どうしようかと私が悩んでいる間にも、ジュリアスさんは躊躇なく人食い花もどきに向かっていく。襲いかかってくる捕食器官を軽々と切り裂いて、本体に向かって走る。

断ち切られた蔓の先端は、ぽっかりと穴が空いている。小型の動物なら、捕食器官の先端で丸のみにしてしまうのだ。

ジュリアスさんに切られたそれらは床に落ちて、びちびちとのたうち回った。見ていてあまり気持ちのいい光景ではなかった。

すぐに本体まで剣が届くかと思われたけれど、切り裂かれた捕食器官が再生して再びジュリアスさんに襲いかかるほうが早いようだ。何度も蔓を切るけれど、切ったそばから新しい蔓が生えてくる。

私は頼れる相棒としてなんとかしなければと、布鞄に手を入れる。

なんとかしろと言われる前になんとかしちゃうのが、天才美少女錬金術師のこの私なのである。

「ええと、なにかいいものが……あぁ、あった……！」

私は布鞄の中を確認し、蓋つきの小瓶を取り出した。

薄い水色の液体の入っている小瓶である。ラベルには、『飲んだら危険』と書かれている。

「ジュリアスさん、ちょっと避けてくださいな！　所詮《しょせん》は植物、除草剤の前には無力に違いありません！」

私の声に従い、ジュリアスさんが襲ってくる蔓を鷲摑《わしづか》みにし、無造作に剣で切り落としながら、私の正面から端へと引いた。

私は小瓶を思い切り人食い花もどきに向かって投げる。

蔓は小瓶を食べ物だと思ったのだろうか、何本もの捕食器官を小瓶に纏わりつかせて搦《から》め捕《と》る。搦め捕られて、小瓶が割れる。中の液体が零れた。

「雑草を許すな！　超強力除草剤！」

私の言葉を発動条件として、液体から白い煙が立ち昇りはじめる。

蔓は身の危険を感じたのか怯えたように逃げたけれど、私の除草剤の前に植物など無力なものである。煙に触れた個所から、茶色く萎《しお》れて枯れはじめる。

人食い花もどきは花の頭を苦し気に左右に振った。竜の脚で、地団駄を踏む。

巨体が激しく動いたせいで床が振動して、私は転びそうになる体をなんとか杖で支えた。まるでお年寄りみたい。格好悪いわね、私。

「お前のその力の抜ける言葉は、どうにかならないのか」

苦しそうにしながらじりじりと背後に後退っていく人食い花に視線を向けながら、ジュリアスさんが言った。

「なりませんね。言葉による発動条件は、錬金物を作り上げるときに一緒に練り込んでいる言霊ですので、なりません。ちなみに超強力除草剤は、全ての雑草を許すなという気持ちを込めて造りました。

植物に対する効果はご覧の通り抜群《ばつぐん》です。褒めてくれてもいいんですよ？」

「蔓は枯れたが、花は枯れない」

ジュリアスさんは私を褒めずに、除草剤の効き目の悪さを指摘してきた。

確かにその通りで、蔓は根元まで枯れてしまい再生はもうできないようだけれど、花はまだ毒々しく鮮やかな赤色のままだ。首を振るたびに中央に溜まっている消化液がぼたぼたと床に落ちて、床をしゅうしゅうと溶かしている。

「花は……花の部分は、もしかしたら植物ではないのかもしれません。血の通った動物と構造が同じなら、除草剤は効きませんね」

蔓を枯れさせたダメージが大きかったのだろうか、人食い花もどきは通路の奥へと逃げようとしているようだ。

「今のうちに私たちも逃げましょう、ジュリアスさん。道標は上を示していますよ。人食い花もどきが空けた穴から上にのぼりましょう」

「……あの姿で生き続けるとは、哀れなものだ。本体を殺す」

改造された飛竜と、真正面から戦う必要はない。地下から抜けられたらそれでいいのだから。そう思って逃げることを提案した私の言葉を、ジュリアスさんは否定した。

「……わかりました」

ジュリアスさんの気持ちはわかる。私も――亡くなったお父様を、魔物にされた。私は戦うことができなかったけれど、異形の姿でお父様が存在し続けるなんて、とても耐えられないと思う。

人食い花もどきは、飛竜の尻尾を大きく振って、硝子ケースを破壊し始めている。

ばりん、と音を立てて壊れた硝子ケースの中から、精製水とともに不格好な動物がどろりと床に流れ落ちる。それらはまだ、きちんと形を成していないように見えた。生まれ損なった胎児のように、力なく床に横たわっている。

花は徐《おもむろ》に頭を下げた。床に倒れたそれらを、花弁で包むようにして、捕食し始める。

丸のみにしているようだ。竜の首の部分が、大きく膨《ふく》れ上がっては腹の底へと捕食した動物が落ちていくのがわかる。

「……生きる本能はあるのか。醜悪《しゅうあく》だな」

捕食するたびに、人食い花もどきは力を取り戻しているように見えた。

「俺にも、ジャハラ・ガレナに協力する理由ができたらしい」

ジュリアスさんは剣を握り直すと、吐き捨てるように言った。

同朋を——同朋と言っていいのかわからないのだけれど、ともかく、同じように実験に使われていたのだろう、不恰好な飛竜の混じり物を大量に捕食した人食い花もどきは、ぶるりと大きく体を震わせた。

剣を構えて斬りつけるために踏み込もうとするジュリアスさんの服を、私は摑む。

ジュリアスさんの反射神経と素早さに勝てる要素が私にはないのだけれど、必死だったからかなんとか服の裾を摑むことができた。

「ジュリアスさん、待って、待ってくださいな！　様子がおかしいです！」

「わかっている。妙な行動を起こされる前に、斬る」

「ちょっと待ってください、危ないので……！」

ジュリアスさんは強いので、どんな相手にも勝つ自信があるのだろう。それに元々あまり、恐怖とか、躊躇《ためら》いとか、そういった感情がないのだと思う。

元々そうなのか、それとも――長く、戦場に身を置いていたからなのかはわからないけれど。

私の役目は、怪我に無頓着なジュリアスさんを守ること。ジュリアスさんが私を守ろうとしてくれるように。

もちろん、ジュリアスさんは強いし信用もしているのだけれど――できれば、危険な目にはあって欲しくないし、怪我もして欲しくない。

「クロエ、離せ」

「だから、様子がおかしいんですって。見知らぬ魔物と戦うときは、よく観察しないといけません。あの子は、魔物じゃありませんけど……」

人食い花もどきは、飛竜の形をした体を大きく捩《よじ》った。ぶるぶると、小刻みに震え出す。

先ほどよりも鮮やかになった花弁が大きく花開き、体の至る所から、太い緑色の根のようなものが縦横無尽《じゅうおうむじん》に伸びはじめる。根は建物の床を突き抜けて下や横にと伸びているようだ。

私の体のすぐ横にも、風を切る音を立てながら木の根が一瞬で伸びる。とても避けることができないぐらいの速さで、それはぐんぐんと伸びて広がっていく。

少しでも位置がずれていたら、私のお腹に根っこが生えていたわね。そう思うと、背筋を冷や汗が伝った。

広がる根っこからなにかを吸い上げているように、緑色の根っこがところどころ瘤状《こぶじょう》に隆起しては、本体へとなにかを運んでいくのがわかる。どくん、どくんと、動くそれは、まるで建物から養分を吸い取っている血管のように見えた。

ジュリアスさんが私を荷物のように軽々と小脇に抱えて、折り重なる根を足場にしながら、先ほど天井に空いた穴から上の階へと登った。

軽々とした身のこなしのジュリアスさんの、文字通りお荷物になっている私。人間離れしているジュリアスさんと違って、私の身体能力は普通の女性と同じぐらいなので許して欲しい。

上階の部屋は元々、仕事部屋かなにかのようだった。

人食い花もどきが荒らした跡なのだろう、机や椅子や、資料などが乱雑に散らかっている。

私は足元に散らばる資料の文字に視線を落とした。

「……飛竜の改良についての研究」

そう書かれた紙の束を、私は適当に掴むと鞄の中に突っ込んだ。

足元がぐらぐらと揺れている。根は私たちのいる上階にも伸びて、壁や床に突き刺さり、大きな穴を空けはじめている。みしみしと、建物が軋《きし》んだ。

「とっても、今、とっても、嫌な予感がします」

「同感だな」

ピシリと、天井に亀裂が走る。

道標の光玉がこっちだよ、と言わんばかりに、亀裂に向かってふよふよと浮き始める。

天井の亀裂から、わずかだけれど光が差し込んでいる。道標の光玉ちゃんの気持ち、ありがたいのだけれど、そうじゃないのよ。

私は天井に穴を空けて脱出したかったわけじゃない。だって、建物の位置や規模がわからない以上、危険だし。

「結局崩れるんじゃないですか……！」

私はぱらぱらと砂埃や小石が落ちはじめている天井に向かって、文句を言った。当たり前だけれど、天井からは返事がなかった。

足場が揺れる。

眼下に見える人食い花もどきの本体の体が、ぼこぼこと不恰好に膨れ上がっていく。

「ヘリオス、来い！」

ジュリアスさんが、飛竜の指輪を掲げた。

私は、どうしようと思いながら、鞄を漁る。

（魔法、魔法を、使うべきかしら……）

でも私、魔法はそんなにたいしたものを使えないのよね。

盾用の障壁魔法はあるけれど、崩壊する天井から雨のように降り注ぐ瓦礫や、もしここが、砂漠の下だとしたら。地上から崩れていく地下に向かって滝のように流れ落ちるだろう砂から、身を守ることは難しい。

瓦礫がぶつかれば、ヘリオス君の翼に、傷がついてしまう。

それどころか、最悪、生き埋めになってしまうわね。

生き埋め、生き埋め――。

「……災害用パラソル！」

はっとして、せっかく造ったもののあまり役に立たずに売れなかった錬金物を、鞄の奥から引っ張り出した。

それは、傘の形をしている。

傘を広げる私のエプロンドレスの背中の紐を掴み、ジュリアスさんはヘリオス君に飛び乗った。ヘリオス君は、狭い通路に呼び出されて窮屈そうだ。

私は、お姫様抱っこでもなく、小脇にも抱えられず、紐。

もしかしたら、緊急事態に傘を広げて遊んでいると思われたのかもしれない。

足場が崩壊すると同時に、建物の耐久性が限界を迎えたのか、壁や天井も崩壊し始める。案の定、崩壊した天井から、瓦礫とともに大量の砂が流れ込んでくる。

「開け、傘！」

「ヘリオス、飛べ」

私とジュリアスさんの声が重なった。

私が手にしていた傘は空中に浮かび上がり、大きく広がる。翼を羽ばたかせて浮上していくヘリオス君の体を覆うぐらいに広がった傘が、降り注ぐ瓦礫や砂を弾き飛ばした。

大きく空いた穴から瀑布《ばくふ》のように砂が流れ込んでくる流砂の迷宮から、私たちは外へと飛び出した。

あたりは、なにもない砂漠が続いている。

ヘリオス君が地下から抜けると、災害用パラソルはぼろぼろの傘の姿で元の大きさに戻り、役目を果たしたとばかりにぽとりと空から砂漠へと落ちていった。作っておいてよかった。あんまり売れなかったけど。

久々の、外の空気だ。私は肺にいっぱい新鮮な空気を吸い込んだ。

地下に呼び出されて窮屈だったのが嫌だったのか、ヘリオス君は「キュイィ」と長い鳴き声を上げながら、大きく翼を広げた。そして、舞い上がる砂埃を避けるようにして、空をゆったりと円を描くように飛んだ。

「一番よくない脱出方法でしたね、砂に埋まるところでした。天才錬金術師クロエちゃんがいてよかったですね、ジュリアスさん。災害用パラソル、売れ残っていて幸いでした」

「そうだな、その調子で頼む」

「ジュリアスさんが褒めた……！」

私は調子に乗って、災害用パラソルの説明をしようとした。

けれど、ジュリアスさんが剣の代わりに、ヘリオス君の鎧にある槍立てに納めてある槍を手にしたので、改めて気を引きしめた。

眼下には、未だ砂埃が舞い上がり、視界を濁らせている。

「……災害用パラソルは、ご覧の通り落下物から身を守るための錬金物なんですけど、普通の傘とデザインが酷似《こくじ》していて見分けがつかないと不評で、あんまり売れませんでした」

砂埃が落ち着くまでの間に、せっかくなので説明してみる。

「あと、頭上の防御は完璧なんですけど、落下物から身を守らなければいけない状況なんてそうそうないので、使い勝手が悪いんですよね」

「炭鉱などでは、重宝《ちょうほう》するんじゃないのか？」

ジュリアスさんが、珍しく返事をしてくれた。

感動だわ。ジュリアスさんも、クロエ錬金術店の立派な店員になってきているわね。

「炭鉱夫の方々は、ヘルメットを被りますし、崩落事故が起きたら傘を差してる余裕なんてないと言われましたね。残念です」

「傘にしたのは、理由があるのか？」

「可愛いかと思って」

砂埃が、次第に収まっていく。

崩壊した地下迷宮から、うねうねと太い蔓が巨大な手のように伸びている。

地面からにょっきりと、巨大な花が生えていた。

肉厚な花弁を持つ、私の家五つ分ぐらいありそうな大きな花には、竜の鱗がついた胴体があった。胴体の下半分は地面に埋まり、大地と一体化しているように見えた。

――それはまさしく、砂漠に咲いた巨大な赤い花だった。

肉厚な花弁の中央に、抉《えぐ》れるようにしてひらいている穴には、たっぷりと消化液が溜まっている。ぼこぼこと泡立つその液は、花が体を揺らすたびに溢れて零れ、黄色い砂の海に落ちる。

消化液が零れた大地からはしゅうしゅうと煙が上がり、丸く黒い穴がぽっかりと空いた。

飛竜の胴体を持つ花には脚がない。その代わりに、何本もの太い蔓が体から伸びている。

胴体は腰から下のあたりが砂に埋まっていて、砂漠と胴体の境目の部分からは太い根が絡まるように生えて、うねり絡まりながら、砂漠を貫いてどこまでも広がっているように見える。

太い根の先端は目視できないけれど、砂の下へと張り巡らされているのだろう。

ヘリオス君は、食虫花が獲物を捕らえるかのように向かってくる、先端が口のようにぱっくり開いた形状になっている蔓を、ひらりひらりとかわしながら、ジュリアスさんの指示を仰ぐように、理知的な瞳をちらりとこちらに向けた。

私はジュリアスさんの邪魔にならないように、鐙《あぶみ》の後ろ側へと移動する。空の上で体を動かすのは不安定で、まだ心許なさはあるものの、これで数回目なのでだいぶ慣れてきた。

「あぁ……ちょっと見ない間に随分と大きくなって……」

巨大な人食い花もどきのあまりの巨大さに、私は一瞬現実逃避したくなって、子供の成長に驚く近所のお姉さんのようなことを言った。

「気に入らないな。あの品のない花と、胴体を切り離す」

ジュリアスさんが、眼下で揺れる人食い花を見下ろしながら、忌々しそうに言う。

「人食い花も好きであんな形状になったわけではないでしょうし、品がないとか言ったら可哀想な気はしますけれど……！　ジュリアスさん、上品とか下品とか気にするんですね、やっぱり育ちがいいですね」

「クロエ、蔓は植物だったな。邪魔だ」

「残念なお知らせがあるのですけれど、超強力除草剤のストックはもうありません……売れ筋商品ですし、最近造り足しができていなかったので、売り切れです」

「……仕方ない。刈り取るか」

「はい、刈りましょう。雑草を許すな、です！」

胴体しか残されていない飛竜の女の子は——もう、元の飛竜には戻れない。

人食い花は本能に従い捕食し、生きているだけだ。

きっと、倒すしかないのだろう。

「炎の乱舞、炎嵐獄《えんらんごく》！」

私はジュリアスさんの槍の穂先に向かい、杖を向ける。黒い穂先が炎を纏い、熱したばかりの鉄のような色合いに変化する。

ヘリオス君は私たちの会話を聞いていたのだろう、ジュリアスさんが軽く手綱を引くと、空に舞い上がり、風を切り裂くようにして人食い花に向かっていく。

ジュリアスさんがヘリオス君の背中に膝をつき、半分ほど立ち上がるような姿勢で槍を振るい、私たちを搦め捕ろうとしてくる蔓を軽々と切り裂いた。

人食い花と比べてしまえば、私たちなんて花と戯《たわむ》れる蜜蜂程度の大きさしかない。空の上から見下ろしたときはもう少し小さく見えたけれど、切り裂くにはその胴体は大きすぎるように思える。

「まるでお城と戦っているみたいですね……」

「地下にどれほど、改造に使われた飛竜がいたかはわからないが、地中から、栄養を取り込んでいるようだな」

ジュリアスさんによって焼かれ、切り裂かれた蔓が、みるみるうちに元の形状へと戻っていく。

花には目がないのだけれど、まるで私たちの姿を見ているかのように、大きく花弁を震わせた。巨大な花弁が、巨大さを感じさせないほどの速さで閉じていく。そして、勢いよく開くと同時に、花の中央に溜まっている消化液が私たちに向かって噴出された。噴水のように花から吐き出された消化液が、大粒の雨のように空から落ちてくる。

消化液の噴流と雨を、ヘリオス君は風を切るようにして速度を上げて避ける。

それから追いすがる蔓を軽々と避けながら、高度を下げていく。ヘリオス君は、一枚一枚がお城のダンスホールぐらいかそれ以上ありそうな大きさの分厚い花弁の下に入り込んで、花と飛竜が繋がっている首の部分すれすれを、円を描くようにして飛んだ。

ジュリアスさんがヘリオス君の上に膝立ちになるようにしながら、花の首の付け根に突き刺した槍の刃は、ヘリオス君の旋回とともに花の側面を切り裂く。ぱっくりと切り開かれた首の付け根からは、肉々しい赤い断面がのぞく。けれどそれも切り裂かれたすぐ後から、元通りに繋がってしまった。

「ジュリアスさん、一度引きましょう……！　さすがに大きすぎて、不利です。少し、考える時間をください！」

花が体を揺すり、花弁を震わせるたびに、花より低い位置にいるせいで花弁の隙間からぼたぼたと消化液が零れ落ちてくる。私は再び『災害用パラソル』を広げて頭上を守りながら言った。

災害用パラソルよりも消化液のほうが強力なのだろう、私の渾身《こんしん》の——まぁ、売れなかったので、失敗作である災害用パラソルに、みるみるうちに穴が空いていく。

強度不足だわ。しかも頭上しか守れないとか、確かに使い勝手が悪い。もっとこう、球体状の形で、全方位の危険から守ってくれるような錬金物を造るべきだったわね。

ジュリアスさんは案外素直にヘリオス君の手綱を引き、再び上空へと飛んだ。

飢えているのだろうか、舞い上がるヘリオス君を蔓が執拗《しつよう》に追ってくる。ジュリアスさんが蔓を切り裂くのは容易だけれど、すぐさま再生されてはきりがない。

晴れ渡る空の雲の合間に身を隠すようにして、私たちは一度巨大な花から離れた。

「あの花は、食料がなければ枯れるのでしょうか」

私が尋ねると、ジュリアスさんは少し考えるようにした後に首を振った。

「飛竜の性質を持っているとしたら、あれは動くことができる。今はまだ、地下から養分を吸収しているが、地下の養分が空になれば動き出し、街を襲うだろうな」

「それはよくないですね。やっぱり、動かない今のうちに退治したほうがいいかもしれません。……人食い花も、本来は森の奥でひっそり生きていて、近づかなければ無害な動物と植物の中間のような生き物なのに、酷いことをするものですね……」

「同情するよりも、あれを倒す方法を考えろ」

冷静な口調で、ジュリアスさんが言う。

飛竜に対してだけは情熱を持っているジュリアスさんである。内心穏やかではないだろうけれど、それでも怒りで自分を見失うことはなく、その感情は凪《な》いだ海のように落ち着いている。

戦い慣れ、しているのだろう。

「切り落とすと、再生してしまいますから、……根っこまで、燃やしてしまうか、凍らせてしまえばいいのでしょうけれど……」

「お前の魔法は？」

「私、魔導師としては本当に大したことないんですよ。破邪魔法は得意みたいですけれど、あれは特殊ですから、生き物やら普通の魔物にはあまり効果的じゃないんです。胴体は飛竜ですが、飛竜と戦ったことはありません」

「飛竜の体は、どんな魔法も弾くと言われている。ヘリオスで実際試したことはないが」

ジュリアスさんの発言に腹を立てたらしく、ヘリオス君が珍しく「キュイ！」とジュリアスさんを咎めるような声を上げた。ジュリアスさんは宥めるように、ヘリオス君の首を軽くぽんぽんと叩く。

「……弱点らしい弱点はないように見えますが、……唯一外に剝き出しになっているのが、消化液が溜まっている花の真ん中ですね。消化器官があるとしたら、あそこは内臓に繋がっているはずで……そうですね、試してみましょう」

「あぁ、わかった」

ジュリアスさんはいつもそうなのだけれど、私がなにをしようとしているのかを深く尋ねたりしない。信頼されているのだと感じることができて、嬉しくなる。

「はい！　なんたって私は稀代《きたい》の美少女天才錬金術師なので、任せておいてください！」

うん。

大丈夫。

なんとかなる気がするわ。

私はなるべく自信に満ちた声を出した。美少女とは心意気である。気にしてはいけない。

そろそろ、美女、に変えるべきなのかしら。

でも、美女というのは、私の師匠であるナタリアさんのような人のことで、私は美女と名乗るには色気が足りない気がするのよね。

ヘリオス君は私たちを花の真上へと連れていってくれる。

「消化液も、基本は液体ですもんね……凍らせて、固めちゃえばあとは砕くだけなので……」

私はぶつぶつ言いながら、鞄の中から手のひら大の氷の結晶の形をした錬金物をあるだけ取り出す。

両手いっぱいの氷の結晶を手にした私は「できるだけ花の中央に近づいてください！」とジュリアスさんにお願いした。

「これは、全ての液体を凍らせる、氷結結晶です。元々、水害の多い街の方々の悩みを解決するために造ったもので、水が出たときに川や湖に結晶を投げ込むと、瞬く間に凍らせて、水が溢れるのを防いでくれる、というもので……凍らせた後の氷はゆっくり溶けていくので、水害から街を守ることができるという素晴らしい錬金物です」

「凍らせた後に、砕けばいいんだな？」

「はい、そうです！　どこまで凍るかわかりませんが、消化器官を凍らせてしまえば栄養が体に行き渡らずに、再生能力が失われるはずなので……！」

折り重なり絡みつき、先端の口を開いてヘリオス君を捕食しようとする蔓をジュリアスさんが切り落としながら、花の中央、真上までヘリオス君が滑空《かっくう》する。

私は両手に抱えていた氷結結晶を、ぼこぼこと気泡をあげている消化液の中に、ばらばらと全て落とした。

私たちを食べようとしている花弁が大きく震え、口を閉じるように中央に向かって閉じていく。ヘリオス君は大きく一度羽ばたくと、合わさっていく花弁の隙間から滑るようにして脱出した。

日差しの強い砂漠の気温が、不意に下がったような気がする。花に、霜《しも》が降りはじめる。霜は瞬く間に花を包み込む氷へと姿を変えていく。

飛竜の体がもがくようにして身を捩った。

蔓が苦しそうにじたじたと暴れ、地面を叩くように幾度も打ち、砂塵《さじん》を巻き上げた。

ジュリアスさんは、飛竜には魔法が効かないと言っていた。

けれど錬金術で生み出された錬金物は、分解精製時は魔力を込めるものの、出来上がってしまえば道具である。

だから――だろうか。

花を氷漬けにした霜は、竜の体から蔓のほうまで広がっていく。

動きを止めた巨大花の蔓の合間をヘリオス君が飛び、ジュリアスさんの槍がそれを砕く。

砂漠の上にばらばらと落ちていく砕かれた蔓は、広大な砂の海に埋もれてすぐに見えなくなっていった。

「中央を、砕く」

ジュリアスさんの言葉とともに、ヘリオス君が氷漬けの花に向かいまるで落下するようにしてまっすぐに飛んだ。

黒い雷が飛来する。体と羽を流線形に伸ばして落ちるように飛ぶヘリオス君に、私はしがみついているのが精一杯だ。

錬金鐙の効果で体には落下する衝撃こそないけれど、やっぱり目に入ってくる景色からの情報で、どうしても、落ちる、と思ってしまう。

ジュリアスさんは手綱を摑む片手と足で体を固定しながら、槍を構える。

私が槍にかけた炎魔法の効果は消えている。

なにか魔法を――と思うけれど、私が呪文を詠唱するよりもヘリオス君が花の中央に到達するほうがずっと早い。

体の動きを止めた花の中央の消化液は、見事に凍り固まっていた。

それにしても、大きい。

砕くにしても、大きすぎるのではないかしら。

私の心配をよそに、ジュリアスさんは槍をくるりと回転させて穂先を花の中央へと突き立てる。

ぴしりと、ひびが入る。

ヘリオス君はそのまま中央を引き裂くようにして飛び、再び浮上する。真一文字に切り裂かれた花からぴしり、ぴしりと、音が響く。

けれど砕くまでには至らずに、ヘリオス君は再び旋回すると花に向かった。

私も、なにかしなきゃ。時間をかけていると、氷が溶けてしまう。

現に今も表面の霜が溶けはじめ、雫が滴り落ちて、砂漠に水溜まりを作ろうとしている。

どうしようかと視線を巡らせると、青い空の向こう側から、二つの黒い点がこちらに向かってくるのが見える。

「……ジュリアスさん、誰か、来ます！」

それは鳥のように見えた。ぐんぐんこちらに近づいてくるそれは、けれど鳥ではない。

「飛竜！」

一頭は、見たこともない姿形をした飛竜だった。

翼が四枚あり、赤い体をしている。首と尻尾は長く、大きな角が二本はえていた。ヘリオス君よりも一回りほどは大きい。

赤い飛竜に跨《また》がっているのは、聖王宮で会い、誘われるままにダンスを踊ったファイサル様。

その後ろには、レイラさんが乗っていた。風にドレスや髪を靡《なび》かせながら、怖がる様子もなく凛とした眼差しを異形の花に向けている。

もう一頭は茶色い飛竜だ。こちらは――恐らく、未改良の飛竜なのだろう。

ヘリオス君とよく似た姿をしていて、けれどその体つきはどことなく骨ばっており、顔立ちもどこか大人びているように見える。

茶色い飛竜には、ルトさんの姿がある。小柄な女性であるルトさんが飛竜に跨る様は、堂々としていて、勇ましい。未だにヘリオス君に必死にしがみついている私とは大違いだ。

「レイラさん！」

「話は後で！　今は、魔獣を倒すのが先だ！」

ヘリオス君の傍《かたわ》らへと近づいてきた、四枚の翼を持つ赤い飛竜に乗ったファイサル様が、大きな声で言った。ファイサル様も、槍を持っている。その槍は、ジュリアスさんのものとは違い、先が三又に分かれていた。

ヘリオス君と赤い飛竜が、蜜を求めに来た蜂のように花の周りを飛ぶたびに、花が砕かれ、ぼろぼろと崩れていく。

炎魔法を乗せた刃でジュリアスさんは分厚い花弁を切り取った。花弁は散り、砂漠の上に地響きを立てながら落ちていく。

『はなれて、ください』

ルトさんの声が響いたような気がした。

いつの間にかルトさんを乗せた茶色い飛竜が、見上げた空の高い位置で羽ばたきながら浮かんでいた。

ルトさんの周囲に、禍々しい輝きを放つ魔法陣がいくつも浮かび上がっている。

見たこともない魔法だった。

ヘリオス君と赤い飛竜は、花弁が切り落とされてもなお倒れることがない巨大花から離れる。

消化液が湧き水のように、溶けた氷の隙間から溢れて砂漠に零れている。

再生を始めようとしているのだろう。

蔓がうねり、再び伸びはじめている。まだ残っている花びらが、中心に向かい蕾《つぼみ》のように丸まっていく。

『黒き矢よ降れ、アシッドレイン！』

ルトさんの言葉とともに、空を覆うように広がる魔法陣から、黒い矢が雨のように降り注いだ。

それは凍りつきながらも再生を始めようとしている巨大花をたやすく貫き、再生する間もないぐらいに打ち砕いた。

圧倒的な質量を持つ魔力の矢に幾度も貫かれた巨大花の体にはいくつも穴が空き、煙を上げながら粉々に砕かれて、小さくなっていく。

ルトさんの魔法は――異様だった。

例えば私が知りうる中では、シリル様は魔力量も並外れて多く、優秀な魔導師と同じくらいに魔法を使うことができた。けれど、そんなシリル様でも、ここまでの広範囲に対し、威力が強く効果時間の長い魔法を使うことはできないだろう。

そんな魔法を使うことが可能なら、国なんてあっという間に滅ぼすことができてしまう。

魔導師というのは、そこまで万能じゃない。

巨大花が完全に沈黙するまで、魔力の矢は降り続けていた。それは大地を貫き、地中に蔓延《はびこ》る根まで全て溶かしているようだった。

私たちは、ルトさんの魔法の巻き添えを食わないように魔法陣よりも更に高度を上げて、矢に撃ち抜かれる異形の生き物を見下ろしていた。

なんとも、やるせない気持ちになる。

やがて魔法陣が消えると、ルトさんは喉を押さえて茶色い飛竜の上で蹲《うずくま》った。茶色い飛竜がルトさんを気遣うようにして、ゆっくりと地上に降りていく。

ヘリオス君と赤い飛竜も、それを追いかける。ヘリオス君は自分以外の飛竜と一緒に飛ぶのが嬉しいのか、茶色い飛竜の周りを遊ぶようにぐるりと飛んだ。

四枚羽の赤い飛竜は、ヘリオス君の目にはどう映っているのかしら。

赤い飛竜は明らかに、その体を作り替えられている。

「飛竜の、研究……」

今まで私は——例えば、移動用に使われている飛竜トラベルのずんぐりむっくりした姿の大きな飛竜を見ても、特になんとも思わなかった。あの飛竜がどのようにして作られているかなんて考えもしなかったからだ。

けれど、先ほどの花と飛竜をかけ合わせたようなものの姿を見てしまうと——心苦しく感じた。

「ああいった、姿や性能を変えられた飛竜のほうが、ラシード以外の国では一般的だ。だが、あれを作り出すためには、当然……繰り返し、実験が行われていたのだろうな」

私の言葉に続けるようにして、ジュリアスさんが淡々と言う。

その視線は、赤い飛竜を追っている。

四枚羽の赤い飛竜は雄々しくも美しい姿で飛んでいるように、私の目には映る。姿形は少し違うけれど、ヘリオス君となにも変わらないように思えた。

◆ラシード聖王家とサリム・イヴァン

地下迷宮の崩壊とともに、崩れた砂漠の合間から神殿のような石造りの建物が露出している。茶色い飛竜はいくつかの柱と石の床があるその場所に、静かに降り立った。

少し遅れて、赤い四枚羽の飛竜と、ヘリオス君がそれを追った。

ヘリオス君の背中から降りた私の背を、ヘリオス君が褒めてとでもいうように鼻先でつつく。熱い砂漠でもひやりと冷たいその額を、私はよしよしと撫でた。

嬉しそうに目を細める仕草をした後に、ヘリオス君は隣で大人しく翼を伏せている赤い飛竜に視線を向ける。赤い飛竜は見られていることに気づいている様子だったけれど、特に反応を返さずに静かに目を閉じた。

「ルトさん、大丈夫ですか？」

茶色い飛竜の背から降りたルトさんが、その体にもたれるようにしてぐったりと座り込んでいる。

飛竜は心配そうに、ルトさんの体に長い首を回し、片翼でその体を守るようにしていた。

私がルトさんに駆け寄ると、顔を上げて頷いてくれる。顔色は悪いけれど、命に別状はないように見えた。

「……皆、無事でなによりだった。ともに魔獣を退治してくれたこと、感謝する」

レイラさんとともに赤い飛竜から降りてきたファイサル様が、深々と礼をする。なにを言われるかと身構えていた私は、ほっとして肩の力を抜いた。

ジュリアスさんが私とルトさんを庇《かば》うように、私たちの前に立ってファイサル様と相対した。

ファイサル様とジュリアスさんの身長は同じぐらい。年齢も、近いように見える。どことなく雰囲気が似ているのは、二人とも飛竜に乗って戦う竜騎士だからだろうか。

ファイサル様もレイラさんも、聖王宮で会ったときと同じ服装だった。ただ、レイラさんのドレスは、ところどころ破れている。

「……感謝？　寝言は寝てから言うんだな。お前たちのためにあれと戦ったわけじゃない。ラシード神聖国は、飛竜を物のように扱う国だということがよくわかった。悪魔に支配され、勝手に滅びろ」

開口一番、ジュリアスさんが威圧的だ。

「ジュリアスさん、お怒りはもっともですが、落ち着いて……！　接客の基本は笑顔ですよ、ジュリアスさん。どんなに怒っていても、顔は笑顔。ほら、私みたいに！」

私はジュリアスさんの腕を引っ張りながらへらへら笑った。

ジュリアスさんは飛竜の改造の件で今までにないぐらいご立腹だわ。どうか鎮《しず》まりたまえ、という気持ちを込めてジュリアスさんを見上げると、それはもう呆れたような視線を向けられた。

「レイラ様とファイサル様は、あれを倒しに来たのですか？　あの、人食い花、のような……」

「いや――、そういうわけではなかった。偶然だ」

私の質問に、ファイサル様は首を振った。

「実はね、クロエさん。私、あなたを助けるための協力をした罪で、……反逆罪で捕まりそうになってしまったの」

レイラさんが、口を開く。

ファイサル様の傍らに立つレイラさんは、ドレスは破けて、髪も乱れているけれど、砂漠に咲いた一輪の薔薇のように、その姿も口調も堂々としていた。

「反逆罪で……ごめんなさい、レイラ様。私たちに、関わったせいで……」

「それはいいのよ。私は私の心のままに動いただけなのだから、クロエさんが気に病む必要はないわ。それよりも、あなた、クロエ・コスタリオではないのですってね。クロエ・セイグリット。それから、ジュリアス・クラフト。アストリア王国から来た方々だと、シェシフ様が言っていたわ」

「騙していて、ごめんなさい。私たちは――」

「ルトがあなたたちの救出に来たのだから、プエルタ研究院に協力しているのでしょう？　久しぶりね、ルト。少し、落ち着いた？」

レイラさんに問われて、ルトさんがこくりと頷く。レイラさんの口調には、敵意はなかった。できることならレイラさんとは敵対したくないと思う。

「兄上がクロエを花嫁に選んでからしばらくして、宮殿で騒ぎが起こった。サリム・イヴァンがレイラを捕らえた。他国からの間者《かんじゃ》を聖王の間に連れ込んだ反逆者だと」

「おおむね、合っています。今更隠しても仕方ないですよね」

確認のためにルトさんを見ると、ルトさんは大丈夫だというようにこくんと頷いた。

「私たちは、プエルタ研究院の方に頼まれて、聖王宮の内情を探りに行きました」

「やはり、そうだったのか。……レイラは俺の婚約者だ。なにかの間違いだと兄上に進言したが、兄上の選んだ花嫁はクロエ・セイグリットというアストリア王国の女性で、クロエとともにいたのは、ジュリアス・クラフト。ディスティアナ皇国の、黒太子ジュリアスだと、兄上とともにいた新しい恋人に言われてしまい、それ以上、なにも言い返すことができなかった」

「その恋人というのは、エライザさんですね。ちょっといろいろありまして、顔見知りなんです」

「あぁ、そうなんだな。偶然にしては出来すぎているような気もするが」

「ジャハラさんの話では、運命、らしいですよ。偶然ではなくて」

「馬鹿げている」

「ジュリアスさんは、運命って言葉が嫌いですよね。私も、そんなには好きじゃありませんけれど」

笑顔こそ浮かべていなかったけれど、ファイサル様を睨むのをやめていたジュリアスさんがぽつりと言った。私も苦笑しながら同意した。

「運命、か。……レイラは、兄上の様子がおかしいと、以前から俺に相談をしていた。俺はその理由に薄々気づいてはいたが――兄上を信じたかった。俺が家族を見捨てるわけにはいかないと、思っていた。……だが、兄上や妹よりも、俺は、レイラを助けることを選んだ。……ともに、プエルタ研究院に行こう。知っていることは、全て話す」

「……ファイサル様」

レイラさんが、ファイサル様の手をぎゅっと握った。不安気な瞳が、ファイサル様を見上げた。

「俺にとっては――なによりも、レイラが大切だ。……俺が兄上を裏切ることも、きっと運命なのだろう」

「……ラシード聖王家はどうでもいいが、飛竜についてはいろいろと聞きたいことがある」

「ジュリアスさん、ラシード聖王家のことについても興味持ってくださいよ……」

レイラさんとファイサル様がものすごくいい雰囲気だったのに、ジュリアスさんが水を差した。

お兄さんであるシェシフ様を裏切ることは、ファイサル様にとっては一大決心だと思うのだけど、まぁ、そうよね。ジュリアスさんがそんなことについて、興味を持つはずないわよね。

いつも通りの飛竜愛好家ぶりを発揮しているジュリアスさんに、ファイサル様は特に不機嫌になるわけでもなく頷いた。

「それについては、俺もいろいろと話がしたい。……ジュリアス・クラフト。黒い飛竜に乗っていると噂には聞いていたが、――なんて、神々しい姿の飛竜だろう。もしよければ、後でよく見せて欲しい」

ファイサル様の静かな口調にこもる熱量に、レイラさんは目を細めた。それは『あー、また始まったわ』と言わんばかりの表情だった。

シリル様もそうだけれど、男性というのは大抵飛竜が好きらしい。また一人、飛竜愛好家が現れたみたいね。

それも、ジュリアスさんのいいお友達になれそうなほどの熱意を持っている、竜騎士の方だ。

ファイサル様がヘリオス君をべた褒めしたことに腹を立てたのか、赤い飛竜が不機嫌そうに、尻尾でぱしりと神殿の床部分を叩いた。

茶色い飛竜は興味がなさそうに、ルトさんに心配そうな視線を送り続け、ヘリオス君はどこか得意気に首をもたげてみせた。

ファイサル様の四枚羽の赤い飛竜の名前は、アレス君。

ラシード神聖国が飛竜の改良――改造を始めた後に生まれた飛竜で、アレス君のお父さんも四枚羽なのだという。年齢もまだ若く、ヘリオス君と同じぐらいだそうだ。

ルトさんの茶色い飛竜の名前はオルフェウス君。

未改良の飛竜で、生まれてからもう百年以上経っているらしいけれど、実際の年齢は誰にもわからないのだそうだ。

どことなく落ち着きのある眼差しで、ヘリオス君やアレス君を眺めているその姿は、オルフェウス君というよりはオルフェウスお兄さん、といった感じだ。

ルトさんの体調が回復するのを少し待って、私たちはプエルタ研究院に戻るためにそれぞれの飛竜に乗って空を飛んだ。

眼下には、巨大な人食い花の紛い物――ファイサル様の話では、『魔獣』というらしい。その魔獣を倒した残りである広大な陥没が見える。

まるで底なし沼のような陥没は、王都の大通り商店街が全て入りそうなぐらいに大きくて、円周から砂がまるで滝のように穴の中へと落ち続けていた。

ヘリオス君は、自分以外の飛竜と一緒に飛ぶことは初めてなんだと、ジュリアスさんが言っていた。

どことなく興味深そうに、アレス君やオルフェウスさんの周りをくるくると飛ぶヘリオス君を咎めたりせずに、ジュリアスさんは好きなようにさせていた。

オルフェウスさんはヘリオス君にあまり関心がなさそうだった。

アレス君は先ほどファイサル様がヘリオス君を褒めたのが気に入らなかったのか、大きく羽を広げて首を伸ばし、堂々と飛行する姿を見せながら、翡翠《ひすい》色の瞳でちらりとヘリオス君を見ていた。

もし人間の言葉を話せたのなら『俺のほうが優れている！』と言いたげな視線だった。

ヘリオス君はなんて言うのかしら。『どうして、四枚も羽があるの？』とでも言うのかしら。

私の中のヘリオス君は、涼やかな美少年の声で話している。ヘリオス君はジュリアスさんの愛息子であり、私の子供でもあるので、声もきっと可愛いに違いない。

もしヘリオス君が人の言葉を話せるようになる錬金道具を作るとしたら、それはもう可愛らしさも凛々しさもある、完璧な美少年ボイスにしましょう。それがいいわね。

「……それにしても、レイラさんが無事でよかったですね」

私たちの隣を同じ速度で飛んでいるアレス君の上に跨っているレイラさんは、よくよく見るとドレスがかなり上のほうまで裂けていて、真っ白い脚を晒していた。

なんというか、あられもない姿だった。

ファイサル様がお姫様抱っこをしようとしたのをレイラさんが断固拒否するという一悶着《ひともんちゃく》もあったのだけれど、ジュリアスさんはさっさと私を連れてヘリオス君に乗ってしまったので、一悶着の決着を見届けることはできなかった。

結局、レイラさんがファイサル様の前に座り、思い切り脚をさらけ出してアレス君に跨る、ということで落ち着いたらしい。

目のやり場に困るので、落ち着かないで欲しかったわね。

「お前もな」

ジュリアスさんが短く言った。

ジュリアスさんは私を心配して、シェシフ様の部屋まで乗り込んで助けに来てくれたのよね。

ようやく人心地ついたせいか、急に気恥ずかしく、それでいて胸の奥が詰まるような、奇妙な気持ちになる。

やっぱり私は――ジュリアスさんが好き。

浮かれている場合じゃないけど、深く体に染み込むような感情に、私はふと息をついた。

「私は大丈夫ですよ。ジュリアスさんがいてくれるので。……レイラさんにも、ファイサル様がいてよかったです。私のように、ならなくて」

巻き込んでしまったのは私だけれど、レイラさんの立場や状況に、どことなく既視感を覚えた。私はシリル様と上手くいかなかったけれど、レイラさんとファイサル様は大丈夫そうに見えた。

それが――シェシフ様を、裏切ることになっても。

「ご兄弟で、争うことになるんでしょうか……」

「あぁ、そうだな。……聖王が、悪魔に操られているのではなく、飼っているのだとしたら――民は別の王を戴《いただ》く必要がある。なにか事情がありそうだが」

「帰れなくなっちゃいましたね」

サリム・イヴァンが悪魔だと伝えて、飛竜の女の子をもらう。そして、ジャハラさんから、私のお父様について教えてもらって、帰る。

最初はそのつもりだったけれど、もう無関係だと言ってアストリア王国に帰るなんて、できない。

「……このまま飛竜を物のように扱い続けるのなら、この国は滅んだほうがいい。ファイサルの話次第だな」

「ジュリアスさんが人の名前をちゃんと呼ぶとか珍しいですね」

私は感心して言った。

ジュリアスさんは大抵の場合肩書きとか、あれ、とか、それ、とかで人を呼ぶのに、珍しい。返事はなかった。その代わり、ひらひらと落ち着きなく飛んでいたヘリオス君を窘《たしな》めるようにして、ジュリアスさんは手綱を軽く引いた。

ヘリオス君がちらりとジュリアスさんを金の瞳で見た後に、一度大きく羽ばたくとその体をまっすぐに伸ばして速度を上げる。

遊びながら飛んでいたヘリオス君が急に速度を上げたことに気づいたアレス君が、ヘリオス君を追い抜こうとする。

こちらを見ているレイラさんと目が合った。レイラさんの赤い唇が弧を描き、どこか得意げな表情を浮かべている。その後ろで、ファイサル様がとても困ったような、そして申し訳なさそうな顔でこちらを見た。

「勝負を仕掛けられてますよ、ジュリアスさん。どうしましょう」

「しっかり摑まっていろ、クロエ」

ジュリアスさんが乗り気だわ。

時々子供っぽいわよね、ジュリアスさん。

競い合うように速度を上げるヘリオス君とアレス君の後ろを、ルトさんを乗せたオルフェウスお兄さんがのんびりと追いかけた。

突如始まった第一回飛竜レースの結果は、ヘリオス君が無事に優勝し、ジュリアスさんは表情が変わらないながらもご機嫌なようだった。

アレス君は体が大きく、翼も四枚なので、ヘリオス君のように速いと言うよりは、安定感のある飛び方をする。長距離を飛ぶのなら、アレス君のほうが有利なのではないかしらというような気もする。

プエルタ研究院の門の前に、ヘリオス君とアレス君は降り立った。オルフェウスさんが少し遅れてたどり着いて、ルトさんがその背中から降りてくる。

『研究院の奥に、行きます』

ルトさんが首の器具を軽く押さえて、涼しげな声で言った。

具合が悪そうだったけれど、だいぶ回復したみたいだ。

ルトさんが両手を胸の前で合わせると、足下に広大な紫色に光る魔法陣が現れる。景色が揺らめき、私たちは三頭の飛竜と一緒に白亜の神殿のような場所へと移動していた。

天井が高く、三頭の飛竜が羽を広げても十分に広い場所だ。

窓はないのに光が差し込んでいて、柱の並んだ奥には植物が生えており、緑色の葉をのびのびと伸ばしている。

天井には正面門から入ったプエルタ研究院で見たものと同じような、羽の生えた美しい人々や、飛竜が描かれた天井画がある。

「おかえりなさい、クロエさん、ジュリアスさん。それに、ルト。無事でよかった」

神殿で待っていたのは、ジャハラさんだった。

ジャハラさんの隣には、体格のいい壮年の男性の姿がある。

筋肉の浮き上がった体に、銀の軽鎧《けいがい》を纏っている姿は、明らかに武人のそれだった。軽鎧の胸には、竜の黒い紋様がある。もしかしたら、竜騎士なのかもしれない。

少しウェーブがかった黒髪に、意志の強そうな灰色の瞳。三十代前半か、半ばくらいに見える大人の男性だ。

「ファイサル様、レイラ様、お久しぶりです」

ジャハラさんと男性は、臣下の礼をした。

二人の後ろから姿を現した幾人かの男性たちが、茶色い飛竜のオルフェウスさんの手綱を引いて奥へと連れていく。

オルフェウスさんは慣れているのか、抵抗もせずに翼を畳んで歩き出した。

男性たちが「食事を与えて、体の手入れをします」と言って、ヘリオス君やアレス君のことも連れていこうとする。

ファイサル様がすぐに頷きそれを受け入れたのを見て、私もジュリアスさんを見上げた。

どうするのかしら。ヘリオス君のことは、ジュリアスさんが決めたほうがいい。大丈夫そう、なんて軽々しい判断はできないもの。

男性たちも、ジャハラさんの隣に並んでいる壮年の男性のような、竜の紋様がある軽鎧を着ている。騎士団の方々のように見えた。

結局、ジュリアスさんは男性たちの申し出を断った。

ヘリオス君は私たちのすぐ後ろで、翼を降ろして脚を畳み、寝転ぶようにして蹲って目を閉じた。

「久しいな、ジャハラ。それに、ラムダ。……今まで、すまなかったな」

口火を切ったのは、ファイサル様だった。

ジャハラさんの隣にいる男性の名前は、ラムダさんというようだ。ラムダさんはもう一度、ファイサル様に礼をした。

「いえ。……私のほうこそ、殿下を裏切る形になり、申し訳ありません」

「それは、俺の行いのせいだろう。……ジャハラも。プエルタ研究院に対する弾劾《だんがい》を知りながら、俺は今まで目を背けていた。お前の両親のこと、なんと言ったらいいか」

「怒りがないと言えば嘘になりますが、今は私情に流されている場合ではありません。……クロエさん、ジュリアスさん。こちらは、元ラシード竜騎士隊長の、ラムダ・アヴラハ。飛竜を守るため、聖王家と袂《たもと》を分かち追われていたところを保護し、こちらに匿っています」

ラムダさんは私たちに向かって、立礼をした。立派な立場にいたことがわかる、綺麗な所作だった。

私はぺこりとお辞儀をして、ジュリアスさんはちらりとラムダさんを一瞥した。

失礼だわ、と思った私は、ジュリアスさんの服を引っ張った。とはいえ、私が引っ張ったところでジュリアスさんの態度が変わるわけもなく、引っ張るだけに終わった。

「ここは、プエルタ研究院の心臓部にあたる施設です。クロエさんたちに滞在していただいた上階は、いわば張りぼての飾り。この場所が本当のプエルタ研究院だと思ってください。プエルタ研究院は、お二人を信頼し、歓迎します」

ジャハラさんは微笑んだ。

私の耳に、ジュリアスさんの舌打ちがはっきりと聞こえた。

この、全員信用していない感じ。まさにジュリアスさん。

かえってものすごく、安心感があるわね。

ジャハラさんが気遣うように「お疲れでしょう、まずは食事でも」とせっかく言ってくれたのだけれど、ジュリアスさんは「まずは詳しい話が先だ」と断ってしまった。

聖王宮でも食事がとれなかったし、食事と言われた途端《とたん》にお腹が空きはじめた私。思わず胃の上あたりを手で押さえた。魔獣と戦ったせいで埃っぽくなってしまった服とか、砂粒がついてざらざらする髪とかも気持ちが悪い。

できればご飯を食べてお風呂に入って着替えたい。

健康で文化的な生活……と心の中で呟いた。ついでにジュリアスさんになにか訴えかけるような視線を送ってみるけれど、完全に無視された。

「それでは、場所を移動しましょう。せめて座ることができる場所へと行きましょう」

「黒太子、ジュリアス。一人で五百騎兵に匹敵すると恐れられた、ディスティアナの竜騎士。会えて光栄だ。どうか、私の部下たちを信用して欲しい。ラシード竜騎士隊は、飛竜の扱いに長けている。決して危害を加えたりはしない。——飛竜とは、神の遣い。敬意を払うべき存在だ。……だから私は、聖王家に反旗を翻した」

ジャハラさんの言葉の後に、低く落ち着いた声音でラムダさんが言った。

ジュリアスさん以外の隊長を見たのは初めてだけれど、腰が低く穏やかな人、という印象である。

ジュリアスさんとは大違い——なんて思っていたら、どうやら伝わったらしく、ジュリアスさんに腰を抓《つね》られた。

女性の腰を抓るとか、どうかと思うの。腰はまあそれなりに細いはずだけれど、抓られたお肉が気になる。

「……仕方ない。ヘリオス、大人しくしていろ」

抓られたお肉に思いを馳《は》せていると、ジュリアスさんがラムダさんの申し出を受け入れた。

今日のジュリアスさん、どうしちゃったのかしら。ファイサル様を名前で呼んだり、ヘリオス君を他人に任せたり。今までなら、そんなこと、絶対にしなかったわよね。

ジュリアスさんも徐々に健康で文化的な生活に慣れた、元のジュリアスさんに戻りつつあるのかもしれないわね。なんせ――元々は、高貴な身分の人だったのだし。

「その代わり、あとで様子を見せろ。……あの茶色い飛竜の他にも、飛竜がいるのか?」

「もちろん。若いものから、百年を生きているものまで。その飛竜は、ヘリオスというのだな。預からせていただく。お前たち、丁寧に扱いなさい」

ラムダさんの命令で、近くに控えていた数人の兵士の方々がヘリオス君の手綱を引いて、目を閉じていたヘリオス君を起こした。

ヘリオス君は話し合いを聞いていたのか、素直に立ち上がると兵士の方々に連れられて奥の通路へと歩きはじめる。

通りすがりざまに少し寂しそうに、私の体に顔を擦り付けるようにした。額を撫でてあげると、嬉しそうに目を細める。「また後でね」と私が言うと、「キュイ」と小さな声で応えてくれた。

「それでは、こちらにどうぞ。ルトも疲労の色が強い。喰命魔法を使ったようだね。薬湯を用意させましょう」

ルトさんはこくんと頷いた。

ジャハラさんの案内で、私たちは広いけれどなにもない神殿の前庭のような場所から、プエルタ研究院の奥の間へと移動した。

飛竜の皆が連れられていった通路の横には、いくつもの扉が並んでいる。その扉の一つにジャハラさんが触れると、扉に輝く光の輪のような紋様が浮かび上がった。

扉の中は、側面に書棚、奥に事務机のある、会議室のような場所になっている。中央に背の低いテーブル、それを囲むようにして、立派なソファが並んでいた。

繊細な作りの錬金ランプが明るい光を放っている。錬金ランプは鈴蘭《すずらん》の形をしている。

鈴蘭のランプは作ったことがないけれど、可愛い。参考にするために、形をよく見ておこうと、私はランプの観察をした。

部屋を眺めていると、部屋の端に錬金窯があるのを見つけた。

錬金窯、懐かしいわね。

ラシード神聖国に来てからさほど経っていないのだけれど、アストリア王国にある錬金術店にはずっと帰っていないような気がした。

私はジュリアスさんと一緒にソファに座り、その向かいにレイラさんとファイサル様が座った。

ジャハラさんは一人がけ用の椅子に座り、ラムダさんはその後ろに立った。ルトさんはジャハラさんの対面にある椅子に座った。

ジャハラさんと同じようなローブを着た女性が何人かやってきて、甘いお茶を入れてくれる。カップに口をつけると、口の中に広がった甘さに、どこか緊張していた体の力が抜けるような気がした。

「――さっそくですが、結論からお願いします。クロエさん、聖王宮で、なにを見ましたか？」

ジャハラさんの言葉に、皆の視線が私に向いた。

優雅にお茶を飲んでいた私は、慌ててカップをソーサーに戻した。

「は、はい……」

サリム・イヴァンが、怖い。

まるでメフィストと相対したときのような、恐ろしさを感じた。

全身がひりつくような醜悪で暴虐な魔力は――人の力では、ない。

でも、サリム・イヴァンはルトさんのお兄さんだ。

(言って、いいのかしら……)

きっと、私の言葉はルトさんを傷つけることになる。

私は言葉に詰まり、ちらりとルトさんに視線を向けた。ルトさんは、大丈夫だというように、深刻な表情を浮かべて静かに頷いた。

「……聖王シェシフ様は、それが悪魔と知りながら、悪魔を側に置いています。操られているのかもしれないし、ご自身の、意思なのかもしれない。わかりませんけれど……悪魔は、サリム・イヴァン。私には、サリムが人ではない別のなにかのように感じられました」

「――っ」

ルトさんが、息を呑《の》んだ。青ざめてはいるけれど、俯いてはいない。膝の上に置いた手を、ぎゅっと握りしめている。

「そうですか。……フォレース探究所の誰かが、とは思っていました。もしくは、シェシフ様か、ファイサル様どちらかが。……けれど、サリムが悪魔そのもの、とは」

「ジャハラさんは、アストリアで起ったことを知っていますよね」

「ええ、シリル様からいただいた親書に、おおよそのことは書いてありましたので」

「私の妹……アリザ・セイグリットには、幼い頃から悪魔が憑いていたようです。異界の門から現れた天使だと、アリザは思っていたようでしたけれど、悪魔の言葉に惑わされて……悪魔メフィストのせいで、多くの人が傷つきました。アリザは結局死んでしまいましたが、最後まで人間でした」

「そうなのですね。……クロエさんの妹君は、操られていただけの人間だった、と」

「はい。アリザは人間でしたから、……助ける方法が、救う方法があったかもしれません。でも、できませんでした。……サリムは、それとは違うように、思えるのです。私はサリムさんを知りませんが、人、とは違う気がします。それは私がそう感じただけで、ただの憶測でしかありませんけれど」

「僕は、クロエさんの直感を信じます。クロエさんは、僕たちとは違いますから」

ジャハラさんが優しく微笑む。

ジュリアスさんが私の隣で小さく嘆息するのが聞こえた。『胡散臭い』とか思っているに違いない。

「兄上は、なにか言っていたか、クロエ」

「シェシフ様は元々、賢王という言葉が相応しい優しい方でした。そして、サリムも、異界研究者として研究熱心ではあったけれど、それはあくまでも国のためでしたのよ。冗談は通じないけれど、生真面目な研究者、というような方でした。それなのに、どうして」

ファイサル様の言葉の後に、レイラさんが続ける。

「……老いも死もない、理想の世界を作るのだと言っていました。悪魔は、叡智を与えてくれるのだと」

「君の目には、兄上は、気が触れているように見えただろうな」

ファイサル様がとても悲しげに言った。眉間を寄せて、苦しそうに表情を歪める。

レイラさんがそっとその背中に手を置いた。

ファイサル様は決意したように、まっすぐな瞳で私たちを見渡した。ファイサル様にも聖王家の血が流れている。堂々としたその佇まいは、シェシフ様よりもずっと王の威厳に満ちた姿に見えた。

「レイラの言う通り、兄上は昔から……穏やかで、争うことが嫌いな方だった。今は亡き父上によく似ていた。ラシードが長らく平和だったのは、歴代の聖王が争いを嫌ったからだ。聖王は平和を望み、俺やラムダといった戦える者が、聖王の理想とする平和を守る。それが、ラシード神聖国が作り上げてきた歴史だ」

「ラシードの軍事力があれば、ディスティアナの侵略など取るに足らないものだったはずだ。だが、お前たちはまともに戦おうとはしなかった。国境付近に魔導師たちを時折向かわせるぐらいで、竜騎士の姿を見ることはなかった」

ジュリアスさんに言われて、ファイサル様は頷く。

「あぁ。ラシードにとっては、ディスティアナと争うよりは、異界の神秘を解き明かす――世界の仕組みを解明するほうが、重要だった。力に真正面からぶつかれば、そこに生まれるのは軋轢《あつれき》だけだ。ラシードの軍事力は、自国を守るためにある。戦争は、余計なことだ」

「私は一度、黒太子ジュリアスと刃を交えてみたいと思っていましたが」

ラムダさんが少しだけ残念そうに言った。

「兄上が変わってしまわれたのは、……数年前のことだっただろうか。レイラにも、なにかがおかしいと言われた。だが、俺は見ないふりをしていた。……兄上が守ろうとしているものがなんなのかが、俺にはわかっていたからだ」

「守る。……なにを、守るというのです。シェシフ様の行っている行為は、国を、世界を危険に晒している。国の異常事態に気づいて声を上げたプエルタ研究院の異界研究者の多くが、命を落としました。僕の、両親も」

ジャハラさんが、初めて感情的になった。その表情には、怒りが滲んでいた。

ジャハラさんは大人びて見えるけれど、きっと私よりも若い。その両肩に背負っているもるのを考えると、胸が痛くなる。

「……あぁ。その通りだ。……しかし、俺は、俺たちは、……国よりも、家族を守りたかった。……サリム・イヴァンは、妹の――ミンネの、恋人だったんだ」

ファイサル様の言葉に、レイラさんがそっと目を伏せる。

ルトさんは胸の前で、祈るように両手をぎゅっと握りしめていた。

異界研究者の身分がラシード神聖国でどの程度のものなのかはわからないけれど、ミンネ・ラシード様は聖王家の一人娘である。つまりは、お姫様。

お姫様と、異界研究者が恋仲――それは、身分違いではないのかしら。

私はシェシフ様の花嫁選びのときに目にしたミンネ様の様子を思い出していた。

美しい銀髪に、どこか愁《うれ》いを帯びた顔立ち、透き通るほどの白い肌。儚げな印象の女性だった。

「ミンネは、幼い頃から病を抱えていた。日の光に当たると肌が焼け爛《ただ》れてしまい、食も細い。何度も高熱を出しては、なにも食べることができない日が続くことも多かった。原因はわからないが、それは不治の病だと、二十歳までは生きることができないだろうと言われていた」

ファイサル様が過去を懐かしむようにして、続ける。

「兄上も俺もミンネとは少し年が離れていたせいか、妹が可愛くてな。ミンネは素直で、いい子だった。不治の病だと知らされたときは、なんとか治療法はないかと探し回ったが、……どうすることもできなかった。ミンネが不憫《ふびん》だった」

「ミンネ様は、私とも時折一緒に過ごしてくださいましたわ。ミンネ様は滅多にお部屋からは出られなかったのですけれど、一緒に本を読んだりしました。お姉様と、慕ってくださって……私も、お父様の力を借りて評判の医師を集めましたが、生まれついたときに持っていた病は、治すことはできない、と」

レイラさんが、小さな声で言う。

——老いも、死もない、世界。

シェシフ様の言葉が、脳裏をよぎった。

「サリムとミンネが、いつから恋仲になったのか俺は知らない。サリムは優秀な男で、まだ若かったが、フォレース探究所の次期所長と言われていた。探究所の研究結果を報告するために、よく聖王宮にも訪れていた。……ミンネとは随分年齢が離れている気がしたが」

「サリムとミンネ様の関係が私の耳に入ってきたとき、ミンネ様は確か十五歳は過ぎていたかと思います。婚姻が可能な年齢ですので、若すぎるということはありませんわ」

「そうだな。俺とレイラの婚約も、子供の頃の話だ。……どうにも、妹のことになると、な。……すまない。余談だった。元々研究熱心だったサリムが、より一層異界研究に没頭しはじめたのは、この頃からだった」

ファイサル様は、レイラさんと顔を見合わせた後苦笑して、それから気を取り直すように軽く首を振った。

二十歳までは生きられないお姫様と、年上の異界研究者の恋。

それは儚くも美しい、刹那《せつな》の美談のように感じられた。

けれど、違うのだろう。

「フォレース探究所は、プエルタ研究院とは違う。異界の中でも、死者の怨念が渦巻《うずま》く冥府に降りることを目的としている。死とはなにか、死者はなぜ異界に行くのか、罪人たちが堕ちるという冥府にはなにがあるのか。最初の目的は、異界の門から溢れ、たびたびこの世界に仇《あだ》をなす魔物についての研究だった。それが、不死についての研究に変わっていったのは、とある研究者が、悪魔と遭遇したから、らしい」

アストリア王国では知られていない悪魔という存在を、ファイサル様は当たり前のように口にした。

「悪魔とは、ラシード聖王国では、よく知られたものなのですか？」

私が尋ねると、ファイサル様は少し考えるようにした後で口を開く。

「いや、……知っているのは、聖王家に近しい者や、研究者のみだ。未知の存在を知れば、恐れる者は多い。国民に不安や怯えが広がれば、争いの種になるだろう。もとより、異界研究とは危険なものだ。反対する者もいないわけではない」

「私は、実を言えばよく知りませんの。今までずっと、ファイサル様はなにも教えてくれずに、私は蚊帳《かや》の外でしたから」

「巻き込みたくなかったんだ」

レイラさんになじられて、ファイサル様は困ったように言った。

ジュリアスさんが私の隣で、腕と長すぎて収まりの悪い脚を組んで、つまらなそうに目を閉じた。

話が長い、というういつもの態度だけれど、多分ジュリアスさんのことだからいつも通りきちんと聞いているのだろう。

『――兄は、ミンネ様を救いたかったのです。私もまた、兄の幸せを願っていました。だから、私は、刻印師になったのです』

ルトさんの声がした。

それはルトさんの喉から出た声というよりは、部屋全体に響いているように聞こえた。

『すみません。言葉を話すよりも、こうして、思念を響かせたほうが、体が楽で』

「ルト、無理はしないでいい。刻印師とは、命を削って強大な魔力を使う者だ。ルトは元々、魔導師としての資質が高かった。サリムもそうだが、イヴァン家に生まれた者は優秀な魔導師か、異界研究者になると言われていてな。だが、――ルトが刻印師として力を使い続けていると知ったときには、全てがもう、手遅れだった」

ファイサル様が言葉を続けた。

「サリムは、冥府に降りて悪魔に食われたのですか？」

ジャハラさんが言う。

それは事実であったとしても、ルトさんの前で口にするには、あまりにも残酷な言葉だ。

私は眉をひそめた。

けれど、サリムが悪魔だと伝えたのは私。私も――同罪よね。

どうしようもないやるせなさに、胸が痛む。

『なにがあったのか、わかりません。私は刻印師として幾度か兄とともに冥府に向かい、そこで出会った幾人かの悪魔に封魔の刻印を施し、探求所に連れて帰りました。度重なる冥府への旅路は、私の体を蝕《むしば》み、起きることができない日も多く続き……そういうときは、兄は一人で冥府に降りました』

「一人で？　刻印師も連れずに？」

静かに話を聞いていたラムダさんが驚いたように言った。

『ミンネ様の体調は、悪くなる一方で、兄も焦っていたのだと思います。捕らえた悪魔から、なにかしら聞き出したのかもしれません。ともかく……兄は、ミンネ様を救いました。ミンネ様は元気になられて、そして、フォレース探究所は、すっかり変わってしまいました』

「元々、フォレース探究所は危険だと、プエルタ研究院は言っていたのです。そうして、プエルタ研究院は中央から排斥された。サリムは、ミンネ様を救ったときは既に、悪魔に魂を売っていた、と」

「あぁ。恐らくは。ジャハラの言う通りだ。……ミンネはすっかり元気になった。サリム・イヴァンは兄上からの指示で、探究所の所長となり、兄上もまた、変わった。穏やかで優しい兄上はいなくなり、まるで自分自身を貶《おとし》めるように、淫蕩に耽るようになった」

「元々女好き、というわけではないんですね」

私が尋ねると、ファイサル様とレイラさんは同時に頷いた。とんでもない、とでも言いたげな表情だった。

私と二人きりになったときのシェシフ様は、演技をしているようには見えなかったけれど。あれが演技だとしたら、申し訳ないことをしてしまったのかしら。

思い切り腹を蹴り上げたときの感触を思い出して、私はまぁいいかと開き直った。演技でもなんでも、私に触ったのだから、やり返しても構わないはずだ。

「俺は——直接、なにかに関わったというわけではない。だが、薄々は気づいていた。サリムが悪魔だとは思わなかったが、助からないと言われていたミンネが元気になったのだから、そこにはなにかしらの行いがあったのだろうということに」

それがなんなのかはわからないが、とファイサル様は言った。

「フォレース探究所の悪辣《あくらつ》な行いと、まるでなにかから逃げるようにして暗愚な王を演じているような、兄上の変化。……だが、ミンネは、サリムを信じている。幸せそうなあれを見ていると、俺も、なにもかもから目を背けていれば、このまま平穏な日々が続くのではないかと、思っていたんだ」

「なにが、平穏ですか。何人、死人が出たと……！」

ジャハラさんが激昂とともに、フィアサル様を睨みつけた。

ファイサル様は深々と頭を下げる。

「その通りだ。本当に、すまなかった。……聖王宮においては、平穏だったんだ。俺は国よりも、家族を選んだ。兄上が守ろうとしているものを、俺も守らなければと。兄上には俺しかいないと、……ずっと、思い込んでいたんだ」

「シェシフ様は、……ミンネ様を守るために、サリムの——悪魔の言いなりになっている、ということですね」

私はシェシフ様の様子を思い出しながら尋ねる。

悪魔に従うふりをするために、あんなことを言っていたのかしら。

それとも——悪魔に唆《そそのか》されて、不死の国を造ることを、本当に求めているのかしら。

「そうだろう。恐らく」

ファイサル様は頷く。

元々のシェシフ様を知っているからか、ファイサル様はシェシフ様を信じている。全ては、ミンネ様を守るためだと。

でも、だとしたら、どうしたらいいのだろう。誰を助ければいいのか、私にはよくわからなかった。

「悪魔がサリムに成り代わっているとしたら、とっくにサリム本人は死んでいるだろう。お前の妹が、本当に生きているかどうかさえ怪しい。悪魔は、死者を蘇《よみがえ》らせて操れるらしいからな。お前は、仮初《かりそ》めの幸せを守るために、多くの犠牲から目を背けたのか」

ジュリアスさんが閉じていた目を開くと、ファイサル様を見据えて淡々と言った。

怒りも呆れも憤りもない。ただ、事実を確認しているような口調だ。部屋に、一瞬沈黙が訪れる。怒りに瞳を燃え上がらせていたジャハラさんも、悲しみに瞳を曇らせていたルトさんも。沈黙とともに、感情の昂ぶりが凪いでいくようだった。

ファイサル様はジュリアスさんの指摘に俯いて、爪が食い込むほど強く手を握りしめた。

「あぁ。……そうだ。その通りだ。確証はなかったが、理解はしていたように思う。だが、それでも俺は」

一度そこで言葉を切って、首を振ると、ファイサル様は顔を上げる。

迷いを振り払ったような強い光を宿した瞳が、まっすぐにジュリアスさんや、ジャハラさん、ラムダさんや、ルトさん。そして、私に向けられる。

「今は違う。俺は、レイラと、この国を守りたい。レイラを奪われそうになり、目が覚めた。聖王家に生まれた者としての責務を果たす。兄上に、刃を向けることになっても」

ファイサル様の決意に、ジャハラさんは深い溜息を吐いた。

「シェシフ様もファイサル様も、気づかないうちに悪魔の甘言に操られていたという可能性もあります。一方的に責めたところで、仕方ないのでしょう。取り乱してしまい、申し訳ありませんでした」

「……ジャハラさん。そういえば、閉じ込められた地下で、研究ノートみたいなものを見つけたんですけれど、一応見てみます？」

私は思い出して、ごそごそと鞄を漁った。

薄汚れてところどころ破れているけれど、まだ読めそうな紙束をテーブルの上に置いた。

埃が舞う。

お風呂に入りたいなぁと心底思った。

◆サリム・イヴァンの手記

◆◆◆◆

――月――日。

ミンネ様の体調は、日に日に悪くなる一方だ。

なにもできない自分が歯がゆい。

ラシード神聖国の強い日差しは、ミンネ様の肌には障る。部屋から出ることができず、辛いはずなのに、ミンネ様は異界研究は危険なのではないかと、私の心配ばかりをしてくれる。ミンネ様を救うことのできない私の。

フォレース探究所の禁書の間を探った。

異界の下層、冥府と呼ばれる場所には、『悪魔』が存在している。黒い翼を持つ、不死の者たちだ。知能は高い。私たち人間と同程度に、会話を交わすことができる。

大抵の場合は嘘つきで、攻撃的だ。フォレース探究所は、刻印師により対象の魔力を封じる刻印を施すことで無力化した悪魔を、何体か冥府から連れて帰ってきている。

それらは皆、翼が一対。

けれど禁書の間に厳重に保管されていた『冥府と上級悪魔との契約』と表紙に走り書きされた、誰かが残した研究ノートの内容によれば、それは下級の存在であるらしい。

悪魔の中でも、弱いものだ。兵隊で言えば、命を使い捨てられる兵卒のようなもの。

悪魔は羽の枚数で、その立場の上下が決められている。

二枚羽は数も多い下級悪魔、四枚羽は上位悪魔、そして六枚羽は最上位であり、神に匹敵する存在であるらしい。その六枚羽の悪魔をもしのぐ十二枚羽の存在がいると、そのノートには書かれているが、一度なにかを書いた後にページを破り捨てたようで、その先は読めない。

ともかく、フォレース探究所には過去、冥府に降りて六枚羽の上級悪魔と契約し、死にゆく人の命を救った者がいるようだ。

どのような方法でとは詳しくは書かれていなかったが、上級悪魔が使うことのできる神秘の力は、人の命さえ操ることができるらしい。

死ぬ定めにあるものの命を繋ぐことができる力。

不治の病すら、治すことができるもの。

けれどそれは同時に――この世界を、危険に晒す行為でもあるのだと、書かれている。

魚が陸で暮らせないように、人が水中では生きられないように、悪魔も人の世界では長く生きることができない。

悪魔が人の世界でなにかを為すためには、人と契約を行う必要がある。

その代償は様々だ。

けれど、悪魔が人の頼みを聞く代わりに、人は悪魔の頼みを一つ聞かなくてはいけない。悪魔が人の体を得たいと要求した場合、人は悪魔に体を差し出す必要がある。

その選択をすれば、悪魔は人の世界で自由に生きることができてしまうのだという。

連中は、冷酷で、残酷で、どこまでも邪悪だ。

人の世に解き放たれた悪魔が、なにを為すのか、わからない。

——だから、このことは伏せておく。

記録として残しはするが、悪魔に触れてはならない。上級悪魔に刻印を施し従えることは不可能だ。

彼らは人が御せるものではない。

触れてはいけない、邪悪な神のようなもの。

——私の過《あやま》ちを、許して欲しい。それでも私は、妻を救いたかった。

研究ノートの最後は、懺悔《ざんげ》の一文で締めくくられていた。それはきっと手記なのだろう。

誰がそれを書いたのかはわからない。最後のページには、ジスと書かれていた。そのような名前の者は、フォレース探究所にはいない。恐らくは偽名だろう。

手記の紙質やインクは案外新しかった。だから、そう古い話でもないのかもしれない。

私は希望の光を見い出したような心持ちだった。

六枚羽の悪魔を見つけ出し契約を結べば、ミンネ様が救えるかもしれない。


——月——日。

ルトとともに、二枚羽の悪魔を捕まえて戻った。

悪魔に尋問を行い、六枚羽の悪魔についての情報を吐かせた。

悪魔は死んでしまったが、別に構わない。どのみち、使い道などない。

不死の悪魔でも、死ぬことがあるらしい。悪魔の死とは、消滅に近いのだろう。死体も残らず、砂のようにして消えた。

六枚羽の悪魔とは、たったの三人。

死の蛇■■エ■。

血と劫火の■レク。

叡智の王バアル。

誰でもいい。

急がなくては。ミンネ様の命の灯火《ともしび》は、今にも儚く消えてしまいそうだ。


――月――日。

どうやら、人間は竜を愛玩動物かなにかのように扱っているようだ。

つぎはぎの竜を作り出し、喜んでいる。

それが神への冒涜《ぼうとく》とも知らず。

メフィストは、まだ遊んでいるのだろうか。

もう冥府には飽きた。天使や悪魔よりも人間のほうがずっと面白い。冥府から出て、人間たちで遊びたい――なんて、愚か者ばかりの二枚羽の悪魔にしては珍しいことを言うものだから、冥府の道化師という名前をつけてあげた。それから、私の羽を二枚、あげた。それきり、どこかに行ったきりだ。

私たちには、目的があるというのに。

とても、奇妙だ。

私はなぜこのような文字を書き残しているのだろう。この体に残る男の記憶が、私にこのような行動をさせているのか。

面白い。

神への冒涜を続けよう。

竜を、神の御遣いを玩具にして私もしばらくはメフィストのように遊んでみようか。

我が主《あるじ》の覚醒《かくせい》まではまだ遠い。

血と憎しみが、もっと必要だ。

あれは、違う者を選んだようだが、私はあの方こそが我が主だと考えている。

どのみち、今はまだ。

この男が愛していたらしい、あの女を私も愛しているふりを続けよう。

見た目が同じなら、気づかない。

人は、愚かだ。そして、愛おしささえ感じる。

◆◆◆◆

◆嵐の前の静けさ

ジャハラさんが、研究ノートというよりもサリムの日記帳のようなものを読み終えると、気怠い沈黙が部屋に広がった。

ジュリアスさんがおもむろに立ち上がり、私の腕を引いた。私もジュリアスさんに促されるままに立ち上がる。

「話し合いは終わりだな。サリム・イヴァンは三体のうちの一体の悪魔と契約を結び、その体を奪われた。ラシードの姫の命を救う代償として」

「ええ、そのようですね。大丈夫ですか、ルト」

『覚悟はしていました』

ジャハラさんに尋ねられて、ルトさんは小さく頷いた。けれど、その顔はやや青ざめているように見えた。

「私がアストリア王国で相対した悪魔は、メフィスト。サリムさんの手記に名前が出てきました。サリムさんのふりをしているのは、メフィストに関係のある悪魔ですね……」

私を引っ張って部屋から出ようとするジュリアスさんに抵抗しながら、私はなんとか言った。

ずるずる引きずるのをやめて欲しいわね。まだ真剣な話をしているのに、仲良くじゃれているみたいになっちゃうじゃない。

「メフィストに支配されていた私の妹のアリザも、シェシフ様と同じようなことを言っていました。

異界から悪魔の軍勢が来て、この世界を楽園に変えるとかなんとか。生も死もない、楽園――」

「それは、まるで異界ですね。悪魔は死なない。天使もまた、不死です。……悪魔は、この世界を異界に取り込むつもりなのかもしれません」

ジャハラさんがなにかを考え込むようにして、腕を組む。

「……死なないことが、楽園なんて妙な話。終わりがあるからこそ、今を、大切に生きることができると私は考えますわ」

レイラさんがはっきりと言った。それから本当に理解ができないというように、軽く首を振る。

「これ以上の話し合いは無駄だろう。サリム・イヴァンが悪魔であり、聖王は悪魔の甘言に操られている。為すべきことは、悪魔を殺す。単純な話だ」

「ジュリアスさん、サリムさんはルトさんのお兄さんなんですよ。それに、ミンネ様は……」

「ありがとう、クロエ。しかし、ジュリアスの言う通りだ。……悪魔に手を出してはいけなかった。プエルタ研究院は、ずっとフォレース探究所の行いが危険であると、指摘してくれていた。その末路が、今なのだろう」

ファイサル様が落ち着いた声音で言う。

「自国を守るため、軍事力の増強のため。全ては言い訳だな。クロエたちが戦ったものは、魔獣だ。サリムが中心となり、更に強く扱いやすい飛竜を作り出すためだと、卵を産み無用になった飛竜の雌の体を実験体に使っていた。魔物や動物との混じり物。非道だとは思っていたが、黙認していた」

「……最低だな。虫唾《むしず》が走る」

ジュリアスさんは私を引きずるのをやめて、足を止めた。

飛竜の話になると反応がいいのは相変わらずよね。ジュリアスさんにとっては、聖王家の事情よりも飛竜のほうが大切なのだろうけれど。

「なんとでも言ってくれ。本当に、その通りだからな。結局、研究施設で魔獣が何体か逃げ出して、研究員たちが何人も犠牲になり、施設は閉じられた。話には聞いていたが、実際に目にしたのは初めてだ。あまりにも、惨《むご》いことだ」

「ファイサル様……ようやく、理解していただけましたか。混じり物の飛竜を作り出すことは、神への冒涜なのだということを」

ラムダさんが憤りを抑えたような声音で言った。ラムダさんも、ジュリアスさんと同じように飛竜を大切にしている竜騎士だ。そんな実験を目の前で見てしまったら、それは、とても辛いことよね。

「あぁ、ラムダ。お前たち古参《こさん》の竜騎士たちは、ずっとそう言い続けていたな。話を聞かず、すまなかった。……俺は、覚悟を決めた。兄上やミンネを守るために、ラシードの民を危険に晒すわけにはいかない」

ファイサル様は一度言葉を切って立ち上がる。

ジュリアスさんが私の隣で「当然だろう」とばかりに嘆息するので、私はジュリアスさんの腕を引っ張った。ジュリアスさんの気持はもっともだけれど、家族を守りたかったファイサル様の気持ちだって理解できないものじゃない。

「――準備を整えたら、聖王宮を制圧する。ラムダたち竜騎士は俺とともに来て欲しい。……ジュリアスも、手を貸してくれるだろうか」

「……俺に聞くな」

ジュリアスさんは私に視線を向ける。

自然と皆の視線が私に集まった。とても恥ずかしい。ものすごく強い魔物を従えている女帝みたいな扱いを受けている気がする。

「もちろん、手伝いますよ！　乗りかかった船からは降りられないですし、メフィストは、私の家族の敵でもあります。サリムさんのふりをしている悪魔の側に、メフィストがいるかもしれません」

私が元気よく返事をすると、ジュリアスさんは、やっぱりな、という感じで深く溜息をついた。

「こんな態度ですけど、ジュリアスさんは飛竜愛好家ですし。放ってはおけないって思ってます。ね、ジュリアスさん」

ジュリアスさんの服を引っ張って、意気込みを口にして欲しいと期待の眼差しを向けてみたけれど、いつも通り無言だった。皆の心配そうな視線が私に突き刺さる。ちょっと同情されているような気がする。私はジュリアスさんの無言には慣れているので、大丈夫だ。

「ものすごく強いジュリアスさんがいれば、聖王宮なんて、ものの五分で陥落《かんらく》するに違いありません」

私は胸を張った。

それから念のために、ジャハラさんに確認することにした。

「それはそれとして、ヘリオス君のお嫁さんの件なのですけど……」

「大丈夫ですよ、クロエさん。ヘリオス君は今頃、院の奥で、他の飛竜たちに挨拶をしているかと思います。気に入った子がいればいいのですけれどね」

「なんと。黒い飛竜――、ヘリオスは、嫁を探しているのか。それなら、いい子がいる。とても可愛い自慢の愛娘だ」

「……ラムダさんの娘さんなんですか？」

「あぁ、私が育て上げたからな、私の娘と言えるだろう」

はからずも、こんなところで子供にお見合いをさせるご両親の気持ちを味わってしまった。

快活に笑うラムダさんに、ジュリアスさんは若干嫌そうな顔をしていた。ラムダさんと親戚付き合いをするのが嫌だという顔だった。

飛竜の親同士も、親戚付き合いとかするのかしら。季節の挨拶とかかしら。

「クロエさん、ラシードの男は、飛竜愛好家だらけよ。ジュリアスと気が合いそうね」

「そうですね……」

呆れたようにレイラさんが言う。ルトさんも、こくこくと頷いていた。

目標が定まったところで、一度休憩になった。

ジュリアスさんと私、それからファイサル様とレイラさんは、ジャハラさんに滞在用の部屋に案内してもらった。

そういえばと思い出して、私はレイラさんに鉄扇を返した。レイラさんは嬉しそうに扇を受け取り、ファイサル様は「俺が守ると言っているのに、レイラは武術の真似事をやめてくれないんだ」と言っていた。

レイラさんは「真似事ですって、失礼ね！」と怒っていた。それはもう怒りながら、客室に入っていくレイラさんを、ファイサル様が慌てて追いかけていった。

どうやらファイサル様は、一言多いらしい。夫婦喧嘩は犬も食わないと言うけれど、まさにそんな感じ。

ジュリアスさんは客室で休む前にヘリオス君に会いたがっていたけれど、「お風呂に入りたい」と押し切った。

髪には砂がついていてじゃりじゃりするし、服は砂埃塗れだし。

ルトさんに施された変身魔法を解いてもらったジュリアスさんは、いつもの金髪さらさらのジュリアスさんに戻っていた。金髪さらさらだけれど、ジュリアスさんの髪も砂塗れだ。

「クロエ、お前は休んでいろ。俺はヘリオスを見に行く」

「ジュリアスさんも、綺麗にしましょうよ。今を逃すと、次はいつお風呂に入れるかわからないんですよ。お風呂と、ご飯は大事です。ご飯食べ損ねちゃいましたし。一休みしたらすぐに聖王宮制圧作戦が始まっちゃうかもしれないんですから、休めるときに休まないと」

休息の大切さを、元将軍だったジュリアスさんはよくわかっているはずだ。

私の言葉に、ジュリアスさんは眉間に皺を寄せてむっつりと押し黙った。

「竜騎士の皆さんは飛竜の扱いに慣れているんですよね、ジャハラさん」

「ええ。それは、もちろん。ラシードは、長らく飛竜とともに歩んできた国ですから」

ジャハラさんに案内されながら、ファイサル様たちの部屋を通り過ぎて、更に奥まで歩く。

廊下は広く、白く艶やかな石造りになっている。

石造りの廊下に敷かれた絨毯が、足音を吸収してくれる。複雑な色合いの手織りの絨毯は、とてもとても高級そうに見える。

「ヘリオス君も、他の飛竜の皆さんとご挨拶してるところでしょうし、こういうときあんまりお父さんが出しゃばると、嫌われちゃいますよ」

「……まだ俺は、ここにいる連中を信用していない」

「私は結構人を信じちゃうので、ジュリアスさんはそのぶん疑っていてくださいな。私があやしい壺を買わされないように見張っていてください」

「壺は買わないだろう、お前は。金にうるさいからな」

「さすが、よくわかってますね！　それはともかく、お風呂に入るのなんて一瞬なんですから、入りましょうよ、お風呂。ジュリアスさん、執事服似合わないですし、着替えましょう。黒いローブも今ならなんと着放題ですよ。この間ロバートさんのお店でたくさん買いましたし」

「……仕方ない」

ジュリアスさんは一度自分の姿を見下ろして、それから本当に仕方なさそうに言った。

ジュリアスさんのお気に入りの、黒いローブの着心地のよさに負けてくれてよかった。

暴力的に顔がいいし、スタイルもそれはもういいジュリアスさんなので、執事服も当然似合うのだけれど、やっぱり内面から滲み出る暴君的な性格は隠すことができないのか、違和感の塊なのよね。

私たちのやりとりを聞いていたジャハラさんが、くすくす笑いながら客室の扉を開いた。

「お二人は本当に、仲良しですね。クロエさんたちがいてよかった。……少し、光が見えた。そんな気がします」

「ジャハラさん、いろいろ、大変な思いをしてきたんですよね。──大丈夫です、きっと、上手くいきますよ。だって、この天才美少女錬金術師クロエちゃんと、とっても強いジュリアスさんがいるんですから！」

ご両親を亡くして、それでも国を守るために頑張ってきたのよね、ジャハラさん。

きっと、泣きたいくらい悲しいことだってたくさんあるはずなのに。自分の感情に、蓋をして。それってとても難しいことよね。なんとなく、わかる。私も、同じというのはおこがましいけれど、少し似ている気がするから。

ジャハラさんを励ますつもりで明るく胸を張って言うと、ジャハラさんはどこか苦しげな表情で微笑んだ。

「……クロエさんを見ていると、僕は一人で戦っているわけじゃないんだなって思えます。……頼りにしてしまって――ごめんなさい」

「いいんですよ、ジャハラさん。だって私やジュリアスさんは大人ですし、私のほうがジャハラさんよりもお姉さんです。だから、たくさん頼ってくださいね」

「……ありがとうございます。両親を亡くしてから、僕はこの国や、プエルタ研究院を守るため、大人にならないといけないとばかり、思っていました。お姉さん、か……」

「ええ。私はこの通り美少女ですけれど、お姉さんです」

ジャハラさんは少しだけ瞳を潤ませながら、くすくす笑った。

ジュリアスさんは腕を組んで、黙り込んでいた。いつもみたいに否定的なことを言わないのは、ジュリアスさんもジャハラさんの境遇《きょうぐう》に、少なからず思うところがあるからなのかもしれない。

「……お二人とも。ゆっくり休んでください。ヘリオス君に会いたければ、この廊下をまっすぐ進んでください。奥に食堂があって、その先に研究室に繋がる大広間があります。飛竜は、そこに」

「わかりました、ありがとうございます。お言葉に甘えてゆっくりしますね！」

私はにっこり微笑んだ。

束の間の休息が終われば、戦いが始まる。

不安がないといえば嘘になるけれど——私が不安な顔をするわけにはいかないわよね。

今まで懸命に頑張ってきた、ジャハラさんのためにも。

「……僕はまだ、クロエさんたちに話さなければいけないことがありますよね。悪魔のこと、セイグリット公爵のこと。……今はお疲れでしょうから、また、後で。……優しいあなたを、危険なことに巻き込んでしまって、申し訳ありません」

「これも運命なのでしょう？　運命は決まっていないって、私のお母様は言っていましたけれど、中にはいい運命も、あるのだと思います。なんて言えばいいのか、わかりませんけど」

「熾天使《してんし》様のお導きなのでしょう。本当に、ありがとうございます」

ジャハラさんは深々と礼をすると、廊下の奥へと消えていった。

ジュリアスさんはどことなく不機嫌な表情で黙り込んだままだった。私は動かないジュリアスさんの背中を部屋の中へぐいぐいと押し込んだ。


客室は、シンプルながら過ごしやすい造りになっている。

白いシーツの掛けられた大きなベッドが一つ。ソファと、テーブル。

この場所がどのあたりにあるのかわからないけれど、なぜか窓がある。窓からは柔らかい光が差し込んでいて、窓の外にはあまり馴染《なじ》みのない肉厚の植物や、蔓性の植物が生えた庭園のような景色が広がっている。

私はジュリアスさんを引っ張って、先に浴室に向かった。

汚れた服でソファやベッドに座るのはよくない。まずは、着替えないといけない。洗濯は、帰ってからしようかしらね。

旅先で簡単に服を洗濯できるような錬金物が、なにかあればいいのだけれど。今度作ってみようかしら。

「わぁ、結構広いですよ、お風呂。お湯も張ってありますね、これ、どうなってるんでしょう。……あ、私の造った循環温泉石がこんなところにも……！」

廊下や部屋と同じ、白い石造りの浴室の、四角い石を組み合わせたような浴槽を覗き込んで私は感動した。

クロエちゃん特製の循環温泉石が、浴槽の底に仕込まれている。

形は同じだけれど――でも、少し、違うような気もする。ラシード神聖国にも循環温泉石を錬金する錬金術師の方がいるのかもしれない。

「……なにをしている。さっさと脱げ」

不機嫌そうに黙り込んでいたジュリアスさんが急に当たり前みたいに脱げとか言うので、私はびっくりして目を丸くした。

「なんで一緒に入る前提で話を進めているんですか、ジュリアスさん」

「時間が惜しい」

「……美少女の素晴らしい裸体の価値をもっと認めてくださいよ」

「体つきは確かに美少女、と言えなくもないな」

「訴えますよ！　なんだか無性に罪を感じます……！」

ジュリアスさんがいつも通りの潔《いさぎよ》さで、さっさと服を脱いでお風呂に入ってしまったので、取り残された私はしばらく脱衣所で頭を抱えていた。

ジュリアスさんと一緒にいると、恥ずかしがっている私が間違っているような気がしてくるわね。だんだん慣れてきてしまっている。これでも元公爵令嬢なのに。

まぁ、いいか。

私は深い溜息を吐くと、気合いを入れてジュリアスさんの後に続いた。

ちゃんと体にタオルを巻いている私に視線を向けて「隠す必要があるのか」とジュリアスさんが訝しそうに言っていた。

あるに決まっていると思う。

ジュリアスさんは私を女性じゃなくて、飛竜だと思っているのかしら。

まさかね。

まさか。

――どうしよう。ありそうだわ。

十分広い浴槽で向かい合ってお湯に浸かりながら、私は体を小さくしていた。

ジュリアスさんはなにかを考えるように、視線を下げている。

それからふと、私を見た。

皆と一緒にいたときはとても不機嫌そうだったけれど、今は、不機嫌というよりは、珍しく悩んでいるようにも見えた。

「どうしました？　心配事がありますか？　ラシード王国の内乱に関わったこと、怒っています？」

「いや。お前のことだ、俺が帰ると言っても、どうせ一人で残るつもりだろう。俺はお前を守る。それだけだ」

「……さらっと、恥ずかしいことを言いますよね。……ありがとうございます」

私は赤く染まった頬に、両手を当てた。

お湯に浸かったばかりなのに、のぼせてしまいそうだ。

「──先ほど、懐かしい名を聞いた」

ジュリアスさんはしばらく沈黙した後に、小さな声で言った。

「懐かしい名前？」

「あぁ。サリムの手記に、禁書の間にあった研究ノートを書いた者の名前が。ジス、と。……俺の母が、父をそう呼んでいた」

「……ジュリアスさんのお父様、ですか？　クラフト公爵、ですよね。確か、ディスティアナ皇帝に、投獄されて……」

「隣国と通じていたと言われてな。父の名は、ジーニアス・クラフト。母だけが、父をジス、と呼んでいた」

「……まさか」

「父は、時折ラシードに行っていた。なんの用事かは知らなかった。仕事の一環だと、思っていた。……飛竜の卵も、そこで。……偶然にしては、重なるところが多すぎる」

「ジュリアスさんのお父様が、冥府に降りて悪魔と契約をした……？」

「まだ、わからない。可能性の話だ。どのみちもう、父も母も死んでしまった。調べる方法はない。……さほど、重要なことではないかもしれないな」

「そうでしょうか……」

胸騒ぎがする。

けれど、その胸騒ぎの理由がわからなくて、私は黙り込んだ。

ジュリアスさんが手を伸ばして、私の頬に触れる。

「不安にさせたな。……気にするな。過去の話だ」

「なにがあっても、私がジュリアスさんを守りますからね」

「……そうだな。頼りにしている」

ジュリアスさんは、少しだけ笑った。

私はほっと息をついた。

過去について滅多に話さないジュリアスさんなのだから、今はご両親のことを思い出して辛いだろう。

ジュリアスさんを励ましたくてその顔を見上げて微笑むと、なぜか頬をぐいぐい引っ張られた。痛かった。

「……クロエ。ジャハラの境遇に、同情しているのだろう。お前は、お人好しだからな」

ジュリアスさんはひとしきり私の頬を引っ張って満足したのか、手を離すとぽつりと言った。

「だが、……これから始まるのは、戦争だ。魔物との戦いとは、なにもかもが違う」

「……わかってますって、言いたいところですけれど、……本当は、ちょっとだけ怖いなって思います。でも、このままなにもしないのは違う気がします。ラシードに悪魔がいて、メフィストもいるかもしれない。私は、私にできることをしたいって、思うんです」

ジャハラさんはさっき私に謝ってくれたけれど、私も、ジュリアスさんに謝らないといけない。

私だって、私の我儘でジュリアスさんを巻き込んでしまっているのだから。

「ごめんなさい、ジュリアスさん。私、いつもジュリアスさんを頼ってますよね。ジュリアスさんが一緒だから大丈夫って、……甘えてしまって」

「別に、構わない。どのみち、俺がいなかったとしても、お前は一人きりでも巻き込まれるだろう。そういう阿呆だ。お前は」

「……多分、そういう阿呆です」

「俺は、なにがあってもお前を守る。……お前に買われた日から、それが俺の生きる意味だ」

「……っ」

そういうことを、突然言わないで欲しいのよ。しかもお風呂の中で。

私は口元をぶくぶくとお湯の中に沈めた。恥ずかしい。恥ずかしいうえに逃げ場がない。

すぐに息苦しくなってお湯からぷはっと顔を出した私は、「ありがとうございます」とお礼を言った。

戦うことを考えると怖かったはずなのに、そんな感情は吹き飛んでしまって、なんだか胸がいっぱいで、小さな声しか出なかった。

いつもの黒いローブに着替えると、ジュリアスさんはいつも通りのジュリアスさんに戻った。

黒いローブを着た金髪さらさらのジュリアスさんと、青いエプロンドレスに着替えた私はヘリオス君の様子を見に行くことにした。

なんだかんだで、私もヘリオス君のことは気になっていたし、ラムダさんが言っていた可愛い女の子の飛竜を見てみたいと思っていた。

私は飛竜愛好家じゃないので、ジュリアスさんと出会う前までは、飛竜トラベルの飛竜しか見たことがなかった。未改良の飛竜というのはヘリオス君が初めましてで、女の子の飛竜も見たことがない。

「女の子の飛竜って、どんな感じなんでしょうか。どうして女の子は人間を乗せて空を飛べないんでしょうか」

長い廊下を歩きながら、私はジュリアスさんに尋ねた。

ジュリアスさんのお父様――ジーニアスさんのことについても気になっていたけれど、悩んでもなにかがわかるわけではないので、ひとまずは置いておくことにした。

ジャハラさんやファイサル様、ルトさんに尋ねればなにか知っているかもしれないけれど。

でも、サリムの手記を読んでいるときの反応からして、『ジス』という人物について知らない可能性のほうが高いわよね、多分。

皆、なにも言っていなかったし。私が鈍感なだけかもしれないけれど。

「雌の飛竜は、雄よりも体が小さく翼も短い。人間を乗せて飛べるほどの力がない。……女や子供なら、乗せることができるかもしれないが。雌に騎乗するのなら、雄の飛竜に乗ったほうが安定感があるし、速い。わざわざ雌の飛竜に乗ろうと思う物好きはいない」

「なるほど。乗せないのではなくて、乗せられない、ということなんですね」

「あぁ。お前ぐらい軽ければ、なんとかなるかもしれないが。お前が他の飛竜に乗ったら、ヘリオスが怒るだろうな」

「それはもしや嫉妬ですか」

「あれも、なかなかプライドが高い」

「可愛いですね。そういえばファイサル様のアレス君も、ファイサル様がヘリオス君のことを褒めたら怒っているようでしたし。皆、絆《きずな》があるんですね、きっと。アレス君は……その、作り替えられた飛竜ですけれど」

「今生きているものを否定するつもりはない」

ジュリアスさんの返事に、私は安堵して小さく息をついた。

アレス君に罪はない。私は、四枚羽の赤い飛竜のアレス君は、綺麗だと思う。

ジュリアスさんが嫌悪していたとしたら、少し、悲しい気がしていた。大丈夫みたいだ。

長い廊下を抜けると、天井が空へと抜けている広い場所に出た。

首が痛くなるほど高い場所に、ぽっかりと穴が空いていて、そこから光が差し込んでいる。

広間というか、ここが建物の中だということを忘れそうになるほど広い、草原、というか。

草原と言っても、アストリアの草原とはまるで違う。植物の形がやはり違うみたいだ。

水をたっぷり含んだような肉厚の葉を持つ植物が、至る所に生えている。広間を中心として、建物が円形にぐるりと上へ上へと伸びているようだ。

中央に穴が空いた塔のような形、と言えばいいのかしら。

ジャハラさんは、プエルタ研究院の奥は迷路みたいになっていると言っていたけれど、まさしく、一歩踏み込んだら迷うこと間違いなしと大きく頷くことができる光景だった。

建物の上部からは、滝のように水が流れ落ちている。

滝はどこに向かって流れているのか、よくわからない。中央部分に虹がかかっていて、麓《ふもと》は草原に落ちているように見えるけれど、水が溢れる様子もないし川もないし、湖もない。

ただ、水のしぶきだけが白くけぶって見えた。

その広い空間を、飛竜が自由に飛んでいる。草原の中に、寝そべっている子たちもいる。

茶色い子もいれば、白い子もいるし、深緑色の子もいる。

私はきょろきょろとヘリオス君の姿を探した。

ヘリオス君は私たちの訪れにすぐに気づいたようで、黒く長い首をもたげてこちらを見た。

ここにいると教えてくれるように、ばさりと大きく翼を広げている。

ヘリオス君の隣に、小柄な飛竜が何頭か侍《はべ》っているのが見える。

私は目を見開いた。これは世に言う、『モテモテ』というやつではないのかしら。

「ヘリオス君が……女子に人気ですよ、ジュリアスさん……」

「美しいからな、あれは。当然だ」

「非常に複雑な心境です……」

私は胸を押さえた。

そういえばジュリアスさんもエライザさんから一目惚れされていたし。ヘリオス君もジュリアスさんに似るのかしら。

可愛い息子が女子に人気。これは喜んだほうがいいのよね、きっと。

「本当に飛竜の女の子って小さいんですね。体がヘリオス君の半分ぐらいしかないみたいですね。動物って、雄よりも雌のほうが大きいイメージですけれど」

ヘリオス君にじゃれついている女の子たちは、小柄だ。

体つきは、ヘリオス君のように細長いというよりも、丸い感じがする。羽が短いせいなのかもしれない。

竜というよりも、羽のはえた犬のように見えなくもない。犬のように被毛に覆われているというわけではなくて、体に鱗があるのは同じなのだけれど。

つまり、なんというか。妙に、愛らしい。

こんな愛らしい女の子が改造されて、人食い花もどきにされていたとか、酷すぎる。

「飛竜の生態については、謎も多い。卵を一つしか産まないのは、雌の体格が小柄すぎるせいだとも言われている。……俺も、ラシードで学んだわけではなく、本を読んだだけだが」

「それは素晴らしい、ディスティアナにいながら飛竜について学ぶとは、ジュリアス殿は勉強熱心なのだな。ジュリアス殿と呼んでも？」

背後から話しかけられて、私はびくりと体を震わせた。いつの間にか、私の真後ろにラムダさんが立っていた。

小山のように大きいラムダさんが真後ろに立つと、威圧感がすごい。

ロキシーさんの食堂に集まる冒険者や傭兵の方々も、強面の人が多いけれど、ラムダさんは隊長というだけあってか、迫力が違う。

穏やかで優しそうなのだけれど、立っているだけで人を震え上がらせるような強さが感じられる。

「もう一度自己紹介をさせて欲しい。私はラムダ・アヴラハ。ラシード聖王家の直属部隊である、フェッダ・リーシュ竜騎士隊の、元竜騎士隊長だった。とはいえ、戦争に駆り出されることはまずない。竜騎士隊の仕事は、ラシード王国内の見回りと他国の偵察、それから、魔物討伐ぐらいだ」

「私はクロエ・セイグリット。それから、ジュリアスさんです」

返事をしないジュリアスさんの代わりに、私が挨拶をしてぺこりとお辞儀をした。

ラムダさんは微笑ましそうな眼差しで私を見た。

私は――お父様のことを、なぜか思い出した。お父様のほうがラムダさんよりもっと年上だったと思うし、似ているわけじゃないのだけれど。

お父様はもっと怖い顔をしていたと思うのに。もしかしたら、お父様もラムダさんのように優しい眼差しを、私に向けてくれたことがあったのかしら。たとえば私が覚えていないぐらいに、幼かった頃に。

「丁寧にありがとう、クロエさん。不思議なものだな、その名を口にするだけで兵が震え上がるとまで言われたジュリアス殿と、あなたのような、なんというか……」

「美少女です」

私はラムダさんが困っていたので、助け船を出してあげることにした。

私のことを表現するとしたら、美少女とだけ言ってくれたら万事解決するので、楽なものである。

ジュリアスさんは私の耳を無言で引っ張った。恥ずかしいのでやめろ、と言われている気がする。

これは空気を和ませるためにやっているので、わかって欲しい。私もたまに恥ずかしいと思ったりもすることもある。ごく、たまに。

「あぁ、そうだな。クロエさんのような美少女が一緒にいるというのは、奇妙なような……冷酷無慈悲な黒太子も、愛の前には無力、ということだろうか」

なんということでしょう。

深々と頷いて、ラムダさんはその見た目通り真面目な人だった。

私の発言以上に恥ずかしいことを言ってきたので、私は「ま、まぁ、そうなような、
そうだったらいいな、というような……」とかよくわからない返事をしながら、両手で顔を隠した。

私の隣でジュリアスさんが嘆息するのが聞こえた。

まさに墓穴を掘った、という感じ。我ながら、見事なものである。

ラムダさんは私の隣に立つと、ヘリオス君のほうに視線を向けた。

ヘリオス君というか――正確には、ヘリオス君の隣にいる深い赤色の女の子の飛竜を見ている。

私もいつまでも照れていても仕方ないので、気を取り直して顔から手を外した。

「ジュリアス殿の飛竜は、美しく、雄々しく、神々しい。こちらに連れてきた途端に、あの様子だったと部下たちから聞いた。ぜひとも、私の娘を選んで欲しいものだが」

「ラムダさんの娘さんは、あの濃い赤色の子ですか？　金色の瞳のぱっちりした」

「あぁ、そうだ。クロエさん、わかってくれるか！　大きな瞳が愛らしいだろう、名はリュメネと言う。生まれてまだ数年だ。私が手塩にかけて育てた、愛しい我が娘だ。もちろん他の飛竜も愛らしいが、リュメネは特別だ」

「リュメネちゃん」

ラムダさんの熱がすごい。

リュメネちゃんは確かに可愛いけれど、ヘリオス君にも好みがあるだろうし。ヘリオス君の好みの

タイプの子は、どの子なのかしら。

どんな子を選んでも、お母さんとしては全力で可愛がるつもりだ。

ヘリオス君とお嫁さんの卵から生まれてくる子が女の子でも、男の子でも、きっと可愛いに違いないでしょうし。

ジュリアスさんはもう一頭騎乗用の飛竜が欲しいと言っていたような気がするけれど——誰を乗せるつもりなのかしら。

私は飛竜に一人で乗って戦ったりはしないと思うし、ヘリオス君がいれば問題ない気がする。

不思議と言えば、不思議よね。私用では、なさそうだし。

「大人気ですね、ヘリオス君は。黒い飛竜は珍しいのですか？　ヘリオス君の他にはいないようですけれど」

「一番多いのは茶色、次いで深緑色だな。赤と白は珍しく、黒は滅多に生まれない」

「ご両親と同じ色合いの子が生まれるわけではないのですか？」

「不思議なもので、そういうわけではないんだ。卵からどんな飛竜が孵《かえ》るかは、生まれてみなければわからない」

「ラシードは、騎乗用の雄の飛竜が思うように手に入らないことに痺れを切らし、飛竜を改造するようになったのか」

ジュリアスさんに問われて、ラムダさんは頷いた。

「あぁ。……多分、そうなのだろうな。飛竜の改造は異界研究が進むにつれて、行われるようになったようだ。私が生まれるよりももっと前から。そこには異界の知識が使われたのだという。錬金術と同じようなものだな」

「確かに、錬金術は異界研究から派生したものだって聞いたことはありますが……」

でも、錬金術では飛竜をあのような姿にすることなんてできない。

訝しむ私に、ラムダさんはさほど大きくはないけれどよく通る声で言った。

「錬金術には無機物を使うだろう。そうではなく、生物同士を掛け合わせる。捕らえた魔物や、動物から始まり――最後は、より強い飛竜を造るために、それが行われるようになったようだ」

「動物を錬成に使うのですか……？」

私は眉をひそめた。

肌がぞわりと粟立つ。考えたこともなかったし、行いたいとも思わない。

私は魔物が落とした素材を使うけれど、魔物そのものを捕らえて錬成に使う、なんて。

強い拒否感を覚えた。なんて表現すればいいかわからないけれど、それは、非道な行いのように思う。

「ラシードは、砂漠ばかりが広がる不毛な大地だ。馬や徒歩で移動することはままならない。資源も少なく、今は豊かで平和な国と謳《うた》われてはいるが、昔は国力も小さかった」

ラムダさんの言葉に、私は頷いた。

「確かに、ここに来る間にラシードの空を飛びました。住むのは、少し大変そうって思いました」

「あぁ。だから……最初は自国を守るためだったのだろう。魔導についての研究が盛んに行われ、そこから――異界に目がいった。そうして異界研究が始まった」

「資源に乏しくとも、軍事力があれば国を守ることができる。そうして魔導や、異界研究を進めていき、それらの技術や知識を使い、国を発展させて、今のラシードがあるということだな」

ジュリアスさんが言う。それ自体は、悪いことには聞こえなかった。

ラムダさんは「その通りだ」と言って、続ける。

「それから、野生の飛竜を手懐けて、竜騎士が生まれた。野生の飛竜を手懐けるために、かなりの犠牲者を出したようだが……」

ラムダさんの言葉に、ジュリアスさんは腕を組んで口を開いた。

「実際、今のラシードの持つ軍事力は驚異だ。まともな思考回路を持つ王ならば、ラシードに戦争を仕掛けようとは思わないだろうな」

「オズワルド・ディスティアナはまともではない。そういうことか」

興味深そうに、ラムダさんが言う。ジュリアスさんは軽く首を振った。

「野心家であることは確かだろう。だが、……なにを考えているのか、よくわからない男だ」

「どういうわけか三年ほど前にぴたりと侵攻は止んで、今は薄気味悪いぐらいに静かだな、ディスティアナは。ラシードも、フォレース探究所とプエルタ研究院の対立が始まり、それどころではなくなったのだが。私はフォレース探究所の研究施設での飛竜の扱いを見てしまい、聖王と対立し、部下とともに飛竜を連れて、聖王宮を出奔《しゅっぽん》した。それで、今だ」

「ラムダさんは、飛竜の改造に反対だったのですよね？」

私が尋ねると、ラムダさんは深く頷いた。

「あぁ。生き物を混ぜ合わせて、違う生命を作り出す。これは、神への冒涜だ。それに、飛竜とは神の御遣いと、ラシードでは古くから言われている。その命を、私たち人が軽率に扱うなど、許されることではない」

　それから、「元々、飛竜は卵を一つきりしか産まないというわけではなかったらしい」と、ラムダさんは続けた。

「飛竜は、私たち人と比べると、想像できないぐらいに長く生きる。天敵もおらず、病気にもならない。大抵は、天寿を全《まっと》うするが、その天寿がどれほどのものなのか、きちんとわかっているわけではない。なにせ、私たちのほうが先に死ぬのだから。記録はあるが……」

「五百年程度と言われているだろう」

「実際にはもっと長いのかもしれない。ルトの乗っていたオルフェウスなどは、ラシードが飛竜の研究をし出した頃からずっと、生きているようだ」

「確かに、オルフェウスさんはとっても年上に見えますね」

　私は両手を胸の前でぽんと、叩いた。

　飛竜は年齢で姿形が変わるわけではないみたいだけれど、落ち着きとか雰囲気のようなものがヘリオス君とは少し違うわよね。

「やはりわかるか、クロエさん、素晴らしき飛竜愛だな！　まぁ、私たちはオルフェウスと話ができるわけではない。オルフェウスの年齢については、記録が正しければ、の話だが。もはや古文書のようなものだよ。その古文書によれば、昔は卵をいくつか産んでいたそうだ」

「一つだけじゃないんですね」

　ジュリアスさんの説明とは違うわね。ジュリアスさんも本で読んだだけだというし、長く飛竜と関わってきたラシードの竜騎士の方々しか知らないこともたくさんあるのだろう。

「あぁ。それが――一つきりになったのは、飛竜の改造をフォレース探究所の主導で始めてから。神の怒りに触れた。そう、古い文献には書かれていると、ジャハラが言っていた」

「神の怒り、ですか……」

確か、サリム・イヴァンの手記にも、同じようなことが書いてあった気がする。

途中から明らかに文体が変わっていたので、飛竜について書いたのは、サリムに成り代わっている悪魔――という可能性はあるけれど。

「改造された飛竜は、未改良の飛竜と違って繁殖能力が高い。混ぜ合わせた動物の特性を継ぐのだろうな。竜騎士の数が多いほど、軍事力が増強できる。だから神の御遣いである飛竜の改造を認めたのか、それとも私のように異議を唱える者を全て闇に葬《ほうむ》りたかったのかは、過去の話だ。今となってはもう、わからない」

ラムダさんは苦々しく言うと、軽く首を振った。

アストリア王国の学園に通っていた頃は、ラシード神聖国は信仰心が熱く、穏やかな気質の人が多い国だと教わっていた。

けれど――実際に話を聞くと、そんな楽園のような場所ではないみたいだ。

見渡す限りの砂漠の大地で生きていれば、国を守るためにどうにかしなければと、道を踏み外してしまうことがあるのかもしれない。

私は他の飛竜から離れた場所で静かに寝そべっている、赤い四枚羽と角のあるアレス君をチラリと見た。

「長々と話をしてしまったな。飛竜のことになると、つい時間を忘れてしまう」

「いろいろ勉強になりました。教えてくれてありがとうございます」

「あぁ。……そうだな、興味深い話だった」

私がラムダさんにお礼を言うと、ジュリアスさんも珍しくそれに同意した。

天変地異が起こるぐらいに珍しい。

驚いたけれど――ジュリアスさんの大好きな飛竜についてなのだから、当然と言えば当然なのかもしれない。

「あぁ……っ、ヘリオス君がリュメネちゃんとちょっと仲良くなってますよ……！」

私はヘリオス君を見上げて、思わずジュリアスさんの服をぐいぐい引っ張った。

ヘリオス君は、リュメネちゃんの額に自分のそれを、軽く擦りつけるようにしていた。

息子の恋愛を目の前で見るお母さんの気持ちだ。

嬉しいやら、恥ずかしいやら、可愛らしくて微笑ましいやら。

「とうとうヘリオス君にお嫁さんが……」

「やはり、リュメネを選んでくれたか！　ジュリアス殿の飛竜はよくわかっている」

ラムダさんが満面の笑みを浮かべて、うんうんと頷いている。

ジュリアスさんはヘリオス君を静かに見つめていた。

「ずっとひとりきりだったからな、あれも」

「ヘリオス君にはジュリアスさんが、いたでしょう？」

「まぁ、な」

「これから家族が増えますね。たくさん働いて養わないといけませんね。ラシード聖王国を救ったら、

ファイサル様がお金をたくさんくれるかもしれません。いろいろありますけれど、増えた家族を養うために頑張りましょう、ジュリアスさん」

「……あぁ、そうだな」

ジュリアスさんは、少しだけ笑った。たまに見せてくれる嫌味も皮肉もない笑顔に、私は妙に落ち着かない気持ちになった。

私とジュリアスさん、そしてラムダさんが近づいていくと、ヘリオス君は私のほうへと頭を下げて額を寄せてくれる。

私はそのつるりとして艶やかで硬い額をよしよしと撫でた。ひやりとして冷たく、気持ちいい。

ヘリオス君は嬉しそうに金色の瞳を細める。

「ヘリオス君、お嫁さんができてもお母さんのことは忘れないでいてくれたんですね……！」

「当たり前だろう。なにを言っているんだ、阿呆」

「そしてこの口の悪いジュリアスさんのことも忘れないでいてくれているんですね……！　ヘリオス君は真似しちゃ駄目ですよ、女の子に阿呆と言うなんてもってのほかです。リュメネちゃんに嫌われちゃいますからねぇ」

私は熱心に言った。

リュメネちゃんは大きな瞳をぱちぱちとさせている。

それから、ラムダさんの脇腹を鼻先でえい、えい、と言わんばかりにつつき出した。

リュメネちゃんは小柄とは言え、やはり飛竜なので大きい。

鼻先でつつかれると、かなりの衝撃のような気がするのだけれど、ラムダさんはしっかりした体幹でそれを受け止めて、笑いながら「よしよし、リュメネ、よかったなぁ。黒竜を捕まえることができるとは、さすが私の娘だ！」などとリュメネちゃんを褒めちぎった。

飛竜愛好家の方は変わっているわね。

「……ジュリアスさん、でも、……その、……例えば、私たちが負けたら、ここにいる子たちも、実験に使われてしまうんですよね。リュメネちゃんのような女の子たちが、あんな……」

ふと、嫌な未来を想像してしまって、私は呟く。

ジュリアスさんは私の頭に手を置いて、ぐいぐいと撫でた。痛い。

「戦う前から負けることを考える必要はない。お前は、王国最強の天才錬金術師なんだろう？」

「ええ、ええ、もちろん！　私は王国最高最強の天才美少女錬金術師です」

「それなら、なんの問題もない」

私はジュリアスさんの私を撫でる手を両手で摑んだ。

撫でるというか、小突いているというか。

もっとこう、王子様みたいにしてくれないかしら。元公爵様なのに、未だにわりと乱暴なのよね。

わざとやっているような気もしないでもないのだけれど。

「他国の問題なのに、助力、感謝する。聖王シェシフ様に逆らう、私たちはいわば反乱軍だ。ファイサル様がこちらに来てくださったのは僥倖だった。これでようやく、こちらに理があると民に示すことができる」

リュメネちゃんに突かれていたラムダさんが、居住まいを正して言った。

「お前たちの国の問題に口を出すつもりはないが、飛竜を物のように扱われるのは気に入らない。それから、悪魔についても……あれは国を脅かし、世界を乱すものだろう。これはお人好しだからな、放っておくことなどできない性格をしているのは、痛いほどよくわかっている」

「ジュリアスさん、迷惑をかけてごめんなさい」

それについては大変申し訳ないと思っています。

シェシフ様に捕まった私を助けに来てくれたジュリアスさんの、それはもう怒りに満ちた表情を思い出して、私は謝った。

「構わない、お前はお前の思う通りにしていい。俺はそれに従うだけだ」

「不思議なものだな。ディスティアナの将と、アストリアの錬金術師、か。君たちになら、私の愛娘のリュメネを預けられる。ヘリオスとの間に子供が生まれたら、ぜひ見せて欲しい。絶対にだ、必ず、約束だぞ」

「わ、わかりました……」

ラムダさんは落ち着いている大人の男性といったふうなのに、飛竜のことになると圧が強い。

けれど――リュメネちゃんは、可愛い。

家族がもう一人増えるのが嬉しい。きっと、二人の子供もそれはそれは可愛いのだろう。

幼体の飛竜というのはどういう感じなのかしら。卵から孵るのよね。

「そういえばジュリアスさんは、騎乗用の飛竜がもう一頭欲しいんですよね。子供ができたら、男の子がいいんですか？」

「できることなら、な。これればかりは、生まれてくるまでわからないことだが」

「あの、不思議だったんですけれど、ジュリアスさんにはヘリオス君がいますよね」

「あぁ」

「私がヘリオス君に一緒に乗っていると邪魔とかですか？」

別々に乗って空を飛びたいのかしら。

私としては今のままで構わないのだけれど、そう思われているとしたら少し悲しい。私はどちらかといえば小柄だし、そんなに邪魔してはいないと思うのだけれど。

ジュリアスさんは私を見下ろして呆れたように目を細める。なにを言っているんだ？　とでも、言いたげな表情だった。

「お前が別の飛竜に乗ったら、ヘリオスは怒るだろう。それが自分の子供であっても。そういうものだ」

「じゃあ、どうしてです？　レンタル飛竜でひと稼ぎしたいとかですか」

「違う」

「ううん……ますます謎ですね。家族が増えるのはいいことなので、別にいいんですけど」

とりあえず、ヘリオス君に一緒に乗ることについて、邪魔だと思われていなくてよかった。

私たちのやりとりを聞きながら、リュメネちゃんに背中をつつかれ続けていたラムダさんが快活に笑った。

「クロエさん、飛竜を育てる者は、自分の息子を自らが育てた飛竜に乗せたい、と思うものだ。なるほど、家族が増えるとはそういうことなのか。悪評ばかりが耳に入ってきていたジュリアス・クラフトという男は随分穏やかなのだなと思ったが、どうりで」

「は……え、……え？」

ラムダさんの言葉に私はびっくりしてジュリアスさんを見上げた。

息子。

――息子？

「ジュリアスさん、隠し子がいたんですか……!?」

混乱した私は、思わず、ディスティアナ皇国に残してきたかもしれないジュリアスさんの隠し子に思いを馳せた。

「どうしてそうなる。俺にとって、家族はお前しかいない」

ジュリアスさんが嘆息しながら言った。

ものすごく呆れられている。

これはもしや――愛の告白なのではないのかしら。

愛の告白とは、こんなに小馬鹿にされる感じで言われるものなのかしら。

「そ、そういうのは、ちゃんと、しかるべきときに、雰囲気のいい喫茶店とかそういう場所で言ってくださいよ……」

羞恥と混乱で、私は涙目になった。

両手で顔を隠していると、ジュリアスさんが「そのつもりでずっと言ってたが、気づかないものだな」と特に動揺した様子もなく呆れたように言った。

そのせいで私は更に混乱した。

ジュリアスさん、かなり前から確かにそんなことを言っていたわよね。

でも、ヘリオス君のお嫁さんが欲しい、という言葉にそんな意味が含まれているとは思わないじゃない。私が鈍感というよりは、ジュリアスさんがわかりにくいんだと思うの。

「お二人とも、食事の準備ができたので呼びに来ましたよ――って、どうしました。なにか、ありましたか?」

ジャハラさんが私たちを呼びに来てくれたけれど、私は返事ができなかった。

ラムダさんの楽しそうに笑う大きな声が明るく響き、リュメネちゃんは「お父さん、うるさい」とでも言うように、ラムダさんからぷいっと顔を背けた。

◆セイグリット公爵の願い

テーブルの上に大皿がいくつも並んでいる。

串に刺さったお肉は、羊らしい。一口大に切られて、臭み取りのためだろう、香草がたっぷりと使われている。

水分の少なそうな硬いパンには、オリーブの実を搾《しぼ》って作られた油が塗られている。

スープには小さく切った玉ねぎが入っていて、琥珀《こはく》色をしている。

それから、星の形の果物や、手のひら大の丸い形の果物がある。中の実は、みずみずしい薄い白色をしている。見たことがないけれど、清涼感のある甘さが感じられて美味しい。

串のお肉は、串から外してお皿に移し、ナイフで小さく切って口に入れた。

硬そうに見えたけれど、ナイフがすっと通るぐらいに柔らかく、香草の香ばしさが感じられて、お肉の臭みはまるでない。

久々のご飯を私は黙々と食べた。

ご飯は大切だ。この世で一番尊いのは、お金のかからないご飯である。

お金のかからないご飯には真剣に向き合う必要がある。なんたって、無料だし。

「よほどお腹が空いていたんですね、クロエさん。空腹のまま頑張ってくれていたんですね、申し訳ないことをしました」

ジャハラさんは優雅に甘いお茶を飲んでいる。

ジュリアスさんは早々に自分の分を平らげてしまい、私に取り分けられたお肉に手を伸ばした。

私よりもジュリアスさんのほうがよほど食べているのに、どうして『クロエさんは可哀想なぐらいに空腹だった』という結論になるのかしら。食事に真摯に向き合っていたせいで、必死なように見えてしまったのかしら。

私は先ほどジュリアスさんに言われたことで動揺してはいたけれど、それでご飯が食べられなくなるほど繊細でもないので、食べられる分はきちんと食べた。

といっても、大量にお肉を食べられるような胃袋はしていないので、お肉もパンも美味しかったけれど、ジュリアスさんに半分以上あげてしまった。ちなみに、スープは全部飲んだ。それから果物も食べた。

ジュリアスさんはやっぱりお肉が好きなのだろう。果物には手をつけずに、お肉とパンとスープだけ食べていた。ジュリアスさんは食べる量は多いのに食べるのが速いせいで、あんまりたくさん食べているように見えない。そして速いのに、その所作が綺麗だから、がっついているようにも見えない。

じゃあ私はなんなのかしら。食い意地が張っているように見えるとか、謎だわ。これでも一応元公爵令嬢なのだけれど。

「もっと豪華な食事を準備できればいいのでしょうけれど、聖王家から見捨てられた今、プエルタ研究院の立場は厳しくて。異界研究は今、滞《とどこお》っていますけれど、錬金術で多少稼いでいるので、飛竜たちや皆を養う程度のお金はあるのですが、なかなかの財政難です」

「ジャハラさん……それなのに、お肉を食べさせてくれるとか、ありがとうございます」

内臓の細切れとか、肉の切れ端ばかりを料理に使っていた、そもそも豆のスープ生活を続けていた私にとってお肉とは貴重である。

お肉と果物がわんさかあるお食事が豪華じゃないとか言われたら、私の普段の食生活などどうなってしまうのかしら。

「ラシードでは、野菜よりも肉や果物のほうが安価なのですよ。なにせ、農地に活用できる土地が少ないですから。羊はよく食べます。あとは、砂トカゲとか。砂クジラのほうが大きいんですけどね」

「砂トカゲ。砂クジラ」

「はい。砂クジラは巨体ですが、食べられる部分がないので捕獲しません。それから、数が少ないので、滅多に出会うことができません。砂トカゲは凶暴ですが、食べられる部分が多いです。数も多いので、捕獲しても特に問題はありません」

ジャハラさんがにこやかに教えてくれる。

トカゲは知っている。その辺の岩陰にいる。クジラも知っている。海にいる。

けれど、どうにもジャハラさんの言っているものは違う気がする。

「……ジュリアスさん、謎の生物の話が出ていますよ。知っていますか」

「お前が知らないのなら、俺が知るわけがないだろう」

ジュリアスさんはあまり興味がなさそうだ。

それにしても、今日振る舞われたお肉が羊でよかった。羊ならアストリアでも食べる。

砂トカゲは食べたことがないので、ちょっと怖い。

「砂トカゲの話をしている場合ではなかったですね。クロエさんのお父様の話をしなければと、思っていたんでした」

ジャハラさんは静かな声音で言った。

ジャハラさんに呼ばれたとき私は、てっきり食堂に案内されるかと思っていたのだけれど、ここはどうやら食事用の個室のようだ。

さほど広くない空間に、円形のテーブルが置かれている。部屋にいるのは私とジュリアスさんとジャハラさん。三人だけである。

私はジャハラさんの言葉に居住まいを正した。もうお腹はいっぱいだ。お皿の上には果物だけ残っている。

「交渉に、情報を使用してしまったことを許してください。僕も、必死だったんです」

「それについては気にしていませんよ。ラシードの事情はわかりましたし、ジャハラさんもご両親を失っているんでしょう？　だから……」

「僕の過去がどうであれ、クロエさんたちをラシード神聖国の内乱に巻き込んでしまったことに違いはありません。申し訳ありませんでした」

「お父様のこと、悪魔の情報、それから、飛竜の女の子。結構な大盤振る舞いだと思います。だから気にしないでください」

表情を曇らせるジャハラさんに、私は大丈夫だとにこにこ笑ってみせた。

そんなに気にしていないのも事実だ。いろいろあったような気がするけれど、私もジュリアスさんも、特に怪我もなく無事に帰ってきて、お肉を食べている。

ヘリオス君に彼女ができて、リュメネちゃんは可愛い。だからあまり気にしないで欲しいのだけれど。

ジュリアスさんがなにか言いたげに私を見ている。お人好しだと言いたいのだろう。

「ありがとうございます、クロエさん」

ジャハラさんは口元に笑みを浮かべた後に、まっすぐ私を見た。

妙に、緊張してしまう。

——よく考えると、私はお父様についてまるで知らないのよね。

お父様は寡黙《かもく》で、いつも不機嫌そうで、頭を撫でてもらったこともなかった気がする。

私に微笑んでくれたこともなかったし、抱き上げてもらったこともない。だから私はお父様に嫌われているとばかり思っていたけれど。

でも、お父様は私のために、悪魔を封じる方法を探していたのだという。

もう亡くなってしまったけれど、最後にお父様は、「クロエに手を出すな」と、アリザに向かって言ったそうだ。

私はお父様が生きているうちに、お父様のことを何一つ知ることができなかったし、わかり合うこともできなかったように思う。もうなにもして差し上げることができないと思うと、胸が痛んだ。

「クロエさんのお父様、クローリウス・セイグリット公爵と僕は、一度だけ会ったことがあります。今から、六年ほど前になるでしょうか。僕の父、レジェス・ガレナは、そのときはまだ生きていました。プエルタ研究院の所長を務めていて、セイグリット公爵との話し合いを、幾度かに渡って行っていました」

ジャハラさんは懐かしそうに言った。

お母様がお父様を呼ぶ声を、私は思い出していた。お母様はお父様の名前が長くて呼び難いとよく文句を言っていて、歌を歌うような声音で、いつも『リウ』と呼んでいた。

怖い顔をしたお父様の名前にしては、随分可愛らしいと思ったものだ。

「お父様は、メフィストという悪魔を封じる方法を探していたようです」

「先ほどの手記にもその名が出てきましたね。クロエさんの妹さんと契約をした悪魔ですね。セイグリット公爵が、相談相手に僕の父を選んだのは、昔馴染みだったからのようでした」

「昔馴染み」

「ええ。僕も父から全てを聞いたわけではありません。結局、四枚羽の悪魔を封じる方法は見つからず、セイグリット公爵との音信は途絶えたようですね。そして、父も、死にました」

ジャハラさんは小さく息をついた。それから軽く頭を振った。

「父が僕に言い残したことが一つだけあります。それが、クロエさん、あなたのことだったんです」

「……私のこと、ですか」

「セイグリット公爵の子供には、聖なる加護がある。その子供は悪魔を見破り、打ち払うことができる。ラシードのせいで、世界が滅ぶかもしれない。助力を求めなさい、と」

私は口を閉じた。どうして、私なのかしら。わからない。

わからないけれど、一つだけ、確かなことがある。

「メフィストは、……私のお母様を、知っているようでした。……私のお母様は、もしかして、……まさか、とは思いますが、悪魔なのですか……?」

「まさか」

ジャハラさんは大きく目を見開いた。それから、とんでもない、というように首を振った。

「僕の予想が正しければですが。クロエさんのお母様は。……恐らくは、天使、なのではないか、と」

「……奇遇ですね。アストリアの王都の商店街の皆様には、クロエちゃんは天使だねとよく言われています」

お母様が――天使。

動揺した私は、どうでもいいことを口走った。

すぐさまジュリアスさんに耳を引っ張られた。おかげ様で正気に戻ることができた。

◆天上界の研究

――天使。

お母様が、天使。

確かにお母様は綺麗な人だった。穏やかで、優しくて、体を病んでいたけれど、泣き言一つ聞いたことがなかった。強い人でもあったのだろう。

「……ジャハラさん。天使とは、本当に存在するのですか？」

私が尋ねると、ジャハラさんは口元に指先を当てて小さく首を傾げた。

「悪魔がいるのだから、天使もいるのだろうというのは、理論としては少々乱暴ではありますよね。プエルタ研究院は異界の中でも天上界の研究をしています。フォレース探究所と違って、異界の門の向こう側に降りるようなことはしません。行うのは、門から溢れる魔物とはなにかを解明し、人々を守ること。そして、未来を占うこと」

「魔物には破邪魔法が有効だというのは、ここでの研究結果ということですね」

「はい。けれど、破邪魔法は他の魔法と違い特殊です。あれらは、天上界に住む熾天使と呼ばれる者たちから力を借りる魔法です。熾天使との親和性が深く関係しているものです」

「熾天使たち……一人ではないということですか？」

「ええ、そうですね。破邪魔法を使える者は、どういう理由かはわかりませんが、熾天使の恩寵《おんちょう》を受けています。そして、それはとても珍しい。プエルタ研究院の成り立ちは、そうした者たちが集まって、神の声を聞くところから始まったようですね」

「胡散臭いな」

静かに話を聞いていたジュリアスさんが、嫌そうに言った。

「ジュリアスさんは神様に嫌がらせをされたことでもあるんですか？　もしや、無神論者です？」

無神論者だとしたら、神様の話は胡散臭いわよね。

ディスティアナの教典がどのようなものかは知らないけれど、アストリア王国では神様とはごく当たり前に存在するものだった。異界で死者の裁きを行うのが神様で、羊飼いの姿をしていると言われている。そのためアストリアでは羊の丸焼きは神への供物《くもつ》にも捧げられるし、神からの施しとして、お祝いのときにもよく食べる。羊毛の流通も盛んだ。特に疑問に思ったことはない。そういうものだからだ。

ジュリアスさんは私に視線を向けて、呆れたように目を細めた。

「ろくでもない目に幾度もあっているのに、それでも神など信じているのか、お前は」

「私がろくでもない目にあっているのと、神様がいるいないのとは別の話だと思いますし。それに、そう悪いことばっかりじゃないですよ。ジュリアスさんやヘリオス君とも会えましたし」

私が公爵令嬢として順風満帆な人生を送っていたら、今頃シリル様のお嫁さんとして、王妃様になっていたことだろう。

錬金術師でもなく、魔物と戦ったり、飛竜に乗ったり、ジュリアスさんに耳を引っ張られることもなかったはずだ。

私とジュリアスさんは出会うことなく、一生を終えていたかもしれない。

だとしたら、悲しいことはあったけれど、やり直したいとも、なにかを変えたいとも思わない。ろくでもない目にあったといえばあったような気がする。

それでも、私は今の私の人生が大切だと、心から思っている。

能天気とか、単純な阿呆とか、なにか言われるかしらと思ったけれど。ジュリアスさんは深く眉根を寄せた。不機嫌そうに見える。

「……クロエ」

そうよね。ジュリアスさんのほうが、私よりもよほど酷い目にあっている。

私が今の人生が大切とか、ジュリアスさんに会えてよかったとか思っていても、ジュリアスさんは違うかもしれない。

お父様を処刑されて、お母様は自死して、ジュリアスさんは戦場に放り出された後に、片目を抉られて奴隷闘技場に入れられたのだもの。

私はジュリアスさんの片手をぎゅっと両手で握りしめて、ジュリアスさんの顔を見つめた。

「ジュリアスさん、ジュリアスさんは神様はいないって思っているかもしれませんけれど、天使ならここにいますよ。名実ともに天使となったクロエちゃんが、ここに」

ジュリアスさんは私を完全無視した。せっかく元気づけようと思ったのに。

私はなんとも言えない沈黙が流れる室内の空気を誤魔化すように、ジュリアスさんの手からぱっと自分の両手を離すと、ジャハラさんに向き直った。

「ええと、神の声を聞く話でしたよね」

「もういいですか？　僕は待っていますので、思う存分愛を確かめ合っていただいても大丈夫ですよ」

ジャハラさんがにこやかに言う。

何歳かは不明だけれど、恐らく未成年の少年に気を遣わせてしまった。

私は顔を両手で隠しながら恐縮して「もう大丈夫です」と小さな声で言った。ジュリアスさんが喉の奥で笑う声が聞こえる。ご機嫌が直ったわね。よかった。

「そうですか、もういいんですか？　微笑ましいので、続けていただいても構わないのですが……プエルタ研究院の成り立ちからでしたね。プエルタ研究院は、熾天使の恩寵を受けた者たちの集まり。それが最初でした。破邪魔法を唱え熾天使の声を聞く。そうして、未来を占うのです」

「神様とは、熾天使様たちのことなのですか？」

「これは、プエルタ研究院の中でも最上級の機密事項なのですが、クロエさんたちにはお話しさせていただきますね」

ジャハラさんが、密やかな声で言った。

私は思わず背筋をピンと伸ばした。

ジュリアスさんは長い脚と両手を組んで、興味がなさそうに目を伏せた。

「熾天使とは、神が作り出した異界の管理者です。人と同じ形をした、天使の中でも最上位に位置する、白い六枚羽を持った天使たちのことですね」

「メフィストが、羽の数で階級が決まるというようなことを言っていました。四枚羽は上位階級、六枚羽は特別階級とか、なんとか」

「羽の枚数で階級が定まっているのは、天使も同じようですね。熾天使にはそれぞれに名前があります」

「名前が……まさか、お母様の名前も？」

「いいえ、セレスティアという天使の名は、プエルタ研究院が保管する研究書には出てきません。熾天使は四人。その名は、ミカエル、ラファエル、ガブリエル、ウリエルと言われています」

どの名も、聞いたことがない。私は首を傾げた。

「破邪魔法では、熾天使セラフィムを呼びますけれど、熾天使の名前がセラフィムではないのですか？」

「熾天使とセラフィムは同一の意味です。四人の熾天使の総称が、セラフィムということですね」

「それじゃあ、熾天使セラフィム、力を貸して！ と叫んでいた私は、かなり間抜けなんじゃ……」

ジャハラさんは口元を押さえてくすくす笑った。

「アストリア王国では、破邪魔法の呪文はそんなふうになっているのですか？」

「ラシードでは違うんですか？」

「もちろん。正しい呪文の唱え方の教本を後で差し上げますね」

「呪文が間違っているのに、どうして破邪魔法を使えたんでしょうか……」

「己の内側にある魔力を練り上げて放つ普通の魔法と違って、破邪魔法は、異界の熾天使たちへの助力の呼びかけです。人の体は熾天使の力の通り道のようなもの。圧倒的な力を受け入れるのですから、その分消耗もかなり激しいようですが」

「破邪魔法を使うと、ものすごく疲れます。お腹も空きますね」

私は魔導師としては大したことがないのだけれど、破邪魔法だけは得意らしい。

アストリア王国に溢れた魔物たちと戦ったのは、記憶に新しい。破邪魔法は魔物に有効でそれはもう強力なのだけれど、無尽蔵に使えるわけではない。数回使っただけでも、魔力枯渇《こかつ》が顕著《けんちょ》だからだ。

「そうなんですね。僕は使えないので、知識だけしかないのですけれど。熾天使たちは、恩寵を与えた者の声が届けば、力を貸してくれると言われています。極端な話、ミカエル様、助けてください！とかでもいいのですよ。それでは具体性がないからと、形式的に呪文を練り上げたのでしょうね」

「プエルタ研究院の方たちは、その、熾天使様たちと話したことがあるのですか？」

「そのようです。今は、資料が残されているだけですけれど。……恐らく、ラシードは神を怒らせてしまったのですよ。飛竜を道具のように扱い、悪魔を捕縛し、神の知恵を貪ろうとしたラシードの人間たちは、見捨てられてしまったのです。今はもう、天使の声は聞こえません。残されたのは知識だけです」

「……神様が怒っているのですか」

「神は、黒き竜の姿をしていると言われています。天を覆うほどの巨大な竜の姿。竜は天使を作り、天使たちは人間を作った。ラシードに伝えられている神話ですね。天使は異界に住み、人間たちの死後、その魂を異界へと連れていく。良き魂は、天上界に。悪《あ》しき魂は、冥府へと」

「途中からは、アストリアも同じです。悪いことをした人たちは、冥府に堕ちて苦しむのですね」

「そうですね、この伝承は少しずつ形は違いますが、おおむねどの国も同じです。やがて、神の使徒である天使が神に反逆を起こした。神に歯向う天使は悪魔となり、異界で争いを続けている」

「天使が、悪魔に？」

「悪魔とは堕落した天使の姿。神に仇なすもの。だから、悪魔に与《くみ》したラシードには、神罰が下って当然なのです。……このままではラシードはきっと滅んでしまうでしょう。そして、世界もまた。……父はそれを危惧していたのだと思います」

「世界の話も、ラシードの話も、どうでもいい。お前たちの罪と、俺やクロエは無関係だ。クロエの母親がなんであれ、これはどこにでもいる普通の顔立ちの女だ。妙な期待をするな」

今まで黙っていたジュリアスさんが、冷たい声音で言う。

「美少女錬金術師ですよ」

「自称」

「ええ、自称」

うんうん、と頷く私の腕をジュリアスさんが摑んだ。

突然、急に不機嫌ね、ジュリアスさん。

ファイサル様やジャハラさんに協力して、聖王宮に巣食う悪魔と戦うことについては同意してくれていた気がするのに。私のお母様の話が終わってから、ご機嫌が急降下したような感じだ。

ソファから強制的に立ち上がらせられた私は、ジュリアスさんに引きずられながらジャハラさんにペコリと会釈をした。

「手を貸すのは、クロエがお人好しだからだ。それと、これ以上飛竜を玩具のように扱われるのも気に入らない。ラシードや世界がどうなろうが、知ったことじゃない」

吐き捨てるように、ジュリアスさんは言った。

確かに私がお人好しの阿呆だから、ジュリアスさんは私に付き合ってくれているのだろうけれど。

でも、それにしてもすごく——怒っているみたいだ。

私と二人で話をしていたときも、ラムダさんと三人で話をしていたときも、ここまで苛立ってはいないように見えたのに。

「世界が滅んだら困りますし、ラシードが滅んだら、関係ない人たちが可哀想じゃないですか。せっかくラシードまで来たのに地下に落とされて砂塗れになっただけで、まだ観光もできてないですし。情けは人のためならずですよ、ジュリアスさん。ジュリアスさん、聞いてます？　ジュリアスさんってば」

ジャハラさんは部屋を出ていく私たちに、深々と頭を下げてくれた。

私は急に機嫌を悪くしたジュリアスさんに腕を引っ張られながら、廊下を歩く。ジュリアスさんの手の力が強いし、歩くのは速いし、転びそうになってしまう。

ジュリアスさん、すごく不機嫌。

機嫌のいいジュリアスさんのほうが珍しいのだけれど。それにしても、やっぱり怒っているわよね。

私たちに与えられた客室に戻ると、ジュリアスさんはなにも言わずにベッドに横になってしまった。

私はベッドサイドに腰かけると、溜息を一つついた。

──お母様が、天使。

それが事実だという確証は、なにもないのだけれど。でも、そんなわけがないと笑って受け流すには、偶然とは思えない符合が多すぎる。

「びっくりですね、ジュリアスさん。まさか商店街の天使クロエちゃんが、本当に天使だったなんて。お母様が天使でお父様が人間だとしたら、半分天使ってことでしょうか。つまり、半天使？　あんまり可愛くない響きですねぇ」

部屋を支配する重たい空気を振り払うようにして、私は間延びした声で明るく言った。

「黙っていろ、阿呆。確証もない話を、真に受けたのか」

「やっぱりそう思います？　お母様が天使なんて、なんだか現実味がなくて。……ううん、でもなぁ」

「忘れろ、クロエ」

ジュリアスさんはこの話をあまりしたくないようだ。

瞼《まぶた》を閉じているジュリアスさんの整った顔を、私は見下ろした。

睫毛《まつげ》が長いわね。横になっているだけなのに、絵になる姿だ。

そういえば、——ジュリアスさんは、息子ができたらヘリオス君とリュメネちゃんの子供の飛竜に乗せたいのよね。

新しく知った衝撃の事実を思い出して、私はなんだか落ち着かない気持ちになった。

お母様が天使かもしれないという可能性よりも、ジュリアスさんが結構前から言っていた、もう一頭飛竜が欲しいという言葉の意味のほうが、よっぽど私にとっては衝撃的かもしれない。

私は両手で顔を隠した。どうしよう。恥ずかしい。

「どうした、急に」

ジュリアスさんのせいです。

大人しくなった私を気にしてくれたのか、薄く目を開いたジュリアスさんが呆れたように言った。

「なんでもありません。……ジュリアスさん。さっき、怒っていましたけれど、私のお母様が天使だと、嫌なことがあるんですか？　天使に嫌な思い出があるとか？　白い羽恐怖症とかですか？」

「……例えば、お前の母親が本当に天使だったとして。悪魔を討ち倒す力が、お前にあるとしたら、お前はどうする？」

ジュリアスさんは私の軽口を完全無視して、真剣な声音で言った。

私はまじまじと、ジュリアスさんの赤と青の瞳を見つめる。

質問の意味が一瞬理解できなかった。どうしてそんなことをわざわざ聞くのか、私にはよくわからなかったからだ。

「それはもちろん、悪魔を倒しますよ。メフィストは、お父様やアリザちゃん、シリル様にも、アストリア王国の人たちにも残酷なことをしました。世界にとってよくない存在なら、倒すべきだと思います。その力が私にあるのなら、尚更です」

「お前は、そうして自分にそれを課すだろう。お前が危険な目にあう必要も、義務もない。余計な重荷だ」

ジュリアスさんは、淡々と言った。

私は嬉しくなって、ジュリアスさんに、にっこり微笑んだ。

「心配してくれているんですね、ありがとうございます」

ジュリアスさんは私から視線を逸らした。照れているように見えるわね。うん。ジュリアスさんが、照れている。

なんだろう。今までもこういうことはあった気がするのだけれど、多分気づかなかったのよね、私。表情が変わらないし、大体不機嫌に見えるし。呆れられているか、ご機嫌が悪いかのどちらかだと思っていたのよ。

それなのに、私のことをきちんと考えてくれていることがわかった今、ジュリアスさんの感情が、言葉はなくても、少しは理解できるようになった気がする。

照れているジュリアスさん、破壊力がすごい。

私は自分の胸を押さえて呻きそうになるのを、必死に堪えた。真面目な話をしているのに、挙動不審になるのはいけない。

「心配してくれるの、嬉しいです。……でも、ジュリアスさん。世界が滅んじゃったら、嫌じゃないですか」

「お前が戦う必要はない。逃げるという選択肢も、お前にはある」

「私が逃げたら、ジュリアスさんも一緒に逃げるんですか？」

「俺は……お前に従う」

「それは嘘ですね。ジュリアスさんは一人で戦おうとするんじゃないですか？　だって、世界が滅ぶということは、私やヘリオス君も死んじゃうかもしれないっていうことで、ジュリアスさんは……多分、守ろうとしてくれるでしょう？　強いから」

「……あぁ、そうだな」

少しだけ沈黙した後に、ジュリアスさんは私の言葉を肯定した。

私はジュリアスさんに手を伸ばす。顔にかかっている金色の前髪を指で払うと、その手を掴まれた。手を引っ張られて、ベッドにとさりと倒される。

引き寄せられて抱きしめられると、先ほどお風呂に入ったばかりだからだろう、石鹸のいい香りがした。

「あ、あの……一緒に寝るのは初めましてじゃないんですけれど、その、私、ええと、あの」

顔に熱が集まる。

今までだってずっと、一緒のベッドで寝ているし、抱き枕みたいな扱いをされたことだって何度もあるのに。

触れ合う皮膚が、体温が、初めてみたいに落ち着かない。

そこにあるのは安心感だけではなくて、妙に緊張してしまう。

「なにもしない。今は、まだ」

「今はって、いうのは、その」

いつかはなにかするのかしら。そのいつかは、いつなのだろう。今日から毎日緊張しながら一緒に寝ることになるのね、きっと。

ジュリアスさんの腕に力がこもる。痛いぐらいに強く抱きしめられて、私は眉根を寄せた。

なんだか、――大切なものを奪われそうになっている、大きな動物みたいな仕草だった。

「クロエ、お前は難しいことを考えず、好きなようにしろ。世界を救いたいのなら、そうすればいい。俺はお前に従う」

「さっき、怒ってましたけれど……いいんですか？」

「……あぁ。そうだな、単純な話だ。柄《がら》にもなく、動揺していた。お前の母が天使だという事実を受け入れることは、お前を失うことに繋がるような気がした」

ジュリアスさんも不安になったりするのね。そうよね、私と同じ人間だもの。

お母様が人とは違う存在であったとしても、私は私。なにも変わらない。

「大丈夫ですよ、ジュリアスさん。天使という箔《はく》がついた私は、なんせ元々王国最強の美少女錬金術師ですから。とっても強いんですよ」

「そうだな。そうだったな」

いつもの調子で私が言うと、ジュリアスさんは少しだけ笑った。腕の力が緩み、視線が絡まる。

「恐らく、すぐに戦いが始まる。何度も言うが、戦争とは、内戦とはいえ、お前の知る戦いとはなにもかもが違う。……クロエ、お前は俺の側を離れるな」

「もちろんです。私も、ジュリアスさんを守りますから」

「あぁ。頼りにしている、クロエ」

ジュリアスさんは目を細めると、甘さのある優しい声音で言った。

顔が近づき、私は目を伏せる。そっと唇が重なり、重ねられた手のひらの指先が絡まった。大きくて硬い手のひらは、私よりも少しだけ冷たい。

部屋の扉が叩かれたのは、そんなときだった。

「聖都から竜騎士の軍団がこちらに向かっている。二人とも、一緒に来て欲しい」

ファイサル様の声だ。

ジュリアスさんは私から体を離すと、忌々しそうに舌打ちをした。

◆聖都制圧のための聖戦

空に、無数の飛竜の姿がある。

小さな点のように見えていたそれが、こちらに向かってまっすぐに進んでくるにつれて輪郭《りんかく》がはっきりとしてくる。

砂漠の上にある広い空を埋め尽くす飛竜たち。

シェシフ様の差し向けた軍勢である飛竜たちは、ずんぐりと大きいものから、小型で羽だけが長い不恰好なものまで、様々な形をしている。ファイサル様のアレス君と同じ、改造されたものたちなのだろう。

私はジュリアスさんとともにヘリオス君に乗っている。

戦闘のためにアリアドネの外套に着替えたジュリアスさんは、久遠の金剛石の槍を手にしている。

私も気合いを入れて、いつもの青いエプロンドレスを着て、頭に三角巾をつけている。

いつも通りの私とジュリアスさんの周りには、ファイサル様を乗せた赤い飛竜のアレス君と、ルトさんを乗せた茶色い飛竜のオルフェウスさんがいる。

私たちの前には深緑色の飛竜に乗ったラムダさんと、茶色の飛竜に乗ったジャハラさんがいる。他にも、ラムダさんの部下の兵士の方々が、それぞれ飛竜に騎乗している。

こちらに向かってくる軍勢に向かって、私たちは同じ速度で進んでいる。こんな状況じゃなければ、隊列を組んで空をお散歩するような飛竜の皆に、胸を躍らせることができたのに。

——これは、戦争。

何度か言われたジュリアスさんの言葉が、今更ながらストンと、胸の中に落ちてくる。

聖都から軍勢が向かっているとファイサル様に呼ばれた私たちは、すぐに準備をして出立した。

私たちが準備を整える頃には、既にラムダさんや兵士の方々は、広い草原のような中庭に、飛竜とともに並んでいた。

ファイサル様は祈りを捧げるようにレイラさんの手の甲に口づけを落とし、出立の挨拶をしていた。

ジャハラさんの部下である異界研究者の方々が手を翳すと、草原の空が二つにパカリと割れた。

その先には、本当の空があるようだった。

そして私たちは割れた空から、本当の空へと飛び立ったのである。

「怖いか、クロエ」

ジュリアスさんが私のほうをちらりと振り向いて尋ねる。

私は手にしていた本のページを開いて、ジュリアスさんに見せた。

「大丈夫です。それよりもジュリアスさん。ジャハラさんから破邪魔法の本来の詠唱が書かれている本をもらったんですけれど、詠唱を変えると威力が変わるんでしょうか。私の破邪魔法で悪魔をさくさくっと倒せちゃったりしませんかね」

「さぁ、どうだろうな」

「先に悪魔を……サリムを倒せば、戦争、しなくていいのかなって」

「そう簡単なものでもないだろうが、……軍勢にサリムの姿があれば、狙いを定める。お前は悪魔を倒すことに集中していろ。他のことは、考えなくていい」

「……はい」

私はジュリアスさんの広い背中に、額をコツンとつけた。

ふう、と息を吐く。

少しだけ、体の緊張が解ける。

ジュリアスさんの優しさや気遣いが、嬉しい。

戦争というのは、相手が人間だということ。敵兵の方々との距離が徐々に近づくにつれて、それをはっきりと感じてしまい、指先が震えそうになる。

「同じ人間なのに、戦うのは、苦しいですね」

ジュリアスさんはずっと、こんな気持ちだったのかしら。

胸が痛んだ。

「そのうち慣れる。俺は慣れた。だが、お前は慣れる必要はない」

「……全部終わったら、家に帰って美味しいご飯、食べましょう？　ジュリアスさんの好きなもの、なんでも作っちゃいますよ」

「豆のスープと、屑肉を丸めて焼いた、あれがいい」

「あれは切れ端肉のパテですね。屑野菜もいっぱい入ってます。お手軽簡単節約料理ですよ。あれ、好きだったんですか？」

「お前の作るものならなんでもいい」

「はい！　任せておいてくださいね、戦勝金をバッチリいただけたら、奮発《ふんぱつ》して塊肉も買っちゃいましょう」

なにもない砂漠の上空に広がる青い空を、飛竜の軍勢が滑空していく。

飛竜に騎乗している兵の姿が目視できるほどに近づくと、アレス君が速度を上げて一番先頭へと躍り出た。

こちらよりも、聖都からの軍勢のほうがずっと数が多い。それは空を埋め尽くすぐらいの数だった。姿形がところどころ違う飛竜たちに、聖王家の証である黒薔薇の紋様の入った鎧を纏った兵士たちが乗っている。

先頭にいるのは、四枚羽の白い飛竜に乗った、サリム。

その隣には、羽の大きな飛竜に跨るシェシフ様の姿がある。

「兄上！」

ファイサル様の声が、空に響いた。

「目を覚ましてください、兄上。その男は、サリム・イヴァンの姿をした悪魔です！　地下施設から、証拠となる手記も手に入れました。このままでは、聖都はおろか、世界を破滅に導くことになります！」

「ファイサル。……反乱軍の諫言《かんげん》に惑わされたようだね。今からでも遅くない、戻りなさい。レイラのことも、不問としよう」

シェシフ様は声を荒らげていないけれど、その声はよく通る。軽く首を振って、優しく諭《さと》すようにファイサル様に手を伸ばした。

「俺は戻りません。兄上は俺よりもずっと聡明だ。だからわかっているのでしょう？　理解していてなお、悪魔を側に侍らせるというのですか？　兄上は変わられた。昔は戦いをなによりも嫌う、優しい方だったのに」

「私はなに一つ変わっていないよ、ファイサル。話し合いは、無駄なようだね。……目を閉じて耳を塞いでいれば、幸せなままでいられる。なにも失わずに済んだのに」

「兄上……戦うしか、ないのですね。俺には聖王家に生まれたものとして、ラシードを、人々を守る義務がある！　そしてサリム、ミンネを惑わせ、兄上を謀《たばか》った罪、償ってもらう！」

「……あぁ、とてもうるさい。弱い犬は、よく吠える」

ファイサル様の朗々《ろうろう》と響く声に、サリムは軽く首を傾げた。口元が不愉快そうに歪んでいる。けれどその顔は、目深に被ったフードのせいで見ることができない。

「行け！　相手は聖王家に歯向かう反乱軍だ、容赦はしなくていい！」

シェシフ様の声を合図に、飛竜がまるで波のようにこちらに向かって飛来してくる。

私は新しい詠唱を頭に叩き込んで、本を布鞄にしまった。

ヘリオス君が飛来する飛竜たちの合間を、するすると体を横にしたり縦にしたりしながら避けて飛んでいく。

ジュリアスさんが槍を振るうたび、何騎かの飛竜が兵士と一緒に砂漠の上に落ちていく。まるで射《い》られた鳥のようだ。

私は唇を噛んだ。

ジュリアスさんはまっすぐに、サリムに向かっている。

早く、終わらせたい。

戦闘が長引くほどに、無意味な傷が、傷つく人が、どんどん増えていってしまう。

それが敵でも味方でも、どうしようもないぐらいに――嫌だ。

サリムとその隣にいるシェシフ様を守るように、次から次へと竜騎士がヘリオス君の前に立ち塞がる。それは竜と人でできた、幾重にも巡らされた防護壁のようだった。

避けて前に進めないほどに、何騎もの飛竜が追いすがり、襲いかかってくる。

私もなにか、しなきゃ。

そう思うけれど――相手が私と同じ人間だと思うと、途端に頭の中にもやがかかったように、なにも考えられなくなってしまう。

「お前は手を出すな、落ちないように摑まっていろ！」

ジュリアスさんに厳しく言われて、私は鎧に巡らされている紐をしっかり摑んだ。

こちらに槍を向けて襲来してくる竜騎士をヘリオス君は身軽にかわし、ぐるりと宙返りするようにして背後から回り込む。

ジュリアスさんの振るう槍が兵士の頭を打つ。

脳震盪《のうしんとう》でも起こしたようにぐったりとする兵士が、飛竜の背中から落ちる。騎手を失った飛竜は、真っ逆さまに落ちる兵士を追いかけて戦線から離脱していく。

空から落ちれば、助からない。

あの人が誰なのかは知らないし、わからないけれど、戦争においては命なんて、とても軽くあっけないものなのだと、まざまざと見せつけられている気がした。

散っていく命の背後で、メフィストや、サリムが嘲笑《ちょうしょう》しているのだと思うと、今まで感じたことのないような感情が湧き上がってくる。

「ジュリアス殿はサリムのもとへ！　皆、道を切り拓け！」

力強い声とともに、ラムダさんと兵士の方々が、横から空を切り裂くように飛竜の群れの中へと突撃を始める。

ラムダさんの隣に追従するように竜を飛ばしながら、ジャハラさんが力強く詠唱を唱えた。

「来《きた》れ、冷徹なる白銀の嵐、凍える風《ここ》よ、氷嵐呪縛《ひょうらんじゅばく》！」

大いなる氷の嵐が、小型の飛竜たちに乗っている兵士の体を凍りつかせる。

舵《かじ》を失ったように、小型の飛竜たちの統率が乱れ、隊列が崩れた。騎乗する兵士からの指示を失うと、飛竜たちは混乱してしまうようだ。

小回りのきく彼らが一群となって襲いかかってくるのを避けるためなのだろう。それでも体を半分以上凍らせながらも、兵士たちは体勢を立て直してなおも襲いかかってこようとする。

「プエルタ研究院は、異界研究者とは、国を守る者です。道を違《たが》えた悪魔から、この国を守らなければ……！　すぐに、追いつきます！　お二人は、先に！」

ジャハラさんやラムダさんが切り拓いた空の道を、ファイサル様を乗せたアレス君が四枚の翼を威《い》風堂々《ふうどうどう》と羽ばたかせてまっすぐに進んでいく。シェシフ様のもとへ向かっているのだろう。

私も――怖がっている場合ではないわよね。

「ジュリアスさん、サリムのもとへ急ぎましょう！」

「あぁ、わかっている」

ヘリオス君もアレス君を追いかけるようにして、竜騎士に阻《はば》まれながらもサリムのもとへと空を駆ける。

ジュリアスさんは、かつてディスティアナ皇国の将として、たった一人で他国を圧倒するような強さを誇っていた。

そんなジュリアスさんにとって、ラムダさんの話では、戦争に参加することなどなかったという竜騎士など敵ではないのだろう。

ジュリアスさんの前に敵兵が倒れ、あっけなく砂漠に落ちていく。それでも、ジュリアスさんはヘリオス君に指示をしながら、できるだけ戦闘を避けているように見えた。

そういえばジュリアスさんはいつか——首輪の制約のせいで、私の嫌がることはなにかを考えるようになったと言っていた。

首輪の制約は今、『私が嫌がることをしない』一点のみだ。

本当は外したいのだけれど、ジュリアスさんが頑《かたく》なにこのままでいいと言って聞かないから、制約の解除はしていない。

そうしなければジュリアスさんは、どうしようもない破壊衝動のようなものが抑えられないかもしれないという。

ジュリアスさんは自分のことを冷酷だと思っているみたいだけれど——。

最初に出会ったときからは、随分変わったような気がする。

きっと奴隷闘技場にいたときのジュリアスさんなら、容赦なく立ち向かってくる敵を全て斬り伏せていただろう。

「兄上、我らは罪を犯しました。サリムに惑わされ、善意あるプエルタ研究院の研究者たちを排斥し、飛竜を残酷に扱い魔獣を生み出し、長年聖王家に忠誠を誓ってくれていた竜騎士たちを聖都から追い出した。その間、何人もの人間が命を落としました」

ファイサル様の声が、空に響く。

シェシフ様は静かな瞳でファイサル様を見つめている。

「それは俺が——見ないように、聞こえないように、兄上を信じていた結果です。俺はもう間違えたくない。兄上、どうか……！」

「話し合いは無駄だと言ったはずだよ、ファイサル。私に刃を向けるのなら、その覚悟を持ちなさい」

「だが……！」

「サリム！」

シェシフ様に呼ばれて、サリムの飛竜がファイサル様の前に立ち塞がる。

空中で対峙《たいじ》する私たちに、オルフェウスさんに乗ったルトさんが少し遅れて合流した。

『兄様……兄様は、ミンネ様を助けるために、必死だっただけなのに、どうしてこんなことに。私には兄様の姿をしたあなたを倒す義務があります。兄様に協力し、悪魔を連れ帰った罪を、償わなければ……！』

ルトさんの声が頭の中に響いた。

ルトさんはまっすぐにサリムを睨みつけている。

サリムにも聞こえているのだろう、その口元には薄く笑みが浮かんでいる。

「お前のことは記憶にある。この男の記憶に。下級の悪魔を異界から連れ出し、奴隷のように扱っていた刻印師のルト。私の、妹」

『あなたなど、兄ではない！　兄様の体から、出ていって！』

切実なルトさんの叫びも、サリムには通じていないようだった。もうあの体には、ルトさんの兄であった頃のサリムの人格は残っていないのかもしれない。

悪魔に体を支配された別のなにか――。

かつて対峙したアリザは、メフィストに操られながらも自分の言葉を話していた。

けれど、サリムはそうじゃない。

「私はお前の兄だ、ルト。よく見なさい。同じ顔をしているだろう」

サリムは目深に被ったフードを脱いだ。

ばさりとローブを脱ぐと、ローブは風に靡きながら地面へと落ちていく。

ローブの下から現れたのは細身の男性だった。魔導師の着るような薄手の衣服の背中からは、四枚の羽が伸びている。

その顔は、ルトさんとよく似ている。濃い色合いの肌に、少し癖のある黒髪。金の瞳。

その羽は、メフィストと同じ。猛禽類《もうきんるい》のそれに似た、漆黒の羽だ。

「なんて、ね。もう知られてしまったのだから、隠しても仕方ないか」

その悪魔は、四枚の翼を羽ばたかせて空中に浮かび上がった。

そして徐に、手を己の乗っていた飛竜に翳す。

それだけで飛竜の首が、鋭利な刃物で切り取られたかのように、すっぱりと斬れた。

なにが起こったのかわからないような表情を浮かべながら、首を斬られた飛竜は砂漠に落ちていく。

数度羽ばたいたけれど、それだけだった。

私は喉の奥で息を呑む。

ジュリアスさんの体に力が入るのがわかる。

「こんにちは。あぁ、せいせいした。神の落とし子に乗るなんて、気持ちの悪いことをするものではないな。怖気が走る」

「貴様……！」

ジュリアスさんが言った。やっぱり、とても怒っている。

私もジュリアスさんと同じ気持ちだ。

口の中に苦いものが込み上げてくる。

「そう怒る必要はない。あれは紛い物の竜。確か、怪鳥を混ぜたのではなかったかな。よく飛ぶし、よく産む。そうなってくると、竜なのか、鳥なのか、わからない」

「生み出されたものに罪はない。それを、お前は……」

ジュリアスさんが低い声で、唸るように言った。

「――怒り、憎しみ、愛、喜び。人というのは面白い。肉体を持たない頃はわからなかったけれど、サリムの記憶のせいか、今の私も人に近い。だから、お前たちの気持ちはよくわかる。ジュリアス、クロエ。それから、ルト。私はお前たちを知っている」

悪魔は私たちのほうへとひらりと羽ばたき近づいてくる。

とても近くに、悪魔の顔がある。

頬に触れられそうになったところで、ヘリオス君が素早く後ろに飛びのいて悪魔から距離を取った。

背筋を悪寒が走る。

「メフィストには会ったね。メフィストは、お前を殺せなかったようだ。クロエ・セイグリット。セレスティアの娘」

ジュリアスさんの舌打ちが聞こえる。

――この悪魔も、お母様を知っているのね。

悪魔は楽しそうにくるりと空で体を回転させて、両手を広げた。

ファイサル様はなにかを訴えかけるような眼差しでシェシフ様を見ている。

シェシフ様は悪魔のことを知っていたのだろう。驚きも、動揺もしていないようだった。

「私はサマエル。死の蛇《しへび》、と呼ばれている」

「名前などどうでもいい。お前はここで死ぬ」

ジュリアスさんはサマエルという名前の悪魔に、槍を向ける。

ルトさんも印を結ぶように両手を動かし、ファイサル様も武器を構えた。

私も千年樹の杖をサマエルに向ける。

サマエルはおかしくて仕方ないというように、体を折り曲げて笑い声を上げた。

「人が、必死になって、私に歯向かう。初めてだ、こういうのは。まぁ、そう焦らなくてもいい。一つ面白い話を聞かせてあげようか」

「黙れ！　我が国に巣食う悪魔め、今すぐ討ち滅ぼしてやる！」

声を荒らげるファイサル様を、サマエルは冷めた目で見据えた。

「シェシフが私に従った理由が、お前にはわからない？　少し考えればわかる簡単なことだろうに。かつて冥府に降りてきたサリムは、私と契約を結んだ。それは、愛する女の命を救うためだった。女の命を救うために、サリムは私に従い、己の体を私に差し出した」

それはサリムの手記に書いてあったことの続きだった。

サリムの身になにが起こったのかまでは、手記には書かれていなかった。サリムは冥府でサマエルと出会い——死んでしまった、ということだろうか。

「私は肉体を手に入れて、この世界に降り立った。そうしてミンネを死の運命から救った。つまりね、単純なこと。ミンネの命は私の手の中にある。私を殺せば、ミンネが死ぬ。だから、シェシフは妹可愛さに、私が悪魔だと気づきながら、気づいていないふりを続けていた」

「……おおよそ、わかっていた。お前が悪魔だと気づいたときから、そんなことは」

ファイサル様が低くかすれた声で言った。

「世界よりも、家族を選んだ。それもまた、愚かな人間の抱く、愛情というものだろう。理解できるからこそ、それを壊すのも、愉快だと思えるんだ」

サマエルは、笑い続けている。

私の杖を握る手のひらには、手が痺れるほどの力が知らないうちにこもっていた。

◆聖王シェシフ・ラシード

サマエルはひらりと空中で宙返りをするようにして向きを変えると、シェシフ様の横へと並んだ。

シェシフ様は感情の読めない表情で、相対するファイサル様を見据えている。

(老いも死もない国を悪魔が与えてくれると、シェシフ様は言っていた。シェシフ様の本当の目的は永遠の命なんかじゃなくて、ただ、ミンネ様に生きていて欲しいだけ?)

だとしたら――まだ、間に合うかもしれない。

シェシフ様に言葉が届くのなら、こんな無益な戦い、しなくて済む。

サマエルを倒して、ミンネ様を救う。それだけでよかったはずなのに、争いが起こってしまった。

今この瞬間にも、命が砂漠の中に散っていっている。

「兄上! 方法が、あるはずです。悪魔などに従わずとも、ミンネの命を救う方法が……!」

「もう、戻れないんだよ、ファイサル。今は亡き父上から聖王を託された私は、けれど聖王にはなれなかった。民の安寧よりも、家族を守りたいと願ってしまった」

「家族を救いたい気持ちは、俺も同じです。兄上も、ミンネも俺の家族ではないですか」

「私はね、ファイサル。ミンネを救うため、サリムの行動が危険であることを知りながらそれを黙認していた。どうか、妹を救って欲しいとさえ言って、……サリムの未来が朧気《おぼろげ》に見えていたのに、すがったんだ。サリムの命、それからルトの声を犠牲にして、ミンネを救うことを選んだ」

シェシフ様の声は、どこまでも優しく穏やかに、遠く怒声と剣や槍が合わさる音や飛竜の羽ばたく

音が聞こえる空に、場違いに響いた。

「——未来を、知っていた？」

包囲網を抜けてきたのだろう、ジャハラさんを乗せた飛竜が上空から舞い降りるように現れる。

ジャハラさんの中低音の涼やかな声が、少しだけ震えている。

「そうだよ、ジャハラ。久しいね。……プエルタ研究院では未来視を行っているだろう、この国や世界の行く末を視《み》るのが、研究者たちの仕事だ。……そしてジャハラ、君の両親はとても優秀だった」

「そうですか。……僕の両親は、シェシフ様に未来視の結果を伝えたのですね」

「何度も、危険だと言われたよ。……恐ろしいことが起こる。私はその訴えを、黙殺した。そうして、サリムが——いや、サマエルが私のもとに訪れてすぐ、君の両親はサリムが悪魔に成り代わってしまったことに気づいた」

「……だから、殺した」

「手を下したのは私ではないよ。けれど、私が殺したようなもの。聖王の座に、穢《けが》れた私は相応しくない。でもね、降りるつもりもない。だから私は……今から私に刃向かう君たちを殺す。……私の目的を、果たすために」

シェシフ様の冠や衣服にあしらわれている大粒の宝石が、怪しく輝き始める。

宝石はシェシフ様の体からまるで意志を持っているように外れて浮かび上がり、その体を守るように取り囲んだ。

赤や青、紫や、白、様々な閃光《せんこう》が迸《ほとばし》り、眩しさに思わず伏せた目を開くと、シェシフ様の宝石は美しい巨鳥へと姿を変えていた。

人の体など軽々と引き裂くことができそうな鋭いくちばしとかぎ爪を持った巨鳥が、シェシフ様の周りに主人を守る番犬のように羽ばたいている。

宝石でできているかのように透き通り輝く鳥たちには、黒い茨《いばら》の模様がある。

美しい体に走る黒い茨の紋様は、まるで脈打つ血管のようで、どことなく禍々しい。

シェシフ様の隣にいるサマエルが、私とジュリアスさんを指さした。

「そろそろ、始めようか。脆弱《ぜいじゃく》な人間では、お前たちの——特に、クロエとジュリアスの相手をするのは、難しいようだから。そうだね、こんな趣向はどうだろう」

どこか歌うような声が、空に響く。

私のお母様も、歌うように話す方だった。けれど、サマエルの言葉はお母様のそれとはまるで違う。まるで、不吉な予兆を告げる、凶鳥のさえずりのようだ。

「さぁ、お前たちの絶望を見せて。白い砂漠を赤く染めてあげよう。血と悲鳴と怨嗟の狂宴で私を満足させてくれ」

サマエルが両手を広げると、そこここで叫び声が上がりはじめる。

視線を向けると、空の至る所にぽっかりと黒い穴が空いていた。穴からは黒く長い腕が何本も伸びている。

いびつに捻《ね》じれた指先が、敵も味方も関係なく、竜騎士たちを捕縛し、絡みつく。

「……ジュリアスさん、行きましょう！」

「あぁ。……手加減はしないが、いいか」

「はい、大丈夫です……！」

絡みつかれた竜騎士たちは、飛竜ごといびつに黒く膨れ上がっていく。飛竜と一体化するように、その体が変形していっている。

人の意志も、竜の意志も失った魔獣――。

それは私とジュリアスさんが砂漠で戦った、人食い花の混じり物に似ていた。

飛竜の羽を持ち、胴体はあるけれど、その長い首の先にはのっぺりとした人の顔がはりついている。

「あぁ、いいね。傲慢《ごうまん》で美しい竜も、人が混じるだけでこうも醜悪になる。さぁ、殺し、食らえ！」

サマエルの笑い声がする。

黒い手から逃れた竜騎士たちに、人と竜が混じった魔獣が襲いかかる。

ラムダさんが先頭となって、竜騎士と魔獣がぶつかり合った。

私たちのもとにも、魔獣は向かってくる。

正面からは、シェシフ様の放った宝石の鳥が飛来する。

『クロエさん。兄様は、私が……私が、倒します』

「兄上……せめて、この手で……！」

ルトさんとファイサル様が、飛来する宝石の巨鳥に向かっていく。巨鳥の鋭いくちばしや爪は鋭利な刃物のようだ。私たちに素早く襲いかかり、皮膚を裂こうとする。

「貫け炎刃、炎刀演舞《えんとうえんぶ》！」

ジャハラさんが、襲いくる巨鳥に向けて魔法を放つ。円形の炎の刃が鳥に向かう。けれど、炎は鳥の体をかすめただけで、すぐに消え失せてしまった。

ファイサル様も槍を振るうけれど、魔法や刃は、強固な鉱物でできた鳥の体には効かず、弾かれてしまう。

「クロエ、あの鳥とこの槍は、どちらが硬いと思う？」

「ジュリアスさんの槍のほうが硬いです！　ですが、槍はお高いので……！」

シェシフ様の魔力で作り上げられた鳥なのだから、シェシフ様の魔力維持ができなければ、鳥は消失するだろう。

聖王シェシフ様の魔力量は尋常ではなさそうだけれど、ご本人は、多分あまり強くない。

襲われそうになってシェシフ様を蹴り飛ばした私の経験が、本体は多分弱いから狙えと言っている。

（それに……魔獣は、飛竜と人でできているのよ。ジュリアスさんには、人も、飛竜もできる限り傷つけて欲しくない）

私は大きく息を吸い込んで、皆に聞こえるように声を張り上げる。

「ルトさん、気持ちはわかりますが、サマエルは私とジュリアスさんに任せてください！　ファイサル様は、シェシフ様を、私たちはサマエルのもとに！」

私の声が届いて、すぐにジャハラさんが頷くとルトさんのもとへ向かう。

「ルト、情も、憎しみも、今は邪魔な感情です。僕たちは道を拓きます。協力を」

『はい……わかりました』

「力を合わせますよ、ルト。——魔力共鳴！」

『堅牢《けんろう》なる鉄の檻《おり》、我が血を糧とし、全ての愚かな敵対者を捕らえよ、ブラッドケージ！』

ジャハラさんの魔力が、ルトさんに注がれているようだ。

ルトさんが手を翳すと、白く光る強大な魔法陣が上空に現れる。

魔法陣から、粘着質な鮮血が滴り落ちてくる。それは空の至る所に、まるで蜘蛛の糸のように伸びていく。

細い血の糸が巨鳥や魔獣を捕らえると、鉄でできた堅牢な檻へと変化する。それはまるで鳥かごのようだった。

捕らえられた鳥たちは、狭い檻の中で羽ばたくことができずに、ぼとりぼとりと檻ごと砂漠へと落ちていった。

ルトさんは、大丈夫だろうか。これほどの広範囲で強力な魔法を使ったのだから——もしかしたら、体が。

けれど今は振り返っている場合じゃない。

ヘリオス君が、血の糸をすり抜けてサマエルのもとへと向かう。

ファイサル様を乗せたアレス君も、シェシフ様のもとへ飛んだ。

あとがき

初めましての方は初めまして、一巻を買ってくださり、二巻を手にしてくださった皆様にはお久しぶりです！　東原ミヤコと申します。

このたびは『捨てられ令嬢は錬金術師になりました。稼いだお金で元敵国の将を購入します。2』を、ご購入いただきありがとうございました！

一巻のときには出会ったばかりのクロエちゃんとジュリアスさんでしたが、二巻ではすっかり仲良しになって、ジュリアスさんのツンデレの中にも深い愛情が感じられるようになったかと思います。もしかしてデレが少ないと思われたかもしれませんが、心の中では盛大にデレているのでご安心ください！

今作では物見遊山《ものみゆさん》気分で他国に出かけたら他国の問題に巻き込まれたり、お人好しなクロエちゃんがジュリアスさんを巻き込んだりしていますが、一番の見所は椎名咲月先生の描いてくださったドレス姿のクロエちゃんではないかなと思います！

いつもジュリアスさんから「普通」「凡庸」「地味」（でも天使だと思ってる）などと言われてるクロエちゃん。結構いつも戦闘でぼろぼろになっているクロエちゃんですが、「ドレス姿が可愛い、美少女！　二十歳の美少女！」と、ぜひ褒めてあげてください。

もちろんどのイラストも素敵です……！　なんとジュリアスさんの肉体美も拝むことができてしまいます、サービスが過ぎます……ありがたいことです……！

だんだん『美少女』が持ちネタになってきたクロエちゃんと、いつも通り他人を威嚇しがちなジュリアスさん、健気で可愛いヘリオス君をよろしくお願いします。今作も、楽しんでいただけたら幸いです！

最後に、私を支えてくださった心優しい編集様、そして一巻に引き続き美麗なイラストを描いてくださった椎名咲月先生、本作を手に取ってくださった全ての皆様に、心より御礼申し上げます。

本当にありがとうございます！

二〇二三年二月吉日　東原ミヤコ

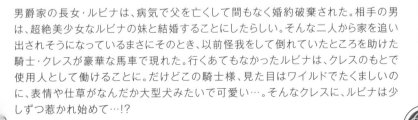

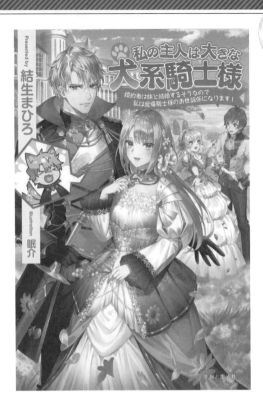

この本を読んでのご意見・ご感想・ファンレターをお待ちしております。
〈宛先〉　〒104-8357　東京都中央区京橋3-5-7
（株）主婦と生活社　PASH！ブックス編集部
「東原ミヤコ先生」係
※本書は「小説家になろう」（https://syosetu.com）に掲載されていたものを、改稿のうえ書籍化したものです。
※この作品はフィクションであり、実在の人物・団体・法律・事件などとは一切関係ありません。

PASH!ブックス

捨てられ令嬢は錬金術師になりました。稼いだお金で元敵国の将を購入します。2

2023年3月13日　1刷発行

著者　**東原ミヤコ**
イラスト　**椎名咲月**
編集人　**春名 衛**
発行人　**倉次辰男**
発行所　**株式会社主婦と生活社**
〒104-8357　東京都中央区京橋3-5-7
03-3563-5315（編集）
03-3563-5121（販売）
03-3563-5125（生産）
ホームページ　https://www.shufu.co.jp
製版所　**株式会社二葉企画**
印刷所　**大日本印刷株式会社**
製本所　**共同製本株式会社**
デザイン　**井上南子**
編集　**星友加里**

　ISBN978-4-391-15917-2